講談社文庫

新装版

漂泊の楽人

内田康夫

講談社

目次

漂泊の楽人

プロローグ

「またとない良縁」という言葉を松本夫人は五度も使った。

たしかにそうかもしれない。先方の親は地方銀行とはいえ、れっきとした取締役沼津支店長である。それに較べてわが漆原《うるしばら》家はといえば、父親にはとうに死に別れ、母親と、目下失業中の兄との三人暮らし。父親の残した資産がいくらかあるので生活には困らないといっても、釣り合いの取れた相手とは到底、考えられない。

「ご令息様よりも、お父様の矢野様がぜひにとお望みなのだそうでございますよ」

松本夫人はそうも言っている。

どこでどう見初《みそ》められたのか、肇子《はつこ》にはまったく覚えのないことであった。しかし、こうして松本夫人を介してお見合い話をもちかけてくるからには、こっちが知らないうちになにがしかの事前調査はやっているのだろう。そういうのも肇子は嫌いなタチだ。

「まあこんなによいご縁はまたとございませんよ」

帰り際にもう一度、松本夫人は玄関先で強調した。肇子は黙っていたけれど、母親の睦《むつ》子《こ》のほうはすっかり乗り気になった。どうぞよしなにと三拝九拝して、夫人に万事任せるつもりだ。

「何よあれ、またとない良縁だ良縁だって。それじゃうちがまるっきり下風に見られているってことじゃないの」

夫人が帰ったあとで肇子は悪態をついた。

「仕方がないでしょ。現にあちら様は銀行の重役さんなのだから」

睦子は御機嫌である。女子大を出たものの、就職口があるわけでもなく、花嫁修業中と称して家でブラブラしている娘には、それこそまたとない良縁以外の何物でもないと思っている。

「銀行員なんて面白くもなんともないわ」

「そんな贅沢《ぜいたく》を言って、罰《ばち》が当たるわよ。うちのようなところには、本当に勿体《もったい》ないようなお話じゃないの」

「それに、私みたいな娘には……でしょう」

「それを言っちゃおしまいだけど、まあね、正直に言えばあなたみたいな子に、どうしてこんなにいいお話をいただけるのか、不思議なくらいだわ」

「そうなのよ、それは言えてるのよね。だから気味が悪いんだな。なんだって私みたいな女のところに、そういう立派な縁談が舞い込むのかしらねえ。ひょっとすると間違ってるんじゃないの?」

「たとえばさ、誰か別の娘を見初めて、そいつの名前と私の名前を取り違えたとか」

「間違うって？」

「なんてこと言うの、そいつだなんて。間違いなんかじゃないわよ。あいだに松本さんの奥様が入ってらっしゃるんだから」

「あの世話焼きばあさんだって、なんだかオッチョコチョイみたいだし」

「そんな失礼なこと言うと、私が承知しないわよ」

睦子は本気で怒った。肇子は首を竦《すく》めて黙った。まあいろいろ不平らしいことを言ったけれど、肇子にしたって縁談が来たことそれ自体については、悪い気がしない。相手が何者であろうと、モテないよりはモテたほうがいいに決まっているのだ。

しかし、それとても程度問題であって、相手が不釣り合いなほど良すぎるとなると、少々眉唾《まゆつば》である。ことに銀行の人間などというものは用心深くできていて、身元のしっかりした相手を、それこそ石橋を叩いて渡るように選び出しそうなものだ。それに重役ともなれば、当然、政略結婚を画策しないはずがない。ご令息が死ぬほど愛している相手だとしても、家風に合わなかったり家の将来のためにならなければ、生木《なまき》を裂くように別れさせるのがふつうだと思う。

どう身贔屓《みびいき》に見たって、漆原家が政略結婚の相手に相応《ふさわ》しいなどということはあり得ない。かといって、この私が令息をトチ狂わせるほどの絶世の美女というわけだって、これまた絶対にない――と肇子は自認している。

「縁は異なものというじゃないの」

睦子はあくまでも楽観主義である。わが娘にも親の知らない長所・美点があるものなのね――と有頂天だ。

兄の宏は一日中釣りに出ていて、夕方帰ってきた。夕食のテーブルで睦子の口から「縁談」の一件を聞くと、

「へえーっ、おまえにも一人前に縁談が来るようになったか」

肇子を眩《まぶ》しそうに眺めながら言った。兄と妹とは十一も歳の開きがある。宏は肇子が小学生の頃に大学を出て、そのまま東京で就職したから、妹に対して赤ん坊扱いみたいな気持ちが抜け切らない。

「ほんとうにいいお話なのよ。それも先様から望まれたんだから、勿体《もったい》ないような縁談だわ」

睦子はいささか興奮ぎみに言った。

「相手は何者なの？」

「中部銀行沼津支店長さんのご令息よ」

「中部銀行？……」

宏は眉を顰《ひそ》めた。

「そう、矢野さんておっしゃるの」

「ふーん……、そりゃ、たしかに相手にとっては不足がないが……」

「不足どころか、光栄な話よ」

「しかし、なんだってうちみたいなところに話が来たんだろう？」

「先様のお父様が肇子を見初めてくださったんだって」

「ふーん……」

宏は浮かない顔である。

「やっぱり兄さんだって変だと思うでしょう？　どう考えたって不釣り合いよねえ」

「ん？　いや、そんなことはないけどさ……。それで、肇子はどうなんだい？」

「私？　私はどっちでもいいわ。銀行員なんて嫌いだけど、お金があることだけは確かなんだから」

「ふざけるのもいいかげんになさい」

睦子が叱《しか》った。

「兄さんはどう思う？」

「おれか……。そうだな、少し考えたほうがいいかもしれないな」

「でしょう、ほらみなさい」

「ばかなことを言うんじゃないの。まったく、兄妹そろって」

睦子はいきり立った。

「せっかくの良縁なのに何てことを……」

「いや、慎重に対処したほうがいいって言ってるんだよ。話があんまりうますぎるような気がするからね」

「話がうますぎるなんて、まるで詐欺《さぎ》か何かみたいに言うものじゃないの。松本さんの奥様があいだに入っていらっしゃるのよ。それに、かりにも銀行の支店長さんが……」

「だからさ、だから、そこのところがね、ちょっと気になる……」

「あなたたちはどうして……」

睦子は溜息《ためいき》をついた。

「肇子の就職口がないところへもってきて、宏まで会社がだめになったからって帰ってきて、母さん、この先どうなるのか心配でしょうがなかったのよ。せっかくのいいお話をいただいて、久し振りに明るい気分になれたっていうのに、どうして二人してそんなに逆らうようなことばかり言うの」

「逆らうわけじゃないよ。たださ、可愛い妹を嫁にやるとなるとね、いろいろ心配なんだよ、これでも」

「そう、だったらいいのね。いずれお見合いの日取りなんか決めていただくことになるけど、その時になっていやだなんて言ったら、私は本当に承知しないわよ」

母親に睨《にら》まれて、兄と妹は首を竦め、たがいの顔を見つめあって笑った。

肇子のほうは、まあ、どちらでもいいというよりは、多少、乗り気になっていた。しかし宏はその後もこだわって、肇子や睦子にも内緒で、密かに先方の様子を探っていた気配がある。松本夫人がお見合いの日取りを言ってきた夜、睦子のいないところで肇子にいっになく真剣な顔で言った。

「あまり気乗りしないのなら、ちゃんと断ったほうがいいぞ。母さんにはおれから言ってやるから」

「うん、会ってみた感じで決めるわ」

肇子はそう言ってから、ちょっと気になったので訊《き》いた。

「兄さん、このお話、賛成じゃないみたいだけど、何かわけでもあるの？」

「いや、そうじゃないが……、ただ、相手に不純な動機があるようだとね、先々おまえが苦労することになるからな」

「不純な動機って、どういうこと、それ？」

「たとえばさ、何か政略的な目的があるとかだね」

「まさか……」

肇子は笑った。

「うちと縁結びして儲《もう》かるはずなんか、あるわけないでしょう」

「あははは、まあ、それはそうだがね」

宏も笑ったが、どことなく空疎《くうそ》な感じのする笑い方だった。

「ところでさ」

と、宏は笑いを収めて言った。

「この機会に肇子に頼んでおきたいことがあるんだ」

「なあに？　あらたまって」

「もしだよ、もしおれが死んだら……」

「えっ？」

肇子は驚いて叫んでしまった。宏は慌てて唇に人差指を当てている。

「もしもの話だから、驚かないで聞いてくれよ。人間、どこに災難が転がっているか知れない世の中だろ。万一の場合を想定して言っておくだけのことだ」

「それにしたって、いやだわ、そんなこと聞くの……」

「そう言わずに聞いてもらいたい。それとも遺書でも書いておけって言うのかい？」

「やめてよ、縁起でもない」

「だったら聞いてくれ、いいね」

肇子は仕方なく、コクリと頷いた。

「もしおれが死んだらさ、おれのワープロをある人物に上げてくれ」

「ワープロって、兄さんの部屋のあれ？」

「ああ、そうだ」

「あんな高い物を上げちゃうの？」

「うん、必ずもらってくれるよう、頼んでほしい」

「そりゃ、いいけど、誰なのその人は？」

「この男だ。住所も書いてある」

宏は便箋《びんせん》に書いたものを肇子の手に握らせるように渡した。

「どういう人？」

「大学時代に世話になったやつだ。応援部員が窃盗《せっとう》の疑いをかけられた時、なかなかの名探偵ぶりを発揮して、われわれの汚名を救ってくれた恩人といっていい。それで、ワープロを貰《もら》ってくれたら、まずおれのフルネームをあのワープロで打ってくれること、それを必ず頼んでくれ」

「フルネームを？　なんなの、それ？」

「いいからそうしてくれ。ワープロでまずおれのフルネームを打つこと。いいね？」

「うん……」

肇子は兄の言い方に気押《けお》されるものを感じて、思わず大きく頷いた。

「それからついでにもう一つ」

宏はそう言って、ちょっと思案してから、続けた。

「おまえのことも頼むと言っていたと、そう伝えてくれ」

「私のこと？　なあに、それ？」

「まあ、何でもいいからそう言ってくれ」

宏は笑って言葉を濁した。

妙なことを頼まれたものの、肇子はあまり気にはしていなかった。あの兄がそう簡単に死ぬわけはないのだし、第一、そんな不吉なこと、考える気にもなれない。

矢野家とのお見合いは九月十五日の敬老の日に、沼津市内のホテルで行われた。十一時に顔を合わせて、昼食を共にしながら——という段取りになっているので、女二人は朝からバタバタと忙しかった。宏は昨夜、釣りに行くと言って出掛けたきり、朝になっても戻らない。

「あの子、照れてるのよ、きっと」

睦子は自分の見合いでもするようにはしゃいでいる。肇子はこういう時にこそ、父親代わりの兄にいて欲しかった。母親のように手放しではしゃげないのは、その寂しさのせいかもしれない。

「兄さん、鍵《かぎ》持って出たのかな?」

出がけにそのことがちょっと気になった。鍵がなくて家に入れないでいる兄を想像して、一瞬、不吉な予感のようなものが、ふっと頭を過《よぎ》った。

見合いの席には、矢野家のほうも本人と母親が出席した。

「お父様は銀行のお仕事で東京へお出掛けだそうですの。エリートの方はエリートの方で、大変な御苦労でございますわねえ」

松本夫人の紹介は、圧倒的に矢野家の側に偏《かたよ》っていた。もっとも、漆原家のほうにはこれといって自慢できるような中身がないのだから仕方がない。

肇子の見合いの相手、矢野貴志は二十七歳の青年で、見るからにマザコンという印象だった。東大卒業を鼻にかけているのが、母子とも、話の随所に現れる。

型通りに若い二人だけになるチャンスを与えられて、矢野青年と肇子はホテルの庭園に出た。

「きみ、お見合いって初めて？」

矢野貴志はいきなり訊いた。「きみ」という言葉が金属的な発声で、肇子には耳障《みみざわ》りだった。

「ええ、初めてです」

「ほんとかな？　そんなふうにかっこつける女が多いっていうけど」

笑いもせずに言った。

肇子は呆《あき》れて貴志の顔を眺めた。それまではどちらかといえば控え目に、あまり相手を見つめないようにしていたのだが、この時はじっくり貴志の顔を眺めた。色白で痩《や》せ型で鼻梁《びりょう》がいやに細くて、これぞ典型的な東大生という感じであった。

「ほんとですよ」

肇子は吹き出したいのを我慢しながら、言った。

「矢野さんはどうなんですか？」

「ぼく？　ぼくは五度目。申し込みが多くてね、いやになっちゃう」

「みんな矢野さんのほうでお断りになるのでしょう？」

「もちろん、向うはいつだってその気になってるんだ。そういうのを冷たく突き放すのってさ、ある種、快感なんだよね」

「あら、そうすると、今度は私がその犠牲者になるわけですか？」

肇子はズケッと言ってやった。

「えっ？ いや、今度は違うよ。パパの頼みだってママが言うんだ。否応なしさ。たぶん結婚することになるんじゃないかな」

「それはどうか分かりませんよ。私のほうの都合もありますから」

「うそ……、うそでしょう？ きみのほうから断るなんて、絶対ありえないよね」

貴志は急に不安そうな表情を浮かべた。

「さあ、どうかしら。絶対なんてこと、それこそありえないと思うんですけど」

肇子は精一杯、意地悪そうな目をした。

「ははは、冗談きついなあ。きみのママだって、あんなに喜んでいるじゃないの」

「母は母、私は私ですもの。でも、あなたがそうおっしゃってくださるの、光栄だわ」

「だって仕方がないもの。ママの命令みたいなもんだからね」

「ずいぶんお母さん孝行なんですね」

「そりゃあね、子としての務《つと》めさ」

「だけど、私みたいな者にどうしてなんですか？ 前の四回の中にはもっとすてきなお嬢さまがいたでしょうに」

「だから言ったでしょう、今度のは逆らえないって。パパがね、銀行でいろいろとあってね。まあ至上命令っていうことかな」

「また命令ですか。それじゃ、あなた自身の気持ちはどうなんですか？」

「ぼくの？　さあ、どうなのかな。しかしさ、とにかく命令があればさ、仕方ないんじゃないの。世の中、そういうもんだよ。天の声っていってね、大きな力には逆らえない。好き勝手が言える下層の連中はともかくさ、エリート集団というのはそういう妥協で成り立っているのよ」

肇子は呆れてしまって、物を言う気にもなれなかった。

第一章　駿河湾殺人事件

1

——松原遠く消ゆるところ

白帆の影は浮かぶ
干網浜に高くして
鷗《かもめ》は低く波に飛ぶ

この歌がどこの海を歌ったものかは、詩の作者以外は誰も知らない。たぶん日本中の海辺に住む人々が、みなそれぞれに、幼い頃から馴《な》れ親しんだふるさとの海だと思っているにちがいない。

しかし、この歌に相応《ふさわ》しい海辺の風景はそうざらにあるものではない。白砂青松そのものが、日本の海岸線から消えつつある。

静岡県沼津市の千本浜《せんぼんはま》海岸などは、この歌の面影を残す場所といえるのかもしれない。

ここは万葉の昔から詩歌に歌われ、若山牧水の「幾山河越えさりゆかば寂しさの果てなむ国ぞけふも旅ゆく」はここで歌われたといわれている。

ただしこの名所も「白砂」と「青松」は残っているものの、その両者のあいだに高さ十メートルにおよぶ無粋な堤防が城郭のように連なって、松原の中から海岸を見はるかすというわけにはいかなくなってしまった。堤防はもちろん、近い将来に襲うであろう東海大地震による津波に備えたものである。

堤防に登れば北側には松原、南側には駿河湾《するが》が広がるという、かつては見ることのできなかった風景が一望できる。昔の面影は失われたけれど、これもまた新しい眺望だと思えば、それなりに美しい。車は通らないから散策やジョギングにはもってこいだ。四季を問わず人の訪れで賑《にぎわ》っている。

九月二十日早朝——、この千本浜海岸に死体が漂着した。この日も駿河湾の奥深いこの辺りは波静かで、夏の名残を求めて散策する人が少なくなかった。死体を発見したのはそういう市民の一人であった。

この海岸は砂浜というより、大きな玉砂利によって形成されている。潮が引いて、波打ち際に玉石かと見紛う黒い頭部が現れたのは、すでに陽が昇ってからかなり時間が経ってからだ。

死体の収容と実地検証には沼津警察署が当たった。死者は男性、年齢は三十歳から四十歳程度、腐乱の状態からいって死後数日を経過していると見られた。死因は溺死《できし》。外傷、毒物など、不審な点は見当たらなかった。

身元はまもなく判明した。その三日前に、沼津警察署に捜索願いが出されている、沼津市我入道《がにゅうどう》在住・漆原宏という人物がその死体に該当した。

それより先、九月十五日の早朝に駿河湾の奥、静浦《しずうら》湾沖で小型モーターボートが無人で漂流しているのが、出漁する漁船によって発見されている。ボートの中に釣り道具があった。漆原家の家人に照会したところ、漆原宏のものであることが分かり、彼の安否が気づかわれていたところであった。

ボートは漆原の家に近い牛臥山《うしぶせやま》公園脇にある私営のヨットハーバーに繫留《けいりゅう》してあったものである。ボートの所有者は沼津市内在住の時計商・木村達男で、木村は漆原とはまったく面識がない。

木村は九月十四日の午後二時から五時頃まで、友人とボート遊びを楽しんだあと、いったん自宅に戻り、午後八時頃、ふたたびヨットハーバーに行ったところ、ボートが無くなっているのに気付いて、警察に盗難届けを出している。ふだん、ボートは使用後、必ず岸壁の上に引き上げておくのだが、たまたまその夜は、夜釣りに出る予定だったために、そのまま岸壁に繫留しておいた。それを漆原が無断で借用して沖合まで乗り出し、海中に転落、死亡したものと考えられた。

沼津署では事故死と自殺の両面から調べを進めた。

漆原がなぜ他人のボートを無断借用したりしたのかがまず謎であった。

家人の話によると、漆原は九月十四日の夜、釣りに行くと言い自宅を出て、そのまま行方不明になっていたものである。漆原には釣りの趣味はあったが、いつもは狩野《かの》川の河口付近で投げ釣りを楽しむぐらいで、ボートで海に出ることはなかった。第一、ボートを扱えることさえ、家人は知らなかったのだそうだ。むろん、他人のボートを盗むなどまったく考えられないと言っている。

さらに、奇妙なことに、ボートの中には釣りの道具類はあったが、釣りエサが見当たらない。エサを携帯しないで沖釣りに出るというのは考えられないことだ。したがって、漆原がボートに乗ったのは、釣りを目的としたものではなかったのではないか——と疑われた。その点がつまり、警察の抱いた「自殺説」の拠《よ》り所になっている。

漆原宏は三十三歳、独身で、家族は母親と妹の三人暮らしである。家族の話によると、漆原は大学を卒業してすぐに東京の証券会社に勤めたが、その後別の会社に移り、半年前に勤務先の会社が倒産したために東京から戻って、現在は失業中ということであった。

警察はこの「失業中」という点を重視した。長い失業に悲観して自殺したというケースは容易に想像できる。ただし、漆原の家人はその想定を真っ向から否定した。とくに、妹の漆原肇子は警察の調べに対して兄の死が単なる事故死ではなく、「殺害された」ものであると主張した。

「兄は数日前から自分の死を予感していた気配があるんです」

肇子はそう言っている。兄の死に、一時は母親ともども半狂乱の状態になったが、回復すると、気の強い一面を見せて、事情聴取に対してはっきりと物を言った。

「もし、おれが死んだら——というような意味のことを言っていましたから」

沼津署で調べに当たったのは、刑事課捜査係長の二宮警部補である。二宮は四十一歳のベテランで、こういうケースの取り扱いには慣れている。自殺者の身内の人間はなかなか「自殺」を認めたがらないものだ。その理由は二つある。一つは、自殺するような状況そのものがあまり名誉ではないということ。もう一つは自殺では生命保険金の取得額に影響するということである。現に、漆原宏には四ヵ月前に加入した保険があった。受取人は妹の肇子で、不慮の災難で死亡した場合、保険金は総額一億五千万円にのぼる。これが自殺ということになると、保険金はほとんど支給されない。

もっとも、それならば事故死の認定を受けるのが次善の方策なのであって、漆原肇子のようにいきなり殺人を主張するのはどうかと思う。

「あなたのおっしゃることもよく分かりますがね」

二宮は肇子の執拗《しつよう》な主張に対して、根気よく応対した。

「もしおれが死んだら——というようなことは、むしろ自殺を考えている人が言う言葉なのではありませんかな？　それに、ボートは海の上を漂っていたのですよ。殺害されたものだとすると、犯人はどうやって帰ってきたのでしょうかねえ」

「そんなこと……、犯人はべつの船で戻ってきたのかもしれないじゃないですか」

「なるほど、それはまあそれでいいとして。それでは訊きますが、お兄さんには何か殺されるような事情があったのですか？」

「それは分かりません。でも殺されたのにちがいないんです。兄が自殺するなんて、絶対にありえないんです」

「しかし、お兄さんは半年も前から失業中だったのではありませんか？　いい若者がそんなに長いこと失業していれば、いいかげんノイローゼにもなると思うのですがねえ」

「でも……、でも、遺書がありません。あの兄が遺書も残さずに自殺するなんて、そんな無責任なことはするはずがないじゃありませんか」

「そう言われても困りますなあ。現実に遺書のない自殺というのはそう珍しいことではないのですから。第一、あなたがさっき言ったように、もしおれが死んだら――というのは、立派な遺言と考えることができるのではありませんか？　いったい、お兄さんはもしも死んだら、どうしろとおっしゃっていたのですか？」

「もしも……」

漆原肇子は兄の言葉を思い出して、声をつまらせながら、言った。

「もしも死んだら、ワープロを友人に上げてくれって、そう言ったのです」

「ワープロを？……」

二宮は聞き返した。

「そうですワープロです。兄が使っているワープロです」

「妙な物を上げるのですねえ」

「でも、とにかくそう言ったんです。だから兄は死ぬことを予感して……、つまり、殺されるかもしれないと思って、それとなく言い遺《のこ》しておいたのだと思うんです」

「しかし、殺される心配があるなら、警察に知らせるのがふつうなんじゃないですかねえ。どうもあなたの言うことは矛盾しているようですなあ」

「でも、警察に言ったたって、相手にしてくれないんじゃないですか？　警察は事件が起きてから面倒見てくれるって聞いたことがあります」

「そんなこともありませんがね」

二宮は苦笑した。

「まあそれはともかくとして、一応、お宅の中――ことにお兄さんの部屋を中心に家宅捜索させていただくことになります。よろしいですね？」

「ええ、お願いします」

「ついでにそのワープロも見せていただきましょうか。ひょっとすると、何かお兄さんの死の原因を示すようなものが入っているかもしれませんからね」

二宮は内心、ワープロには遺書めいたものが入っているかもしれないという期待があった。あくる日、署内のワープロを扱える事務職員を連れて、漆原家へ出向いた。刑事課には十六名のスタッフがいるけれど、ワープロをちゃんと扱える人間は一人もいないのであった。二宮にいたっては、ああいうボタンの沢山並んでいるような機械を見ただけで拒否反応が起きる。

肇子が言ったように、漆原家には漆原宏の自殺を暗示するような遺書の類《たぐい》は何も残っていなかった。宏の死のショックで寝込んでしまった母親は、刑事たちが訪問した時にやつれた顔で挨拶《あいさつ》に出たきり、すぐに奥の部屋に引っ込んでしまい、肇子が一人で応対やら案内やらを切り回した。

問題のワープロは、ワープロに詳しい職員が、「へえーっ、いいものを使っているんですね」と嘆声を洩《も》らすほど大型の立派なものであった。一通り中に収められている文書の一覧表を調べて、ともかく全文書をプリントアウトすることにした。文書量はＡ４判の用紙で百八十二枚にのぼった。

内容は一見したところ、紀行文のような、あるいは小説のような文書で、もちろん遺書の類などではなかった。

――妻有郷《つまりごう》の村むらを東西に押し分けるようにしてくねっているのが信濃川である。この大河も信越県境のこの辺まで溯《さかのぼ》ると川原の幅は千米近くはあるものの実際の川幅は淵《ふち》でもせいぜい三、四十米というのがふだんの姿。

妻有の人びとは信濃川を特に信濃川と呼ばず大川といった。妻有を流れる他の川、いずれも支流であるが苗場山麓《さんろく》から発する清津川や秘境秋山郷の水を集めた中津川はそのまま清津とか中津とかいったけれども、信濃川は大川である。

だいたいこんなような内容の文章が、いくつかのブロックに分かれて作成されていた。

「お兄さんは小説家志望だったのですか？」

二宮はプリントされた文章のひとつを読んで、訊いた。期待していた「遺書」とは似ても似つかぬものだったことで、いささか拍子抜けした気分だ。

「いいえ」

肇子も兄の文章に目を通してから首を振った。しかし、そうは言ったものの、正直なところ、はっきりしたことは分からない。考えてみると、兄のことについて、肇子はあまりにも何も知らなさすぎた。宏とは十一歳も年の開きがある。十年以上前から兄は東京に出ているし、年に何回か帰郷するだけで、東京でどういう生活をしているのか、ほとんど知らなかった。

その宏が半年前に突然、東京を引き払い、沼津の家に戻ってきた。勤めていた会社が倒産した――ということだけしか説明がなかった。それ以来、積極的に就職先を探すでもなく、かといって、たまに気晴らしに釣りに出掛けるほかは遊び回るでもない毎日を送っていた。

「就職する気はなかったのですかねえ？」

二宮は少し非難めいた口調で訊いた。いい若い者が半年ものあいだブラブラしていたことが、あまり愉快ではないと思っている。

「そんなことはないと思いますけど、元の会社が再建されたら、復帰するつもりだったのではないでしょうか。ときどき会社の同僚らしい人から電話がかかってきましたし、兄も連絡を待っている様子でしたから」

「その間、収入はなかったのですか。ということは、ずっと居候《いそうろう》だったわけですね」

「居候だなんて……」

　肇子は憤慨した。

「兄はちゃんと私たちの生活まで面倒見てくれましたわ。もっとも、うちは父の遺してくれたお金で、生活には困っていませんでしたけど。兄は失業保険金だって貰ってないんですよ。たぶん会社から退職金をかなり貰っていたと思うんですよね」

「そうすると、アテにしていた会社の再建がだめになって、それを悲観したということは考えられますね。そういう連絡が来た様子はありませんか？」

「ありません……、と思いますけど……」

　肇子はやや自信がない。

「何かそれらしい連絡があったのとちがいますか？」

　二宮はすかさず突っ込んだ。

「……分かりませんけど、兄が夜釣りに出掛けた日の午前中に、どこからか電話があって、そのあとちょっとそのことを気にしていた感じはありました」

「どういう感じでした？」

「…………」

「たとえば、ひどくがっかりしている様子だったとか」

「そういうんじゃないんですけど……」

「その電話が、もしかすると、会社の再建の見込みがなくなったという連絡ではなかったのですか？」

「違う、と思います」

「その可能性もあるのですね？」

「それは……」

「一応、確かめてみましょう。何ていう会社ですか？」

「さあ、よく知らないんですけど」

「えっ？　お兄さんの勤め先を知らなかったのですか？」

「以前はG証券という会社だったのですけれど、二、三年前に移ったとか言ってました。でも、新しい会社のことは、あまり話してくれなかったんですよね」

肇子ばかりでなく、母親も息子の新しい勤め先を知らないという。これには二宮も驚いたが、母子を責めるわけにもいかない。

「いいでしょう、それは警察のほうで調べることにしますよ」

結局、その日の調べでは、肇子が主張するような「他殺」を立証するものは何も発見できなかった代わりに、自殺を匂わせるような証拠も見当たらなかった。

警察は事故死の心証を強めながら、一通りの作業を進めている。ただし、とくにこの事件について熱を入れたとか、スピードアップを図るということはなかった。通常の手続きに従って、順序よく事務処理を行った――というだけのことである。

ところが、漆原宏の勤務先を洗い出してゆく過程で、意外な事実が判明することになる。もっとも、その会社の名前が不明なので、そこまで到達するのにずいぶん手間どった。漆原の東京での住所をもとに、税務署の筋から源泉徴収票を発行した事業所を尋ね当てたというわけだ。漆原家で聞いたとおり、その会社はすでに倒産しており、債務処理の段階にあった。

そして驚いたことに、漆原が三年前から二年半にわたって勤めていた会社というのは、なんと、例の詐欺的商法で全国に数万とも数十万ともいわれる被害者を出した、あの悪名高い『保全投資協会』なのであった。

2

「坊ちゃま、女のお客さんですよ」と須美子が呼びに来た。「女の」というところに、いやに力を入れているのは、内心、そのことを快く思っていないからだ。

「須美ちゃん、その坊ちゃまというのはやめてくれって言ってるのに」

浅見光彦は苦情を言った。三十三にもなって坊ちゃまでもない。

「はいはい」

須美子はいつものように二つ返事だが、すぐに忘れてしまうに決まっている。

「女のお客って、誰？」

「漆原さんとかおっしゃってました。見たことのない方です」

「漆原？　知らないな、そんなひと……」

須美子は（ほんとかしら？――）と言いたそうな顔をしている。須美子はばあやが辞めるのと入れ換わりに来てもらったお手伝いだから、浅見家にはかれこれ八年になる。たしか二十代の終わりぐらいのはずだ。歳恰好《かっこう》からだけなら浅見とちょうどいい歳頃だが、まるで色気を感じさせない女性である。醜女《しこめ》だからというわけではない。顔立ちはしっかりしているのだが、男っぽいというか、男勝りというか、若い男が下手に言い寄ろうものなら「ガガガ」と歯を剝《む》き出して笑いとばされそうな雰囲気を備えている。浅見家に来た頃はまだ芳紀《ほうき》まさに二十二、三のお年頃だったのだが、「私は生涯お嫁には行きませんから」と宣言した。修道院に行こうかと迷った挙句、住み込み奉公を選んだというのだから、何かよほどの事情があることはたしかだ。

ばあやと同じ新潟県の山間《やまあい》の村が彼女の故郷で、ばあやの息子夫婦が親孝行したいからと、ばあやを引き取りにきた時、交換条件のように紹介してくれたのが須美子だった。ばあやから浅見家の家事一切を引き継ぐのに一ヵ月のオーバーラップ期間があったが、須美子は飲み込みが早く、たちまち浅見家の家風にも慣れた。

浅見の母親・雪江未亡人は、最初、若い娘を入れるのは躊躇《ためら》った。光彦という結婚前の次男坊に、悪い虫でもついてはいけない――と思ったからだ。

しかし、雪江も須美子の気風《きっぷ》のよさに惚《ほ》れ込んで、その上「嫁に行かない」宣言に安心してその場で雇用契約が結ばれた。よもや次男坊がえんえんと片づかないような状況になるとは思ってもみなかったにちがいない。

もっとも、雪江未亡人が心配する必要がないほど、浅見自身が女性には疎《うと》いところがある。人畜無害といってもいい。かりに須美子が一人前の色気を備えた女性であったとしても、母親が案じたような結果にはならなかっただろう。

浅見家は明治維新以来、代々高級官僚の家柄である。浅見光彦の父親は大蔵省の局長まで いき、次官になる寸前、急逝《きゅうせい》した。浅見の兄・陽一郎は東大法学部を首席で卒業、史上最年少の昇進記録を更新しながらエリート街道を歩んで、現在は警察庁刑事局長の椅子にいる。

それにひきかえ――と、母親の雪江未亡人を慨嘆《がいたん》させているのが、次男坊の浅見光彦である。浅見は生まれつき勉強の嫌いな性分で、ことに理数科目系統にまるで弱い。三流有名大学にやっとこ入り、なんとか留年しないで卒業できたのが、むしろ奇蹟といってもいいくらいだ。

大学を出てから事務機関係の会社に勤めたのだが、どうもヘマばかりやって、自分で嫌気がさして、じきに辞めてしまった。その会社に入るについては兄の口利きもあった関係で、以後、いよいよ賢兄に対して頭が上がらなくなった。

それから、唯一の得意学科であった国語力を活用しようと、出版関係の会社に入ったもののの、結局、これもだめ。要するに会社や組織内での人間関係やらルールやらに合わせることのできない、典型的な落ちこぼれ体質であることを悟り、これはもう、一匹狼でやるしかないと諦《あきら》めた。幸い、ルポライターとして使ってくれる編集者がいて、ボチボチとやり始めたら、これが結構面白い。大していい収入とはいえないけれど、居候でやっていくには十分過ぎる。もっとも、雪江未亡人にしてみれば、こういう出来の悪い次男坊がいつまでも家の中にゴロゴロしていたのでは、目障《めざわ》りでしようがないのだけれど……。

その浅見光彦がふとしたきっかけで、思いもかけず、私立探偵もどきに変身した。浅見には子供の頃から、家人はもちろん本人自身ほとんど持て余しぎみにしていた夢想癖や、霊感といってもよさそうな直感力が備わっている。会社勤めからはみ出した原因の一つは、そういう特殊能力がかえって災いしたことにもあるのだ。それが、警察も手を焼くような難事件をつぎつぎに解決する才能としてものを言った。まったく、人間、どういう才能が隠されているか知れないから、みだりに落ちこぼれだの、無能だのと決めつけるべきではないのである。

とはいえ、こと浅見家内の評価にかぎっていえば、浅見光彦は嫁《ゆ》き遅れ（？）のどうしようもない愚弟でしかない。お手伝いの須美子でさえ、光彦坊ちゃまが早く適当な相手に恵まれてこの家を出てゆくよう、日夜祈りつつ、いびり出そうとしているありさまだ。

「お客さん、お玄関でお待ちですよ」

須美子は言い置いて行ってしまった。浅見はいくぶんのスリルを味わいながら、玄関へ出てみた。

若い女性が立っていた。美人だ——と浅見はまず思った。楚々《そそ》とした感じの立ち姿が美しいと、その次に思った。浅見は女性のファッションなどにはまるっきり知識がない。彼女が着ているのはツーピース、それもいわゆるスーツと呼ぶタイプであること程度しか分からない。淡い水色、粗《あら》い縦織りの生地が、理知的なイメージを創りだしている。

　髪の毛は肩に届くほどの長さで、自然になのか、パーマなのか、裾のほうでわずかにカールしていた。

　あまり化粧っ気を感じさせない顔が真直ぐこっちを向いていた。目許《めもと》は涼やかだが、どことなく寂しげな印象が気になる。

「あの、漆原さんとおっしゃいましたか？」

　浅見は多少の気後れを覚えながら訊いた。

「はい、漆原肇子といいます。どうぞよろしく」

「あ、浅見です、こちらこそよろしく。それで、何か僕に御用だそうですが？……」

「はい、じつは、兄に頼まれたことをお伝えしに伺ったのです」

「お兄さん……、といいますと？」

「漆原宏です」

　そう言われても浅見にはピンとくる記憶がなかった。それなのに浅見は「ああ、あの漆原さん」と、分かったようなことを言ってしまった。誰のことか分からないなどと、この美人を前にしては、気の毒でとても言えたものではない——と思った。そういう優柔不断なところが浅見にはある。それに、話しているうちには、どこの「漆原」だったか、おいおい思い出すだろうと高をくくった。

「兄からの言伝《ことづて》で、浅見さんに貰っていただきたいものがあると、そのことを申し上げに参りました」

「はあ……」

浅見は弱った。どこの漆原か分かりもしないうちに、何かを貰うなどというわけにはいかない。受け取るにも断るにも、相手の素性を確かめてからでないと話ができない。

「ええと、漆原さんは……、お兄さんはお元気ですか？」

「いえ、兄は亡くなりました」

「えっ？　亡くなった……」

「はい、つい二週間ほど前のことですが、ご存じありませんでしたか？」

「え、ええ、申し訳ありませんが、知りませんでした。そうですか、漆原さんは亡くなったのですか……」

浅見はいよいよ困惑した。ここに至ってもまだ「漆原」の正体が分からない。

「それはどうもご愁傷《しゅうしょう》さまです」

そんなとおりいっぺんの挨拶でいいものかどうかも分からなかったが、それよりほかに言うべき言葉が思い浮かばない。

「ご存じなくて当然かもしれません。こちらの新聞には出なかったのでしょうから」

「新聞に？……新聞に出たのですか？」

「ええ、地元では、ああいう事件のことは珍しいものですから」

「事件？　すると、漆原さんは何かの事件で亡くなったのですか？」

「ええ、じつは、警察ではまだはっきりしたことは言ってないのですけれど、兄は殺されたらしいのです」

「なんですって？……」

浅見は驚いた。漆原肇子のほうは存外、平気でいるように見えた。そういう会話をもう何度も繰り返して、すっかり慣れっこになってしまった――という感じだ。

「ちょっとお上がりになりませんか」

浅見は慌てぎみに言って、肇子の前にスリッパを揃えた。

応接室に入るところで、奥のほうから須美子が顔を出した。「坊ちゃま、お茶をお持ちしましょうか？」と、「坊ちゃま」のところにいっそう力を籠《こ》めて訊いた。

「ああ、お願いするよ」

浅見は言いながら、百面相みたいに顔をしかめて見せた。須美子はニヤリと笑った。

「お兄さんが殺されたらしいって、それ、ほんとうのことですか？」

浅見は声をひそめるようにして訊いた。

「ええ、たぶん……。さっきも言いましたけど、まだ確定はしていないようですけれど」

「いったい、どうして……。いや、もし殺されたのだとすると、どういう理由なのですか？　それに、いったい誰に殺されたとか、そういうことはぜんぜん分かっていないのですか?」

「分かりません。兄は沼津の海岸に水死体で打ち上げられているのを発見されたのです。殺されたのかどうかもはっきりしていませんから、もちろん犯人なんか分かっているはずがないのです」

「しかし、殺された疑いがあるのですね?」

「いえ、警察は事故死か自殺だろうと言っています。でも私はそうは思えないんです」

「それはどうしてですか?」

「前から兄は自分が死ぬことを予感していましたから」

「というと、何かそういうことをおっしゃっていたのですか?」

「ええ、そうです。それで浅見さんへの言伝も言っていたのです」

「いったい、お兄さんは、僕のことを何ておっしゃっていたのですか?」

「おれがもし死んだら——って言っていたのです。おれが死んだら、浅見君のところへ行ってくれ——って」

浅見は「漆原宏」の手掛りの一端を見たような気がした。漆原という人物は、気安く「浅見君」という呼び方をするような間柄だったということだ。

「それにしても、漆原さんはなぜ僕のところへと言ったのでしょうかねえ?」

浅見は無意識に「おっしゃった」を「言った」に格下げしている。

「それは学生時代の浅見さんの名探偵ぶりを知っていたからだと思います」

「あっ……」

浅見は思わず叫んでしまった。（そうか、あの漆原か、応援団長の――）と、ようやく思い当たった。

「そうですか、漆原君はあの時のことを憶えていてくれたのですか」

それにひきかえ僕ときたひには――と、浅見は忸怩《じくじ》たるものがあった。漆原宏の名前を聞いても、さっぱりその素性に思い当たらなかったのだ。卒業して十年以上になるからといって、そんなのは言い訳にならない。

「しかし、あの漆原君が亡くなったなんて、とても信じられません」

浅見は首を振った。

「たしか、殺しても死にそうもない顔をしているって、仲間うちで言われていたくらいですがねえ……」

実際、漆原の顔は「容貌魁偉《ようぼうかいい》」というのがぴったりのゴツイ造作《ぞうさく》であった。体中に脂肪分が詰まっていて、それが顔の皮膚からはじけ出そうに見えた。まるで夏みかんの表皮を拡大したようなものだ。

大学時代、漆原は応援団長をやっていた。一般に、応援団なんかをやっている人間は学業成績のほうはどうも――というタイプが多いのだが、漆原に関していえば文武両道を地でゆくような男で、専攻の電子工学の成績も悪くなかったらしい。

浅見と漆原とでは外見も違うし、ものの考え方だっておよそ合致する部分などありそうもない。たまたま同じ大学の同期に在籍していたというだけのことで、何事もなければ接点すらないまま卒業していたような間柄だ。その二人に付き合いが生じたのは、当時、応援団員に疑いがかけられた連続窃盗事件のお蔭である。

その窃盗事件の真相を、ひょんなことから浅見が解明して、応援団の潔白を証明した。爾来《じらい》、浅見光彦は応援団の守護神のごとくあがめられ、どちらかといえば脆弱《ぜいじゃく》そうに見える浅見が、学内で怖いもののない生活が送れたのであった。

大学を出て十年間、漆原との音信は途絶えていた。漆原は電子工学、浅見は国文学と専攻も異なったし、進む方向もまったく別のものであった。漆原が証券業関係の会社に入ったという噂を聞いたことがあるけれど、それっきりであった。浅見は、といえば、会社勤めが向かないという理由で、フリーのルポライターという、到底うだつの上がりそうもない職業に従事し、相変わらず親の家から脱出できないでいる。このところ本業よりも売れてきた私立探偵のほうも、道楽半分みたいなもので、収入どころか持ち出しばかりだ。大学時代の仲間はみな真当な職業に従事し、大抵はよきパパぶりを発揮しているのだから、どうしても疎遠になってしまう。

「そうすると、漆原君は東京にはいなかったのですか」

相手の素性が分かって、浅見はようやく安心して話ができた。

「ええ、半年ほど前に東京の会社が倒産して、沼津に引っ込んだのです。しばらくのあいだ休息だ――とか言って、ぶらぶらしていましたけど、収入のほうは結構あるみたいでした。退職金が沢山あったのかもしれません。沼津の家はわたしと母の二人暮らしでしたし、兄が戻ってきてくれてよかったと思っていたのです。ところが最近になって様子が変わってきて、何か心配ごとがあるような感じで、そして、母には知られないようにわたしを呼んで、『おれが死んだら……』と言い出したのです」

「もし死んだら、僕のところへ行くようにと言ったんですか？」

「ええ」

肇子は表情を変えずに、頷いた。

「どうしてそんなことを言ったのでしょうかねえ？」

「浅見さんのところへ行って、ワープロを貰ってくれるように頼めって言ったのです」

「ワープロを？……」

浅見はまたまた意表を衝《つ》かれた。

「ええ、ワープロです。兄が使っているワープロを浅見さんに使って貰うようにって言っていたのです」

「なぜワープロを？……それにどうして僕なんかに？……漆原君には奥さんはいないのですか？」

「ええ、いません。兄はずっと独身でした」

「それなら、妹さんのあなたに使って貰ったほうがいいじゃありませんか」

「でも理由はわかりませんけど、とにかく兄はそう言ったのです。きっと浅見さんへのお礼のつもりなんじゃないでしょうか。割と高級な機種らしいですから」

肇子は浅見の部屋にあるワープロを指差して、言った。

「この倍以上は大きいし、二百万円ぐらいするのだそうです」

「というと、F社の100GXというタイプかもしれませんね」

浅見が使っているワープロは七十万円台の中級品で、F社の100GXタイプとなると、居候の身分では、とてものこと手が出ない高嶺《たかね》の花であった。

「貰っていただけますか？」

肇子は追い掛けるように言った。

「貰うって……、そんな高価なもの、いくらなんでもただ貰うわけにはいきませんよ。少なくとも、いったいどういう事情があるのか知らないうちは」

「どういう事情って、兄が亡くなったいまとなっては、わたしにだって分かりようがありません」

浅見は頭を振った。

「しかし、漆原君は何か理由を言わなかったのですか？　死ぬかもしれないと思う理由と、僕にワープロをくれることについての理由を」

「ええ、どっちのことも言わなかったのです。ただ……」

肇子は上目づかいになって、しばらく間を取って、言った。

「浅見さんがワープロを貰ってくれたら、そのワープロでまずおれのフルネームを打ってもらってくれ――って言ってました。それから、妹のこと、つまりわたしのことをよろしく頼むって……」

「はあ……」

浅見はポカンと間の抜けた顔になった。

「いえ、あとのほうのこと……、わたしのことはいいんです」

肇子は顔を赤くして、早口で言った。その時、ドアをノックして、返事をするより早く須美子が入ってきた。直前の会話が聞こえたのか、須美子は怒ったような顔で紅茶を出すと、愛想も言わずに部屋を出ていった。須美子は光彦坊ちゃまが目障《めざわ》りでしようがないくせに、歳頃のお客には本能的な敵愾心《てきがいしん》を燃やすらしい。そういう女心が、浅見にはどうにも理解できない。

「ワープロでフルネームを打つって、それ、何のことですか？」

浅見は肇子に訊いた。

「分かりません」

肇子は首を横に振った。

「とにかく兄はそう言ったのです。そう言えば分かると思ったんじゃないでしょうか」

「いや、分かりませんよ、そんなこと言われても……」

「それじゃ、すみませんけど、どういうことか考えてください」

肇子はことも無げに言う。

「とにかく、帰りましたら、すぐにワープロをお送りしますから」

重荷を下ろして、いかにもほっとした様子だった。

3

『こだま』に乗る前に、肇子は東京駅から自宅に電話した。ベルを一度だけ鳴らして、母親の睦子が待っていたとばかりにすぐ電話に出た。

「ああ、肇子、いまどこなの？」

元気のない声が縋《すが》りつくように言った。

「いま東京駅、これからこだまに乗るところよ」

「ずいぶん遅かったじゃないの」

「うん、買物をして軽い夕食をしたから」

「とにかく早く帰っておいで」

なんだか声をひそめるように言う。

「誰かお客さんなの？」

「ええ、ちょっとね」

「誰？」

「そんなこといいから、とにかく早く帰っておいで」

口振りから察すると、あまり歓迎したい客ではなさそうだ。もしかすると警察の人間が来ているのかもしれない。兄の事件の捜査ははかばかしくないのか、あれから何も言ってこない。それにしても、事故死か自殺か他殺か、さっぱり見当がつかないというのでは、警察もまったく頼りない。

肇子に言わせれば、いくら考えたってあの兄が自殺するはずもないし、深夜の海に転落するような間抜けなことをするはずもないのだ。だとすれば他殺に決まっている。だのに警察は事故死か自殺のどちらかだと決めてかかっているようだ。たぶんそのほうが警察の都合にいいということなのかもしれない。

兄の死はショックだったにちがいないけれど、若いだけに、日が経つにつれて肇子のほうは次第に立ち直った。しかし母親の睦子はすっかり気落ちして、人に会うことさえ苦痛らしい。警察の相手をするのがとても辛いというので、仕方なく、彼等の応対はほとんど肇子が引き受けた。

三、四日前からやっと刑事の足も遠のいたので、兄の「遺言」を果たしに東京へ出掛けたのだけれど、またぞろ刑事がやって来ているのかと思うと、家路を辿《たど》る気持ちまでが少し鬱陶《うっとう》しかった。

静岡県沼津市我入道《がにゅうどう》——、これが漆原家の住所である。「我入道」とは妙な地名だが、これにはさまざまな故事来歴があるのだそうだ。海岸の岡が牛臥山《うしぶせやま》といい、ちょうど牛が寝そべったような形であるところから「臥牛洞」という地名ができ、それが訛《なま》って「我入道」となった——という説もその一つ。しかし、地元で一般的にいわれているのは、日蓮《にちれん》上人《しょうにん》にまつわる事跡だ。

日蓮が伊豆に配流されていた時、伊東から舟で逃れ、この地に上陸した。そして「我、仏の道に入らん」と言ったところから「我入道」という地名になったというのである。この説には、いろいろ尾鰭《おひれ》がついて、たとえば日蓮が袈裟《けさ》をかけた松が現存（？）する。

いまでこそ沼津市郊外の住宅街になっているけれど、ほんのひと昔前までは、我入道は漁村であった。年輩の漁業関係者なら誰でも知っている「チャカ」と呼ばれる簡便な焼き玉エンジンの発祥の地が我入道なのだそうだ。それに、現在でも釣り船に使われている「スパンカー」という二枚帆もこの土地の漁師の発明だという。

肇子が両親と兄と一緒に、東京の郊外からこの土地に移り住んだのは十五年前、肇子が小学校に入る年の春だった。兄の宏は高校を卒業する時で、そういうことも移転を決める条件だったのかもしれない。

それまで漆原家は調布市に住んでいた。父親が体をこわして、自分の創設した会社を人に任せ、気候の温暖なこの地に住むようになったということは聞いている。その父はそれから五年後に死んだ。遺産がかなりあったし兄の宏はすでに社会人として働いていたから、生活に困るということはなかったけれど、肇子は母親をもりたてて生きなければならないという自覚があって、ずいぶんつましく緊張した思春期を過ごした。

我入道はほんとうに住みよい街であった。すぐ目の前は波穏やかな駿河湾、頭《こうべ》をめぐらせば、愛鷹《あしたか》山に重なるように富士が仰げる――という風光明媚《めいび》の地である。近くにはみかんや桃を栽培する果樹園が点在するような、のどかな土地柄だ。湘南《しょうなん》の江ノ島によく似た「牛臥山」という偏平な恰好《かっこう》の山の一帯が公園になっていて、市内や近隣から散策に訪れる人も多い。そこから南へかけての海岸を「静浦《しずうら》」と言い、かつて明治天皇が愛用された御用邸が、いまは公園として市民に親しまれている。父親がこの地を療養と、そしておそらくは終焉《しゅうえん》の場所に選んだわけが分かるような気がする。

肇子の乗った列車が三島駅に着いたのは、午後九時を回る時刻だった。ついこのあいだまでは残暑だとか言っていたような気がするのに、駅を出ると、山側から吹き下ろしてくる風に晩秋の気配を感じた。まだバスも走っている時刻だったけれど、肇子は駅前からタクシーに乗った。

我入道の辺りは完全な住居地域で、夜になるといっぺんに寂しくなる。街灯はあちこちにあるのだけれど、若い娘の一人歩きはあまり奨励できない。

三島駅から自宅までは二十分かそこいらの距離だ。家の前の通りは、思ったとおり人通りが絶えて、閑散としていた。肇子はタクシーの走り去る音を背にして門柱の呼び鈴《りん》を押した。少し待ったが、睦子が出てくる気配はない。

（お風呂かしら？――）

電気はついているし、まだ寝てしまうはずはない。しようがないなあと思いながら、何気なく門扉を押した。

(あらっ?――)

いつもはかんぬきがかかっている門が、スッと開いた。母親が気をきかして開けておいてくれたのだろう。中に入って門にかんぬきをかけ、玄関に向かおうとした時、すぐ脇の植え込みから黒い人影が飛び出すのが見えた。遠い街灯をバックにしていたせいか、文字どおり影のような人物であった。上は黒っぽいセーターか、下もやはり黒いズボンという恰好だ。おまけに顔まで何か黒いもので覆っているらしい。

肇子は「キャッ」と叫んで、とっさに顔と胸の辺りを両腕で隠し、身を縮めた。襲われると思ったのだ。

しかし黒い影はこっちには向かわず、肇子が閉めたばかりの、高さ一メートル五十センチほどの門の上に手をかけ、身軽に飛び越えて、逃げた。

(何よ、あれ?――)

肇子は心臓が破れるのではないかと思うほどのショックだった。兄の事件のこともあるし、我が身の危険をまともに感じやすい状況にあった。

急いで玄関のドアに向かった。ドアにも鍵がかかっていない。その瞬間、肇子は強烈な不安感に襲われた。

「母さん!」

家の中に向かって大声で呼んでみた。

応答はない。シンと静まり返った家の中の空気に、何か不吉なものの匂いが漂っているような気がした。

「母さん、いないの？」

もういちど母を呼んで、何の物音も返ってこないのを確かめてから、肇子は靴を脱ぎ捨て、よろめくように奥へ走り込んだ。

ダイニングキッチンの床に母親がうつ伏せに倒れているのが見えた。駆け寄って背中を揺すった。

「母さん、しっかりして、どうしたの！」

その時、母親の胸の下から鈍い光りの反射が、カーペットに滲《にじ》むように広がっているのに気がついた。

（血――）

肇子はギョッとした。目を近づけて見ると、大量の血が流れたらしい。

「母さん！……」

肇子の悲鳴のような声に呼び覚まされたのか、わずかに睦子の顔が動いた。何か言おうとしている。

「何？　どうしたの？　誰がやったの？」

肇子は耳を母親の口許に近づけ、励ますように叫んだ。

「シ・シ……ハ・マ・ダ……コ・ガ……」

睦子はそれだけ言うと完全に動かなくなった。肇子は電話のある場所に這《は》って行った。

脚がガクガクして立てなかった。必死の想いで110番をプッシュした。「はい、こちら110番」という声を聞くと、気を失いそうになった。

「たいへんです、母が殺されました！　すぐ来てください」

「了解しました。場所はどちらですか？」

「ここです……、あ、自宅です」

「自宅ですね。それではあなたの住所とお名前を言ってください。落ち着いて、ゆっくりと」

電話の相手はしっかりした口調で、宥《なだ》めすかすように言った。

肇子はできるだけ気持ちを引き締めようと努めたけれど、それでも言葉が乱れるのを抑えようがなかった。

「分かりました、いま警察と救急車がそちらに向かいました。それでは電話をこのままにして、状況を教えてください」

肇子は帰宅してからのことを途切れ途切れに話した。先方は要点をテキパキと把握しながら、そのつど別の回線を使って、どこかに指令を発している様子だ。

「そうしますと、犯行からまだあまり時間が経過していませんね。ただちに緊急配備を行いますので、もう一度、あなたが見た犯人らしい人物の人相・着衣について教えてください」

いかにも物慣れた感じだ。警察はそれなりに手際のいい作業を進めてくれるのだ。そう思うと、肇子の恐怖感や絶望感もいくらかは薄れてきた。

犯人はあの植え込みに隠れていた男しか考えられない。背恰好はそれほど大柄ではなかったような気がする。あの門を飛び越えた身軽さからいって若い男にちがいない。しかしそれ以上のことははっきりしなかった。

パトカーと救急車はほとんど同時に到着した。パトカーからは二宮警部補が降りてきて、なんともいえない沈痛な顔で、世にも不幸な娘を見た。

「しっかりするんですよ」

励まされて、肇子はガクガクと頷いた。

睦子にはその時点ではかすかに脈があって、救急隊員が応急手当てをしたが、病院へ着く前に絶命した。死因は胸部刺傷からの大量出血による失血死であった。

肇子は自分が失神しないでいることが不思議でならなかった。救急車の中で母親の死を告げられ、涙も声も尽きるほど号泣したけれど、警察の事情聴取には少なくとも表面は落ち着いて応対している。兄と母とを連続して奪われたことが、肇子の精神状態をむしろ厳しいものにしているのかもしれない。この理不尽に対する怒りと復讐の念が、ともすれば崩れようとする心を支えていた。

肇子はその夜は自宅に帰らず、母親が収容された病院のベッドで眠った。いや、眠ったかどうか、彼女にはよく分からなかった。現実に見たことと恐ろしい夢とが交錯して、どこまでが幻だったのか、朝を迎えても判然としなかった。

朝食を出されたが結局手をつけず、警察が回して寄越した車で帰宅した。家の周囲には報道関係者や一般の野次馬が入り雑《ま》じって、たいへんな混乱だった。近所の奥さん連中が出迎えて、恐怖と好奇心のない混ざった表情で慰めの言葉を言ってくれた。長男の変死についで母親が殺されたこの家は、彼等の目にはまるで呪われているように映ったにちがいない。

肇子はなんとかして笑顔で応じようと努力したけれど、ついに蒼白《そうはく》にこわばった顔の筋肉を緩《ゆる》めることができなかった。

昨夜、つきっきりで事情聴取にあたった二宮が、県警から来た畑山という警部を紹介した。けさ早く、沼津署内に特別捜査本部が設置されて、畑山警部と彼のスタッフが静岡県警から増援されてきたのだそうだ。

「これからのことは僕に相談してください」

畑山警部は親切そうに言ってくれた。年齢は死んだ兄の宏と同じぐらいか、少し年長といったところか。大柄で肉付きのいい体軀《たいく》をして、顔は五月人形の金太郎に似ていた。優しそうな言葉づかいをしているけれど、事情聴取は綿密で、気を抜くところがないのはさすがだ。肇子が帰宅した時の状況からこと細かに聴く。肇子が乗ったタクシーの割り出しをするところを見ると、一応は肇子の供述の信憑性《しんぴょうせい》までも確認するつもりにちがいない。

犯行現場は、ほぼ肇子が発見した当時の状態で保存されてあった。睦子が殺されたダイニングキッチンのテーブルには、客が来たことを示す、紅茶の入ったティーカップと菓子が出ていた。東京駅から肇子が電話した時の話と、それは一致する。ただ、電話から帰宅までの時間が二時間近くあるので、客と犯人が同一人物かどうかは疑問ではあった。

畑山警部の話によると、客は紅茶にはまったく口をつけていない様子だ。煙草も吸っていない。

「要するに、指紋や血液型を採取されるような痕跡を残さないように、細心の注意を払ったことが推測されるわけですね」

畑山はそう説明した。

「一応、家の中を見て、何か盗まれたとか、変わった点があったら教えてください」

畑山と一緒に、肇子は家の中を点検して歩いた。ざっと見た感じでは、家の中を物色した形跡があるが、盗まれたものがあるのかどうかははっきりしない。睦子が殺されたダイニングキッチンには、すぐ傍のサイドボードに現金が少しと貴金属類もあったのだが、それには手をつけていなかった。この一事だけを見ても、単純に盗み目的の犯行とは考えにくい。

さりとて、恨みによる凶行にしては、胸の刺し傷が一個所だけというのが腑《ふ》に落ちないのだそうだ。

「怨恨《えんこん》の場合だと、大抵、数個所、それもかなり残忍なやり口で刺すものなのです」

畑山はそう言った。

「しかし、恨みによる犯行である可能性が強いのですから、お母さんを恨んでいたような人がいないかどうか、聞かせてください」

「母を恨んでいる人がいるなんて、わたしには到底、考えられません」

肇子は悔しそうに言った。実際、母を恨むなどということがあれば、それは恨む側のほうが間違っているのであって、いわば逆恨みにちがいない――と思っている。

肇子は断言したけれど、警察はひとまず、「客」が居直って凶行に及んだ――という状況を想定して、漆原家を訪問した人物に関する付近の目撃者探しから捜査を開始した。

もっとも、客が帰ったあと、賊が押し込んだということも考えられないわけではない。留守かと思って盗みに入った賊が、睦子に発見されて居直った可能性もぜんぜんないわけではない。金品を取らなかったのは、自分の犯した殺人に仰天して、慌てふためいて逃げ出したものかもしれないのだ。

凶器は発見されなかった。ひと突きで心臓に達するほどの、かなり刀身の長いナイフか短刀と考えられたが、そういう刃物は漆原家にはなかった。したがって、犯人はあらかじめ凶器を用意していたものと思われた。

実地検証が終わり、遺留物の採取などの作業はすべて完了した。警察の事情聴取から解放されると、事件の捜査のこととはべつに、肇子にはやらなければならないことがいっぱいあった。肇子は父親の兄である伯父に来てもらって、今後のことを相談し、葬儀の手配にとりかかった。漆原家の親戚といえば、肇子はこの横浜の伯父の家としか付き合いがない。兄の葬儀の時も、やはり伯父が何くれとなく面倒を見てくれた。その時になって思い当たったことだけれど、そういえば肇子は、それ以前にも母方の親戚というのは睦子の口からも聞いたことがなかった。

近所の人々も気の毒がって面倒を見てくれたし、葬儀の当日は町内会が動員した人が大勢、手伝いに来てくれた。

そういう大騒ぎが一切片づき、漆原家に静寂が戻ったのは、それから五日後のことであった。

潮が引いたあとの砂浜のように、誰もいなくなった家の中にじっとしていると、肇子はあらためて悲しみと恐怖に襲われた。伯父は肇子に、この家を引き払って、横浜の伯父の家にいったん身を寄せたらどうかと言ってくれた。

「いずれ結婚するのだろうから、それまでのあいだだけでもどうだ？」

「ええ、ありがとう。でも、しばらくはこの家にいて上げたいんです」

肇子は健気《けなげ》に言った。

「母さんや兄さんのかたきを討つまでは、この家を離れたくないんです」

「そんな、かたきだなんて……」

伯父は呆れ顔になった。

「そういうことは警察に任せてだね……」

「ええ、警察がやることだとは思うけど、でもそれを見届けないと、どうしても気がすまないんですよね」

肇子が、幼い頃から兄の宏にも負けないほど気丈な子だということを伯父も知っているから、それ以上は無理強いしなかった。

「まあ、肇子の気のすむようにすればいい。しかし、いつでもその気になったら私の家に来るんだよ。無理をして、宏やお母さんの二の舞になったりしないようにね」

そう釘《くぎ》をさして帰っていった。

仏壇に父親の古い位牌《いはい》と並んで、兄と母親の真新しい位牌が立った。肇子はその前に坐って、終日、悲しみと闘っていた。

ダイニングキッチンの、母の血を吸ったカーペットはすべて取り去って、跡は剝《む》き出しの木の床になっている。しかし、そこで母が凶刃に倒れた事実は消し去ることはできないのだ。

母は万斛《ばんこく》の恨みと、わたしへの心残りを抱いて死んでいったにちがいない――と、肇子の胸には悲しみ以上に怒りが込み上げる。

(いったい、誰が、何のために――)

歯軋《はぎし》りするような気持ちの中で、ふと、肇子は重要なことを思い出した。

(そうだわ、母さんはあの時、何か言い残していたわ――)

睦子は最期の瞬間、肇子の呼掛けに応えるように、かすかな声でこう言ったのだ。

「シ・シ……ハ・マ・ダ……コ・ガ……」

この中で「……」の部分ははっきり聞き取れなかった。何か言ったようでもあるし、何も言わない部分だったかもしれない。

（何のことかしら？――）

肇子は首をひねった。しかし、一応、警察には届けておいたほうがいいと判断した。

沼津署に電話すると、交換が捜査本部に繋いでくれた。電話に出た若い声に向かって肇子が名乗ると、すぐに県警の畑山という警部に代わった。

「どうですか、少しは落着きましたか？」

畑山は優しく訊いた。

「はい、大丈夫です」

肇子は気張った口調で言い、「じつは」と、さっき思い出したことを話した。

「ふーん、それはまさにダイイングメッセージですね」

畑山警部は深刻そうな声を出した。

「シシハマダコガ――ですか……」

「ええ、そんな風に聞こえましたけど、でも、もしかするとあいだに何か聞き取りにくい言葉を言っているのかもしれません。シシノハマダとか、シシヲハマダとか、そう言ったのかもしれません」

「なるほど……」

畑山はメモに控えている様子だ。

「いったい、それは何のことでしょうか？」

「ははは、それをこちらで訊こうとしたところですよ」

畑山は笑った。

「お母さんがそう言ったのですから、娘さんであるあなたのほうが、何か思い当たることがあるのではありませんか？」

「いいえ、何にもないのです。ただ、静浦の海岸に、たしか『獅子浜《ししはま》』という所があったと思うんですけど」

「ほう、そうですか、獅子浜というのですか。それは知りませんでした。早速、調べてみることにしますよ」

畑山は礼を言って電話を切った。

第二章　奇妙な盗難

1

漆原肇子が訪ねて来てから一週間が経つというのに、その後、肇子からの連絡は何もないままになっている。浅見はいささか拍子抜けした気分だった。あの時の肇子の様子では、いますぐにでもワープロを送って寄越しそうに思えた。いや、ワープロを送ってこないことをとやかく言うつもりはないけれど、それにしても、人騒がせな話ではないか。なんだか、からかわれたような、後味の悪さがあった。

ちょうどそんな折、ある雑誌の取材で三島へ行く仕事ができた。

三島には楽寿園《らくじゆえん》という、湧水池《ゆうすい》で有名な庭園がある。「富士の白雪朝日で溶けて三島に注ぐ」と、歌の文句にもあるとおり、古来、三島は富士山を水源とする清冽《せいれつ》な湧《わ》き水で潤《うるお》ってきた街である。ところがその豊富なはずの湧き水が、いまではほとんどといっていいくらいに涸渇《こかつ》してしまった。

原因は上流域に雨後のたけのこのように乱立した工場群にある。豊富な水資源と安い地価をあてこんで、大型の工場が続々と誕生した。三島市はもちろん、裾野《すその》市や御殿場《ごてんば》市などでも、工場誘致には積極的だった。その結果として、昭和三十年代に入ってまもなく、湧き水の水位は下がりはじめ、やがて楽寿園の水が涸《か》れ、三島女郎衆とともに親しまれた三島の湧き水はほとんど見るかげもなくなってしまった。

浅見の受けた仕事は、その湧き水の盛衰と三島宿の今昔をからめて、文明の進展とともに地方文化が変転してゆくさまを描き、いささかの問題提起をしようとするドキュメンタリーだ。

街の人々の懐旧談、市役所の見解、工場側の言い分等々、ひととおり関係者の話を取材し終えて、浅見は沼津の漆原家まで足を伸ばしてみることにした。ワープロのことはともかく、せっかくここまで来たのだから、漆原宏の霊前に花を供えるくらいのことはしたかった。

地図を頼りに車を駆って、我入道という街に漆原家の地番を探し当てた。静かな住宅街のごくふつうの二階屋だった。玄関のドアに「忌中」の札が下がっている。漆原宏が亡くなってからすでに三週間は経つはずなのに、まだ忌中札が出ているのが、浅見は少し気になった。

門の呼び鈴を押すと、かなり間をおいて、玄関から肇子の顔が覗《のぞ》いた。

「あ、浅見さん！」

肇子は弾んだ声を出した。思いがけない訪問客を歓迎したい気持ちが現れていた。浅見もそれに応じるように、努めて明るい声を出した。

「三島まで用事で来たものですから、ちょっと寄らせていただきました」

「まあうれしい、いま門を開けますから」

肇子はサンダルの音も軽やかに駆けてきた。門をいっぱいに開けると、浅見の手を取らんばかりにして、家の中に案内した。

（なぜだろう？――）

浅見は肇子の顔を見て、不審を抱いた。頰をピンクに染め、全身で嬉しさを表現しているくせに、肇子の眼には涙が浮かんでいる。

応接室に入ろうとする肇子を制して、浅見はまず御霊前に、と言った。

肇子は神妙な顔になって、仏壇の前に連れていってくれた。何気なく仏壇の中を見て、浅見は（おや？――）と思った。黒地に金文字の古い位牌の手前に、白木の新しい位牌が二つ並んでいる。ひとつは漆原宏のものらしいが、もうひとつは戒名に「……大姉」とあるから、明らかに女性のものだ。

「あの、こちらのお位牌はどなたですか？」

浅見は肇子を振り返って、訊いた。

「母です」

「えっ？……」

浅見は驚いた。

「お母さんも亡くなられたのですか?」

「ええ……、あ、浅見さんはご存じなかったのですか」

「ええ、知りませんでした。え? いや、しかし、たしかあなたがうちに見えた時には、お母さんはご健在だと聞いたような気がしますが?」

「ええ、じつは、あの晩……」

肇子はふいに涙が込み上げて、あとは言葉にならなくなった。浅見は狼狽《ろうばい》した。

「すみません、悲しいことを思い出させてしまいました」

頭を下げると、肇子は涙を抑えながら、右手を振って、「そうじゃないんです」と言った。

肇子は母親の悲劇の一部始終を語った。話しているとあの時の情景がまた悲しみをそそる。嗚咽《おえつ》で途切れ途切れの話になったから、かなりの時間がかかった。

「そうでしたか……、そんなことがあったのですか……」

兄につづいて母親までも失った——しかも異常な事件に巻き込まれて——という肇子に対して、浅見は慰めるべき言葉を見つけようがなかった。

「それで、警察の捜査のほうはどうなっているのですか?」

「分かりません。犯人の手掛りがあったということも聞いていません。警察は兄の事件は事故か自殺だろうと決めつけているし、ほんとのこと言って、あまりアテにならないような気がしてならないのです」

「いや、そんなことはないでしょう。警察はそれなりに一生懸命やってくれていると思いますよ」

浅見は慰めるように言ったが、浅見自身にもいくぶんは警察不信の気持ちがないわけでもない。日本の警察は質量ともに、それこそ世界に冠たる優秀な組織だが、公安や警備の面で充実している割に、一般の犯罪捜査に関しては物足りないところがある。それはひとつには人権尊重に留意するために、いま一歩踏み込んだ捜査ができにくいという理由もあるのかもしれない。しかし、やはりその原因の大きな部分は個々の捜査員の質の問題だと浅見は思う。

ひと口に言って、名人肌、職人肌の捜査員が少なくなったのではないだろうか。科学捜査、チームワークといった面ばかりが強調され、それはそれなりに成果を上げているのだけれど、その反面、一匹狼的に捜査にのめり込む刑事像などというのは、昔ばなしになってしまった。いわば刑事のサラリーマン化が定着した結果といっていいかもしれない。

もっとも、その刑事たちの頂点ともいうべき、警察庁刑事局長が自分の兄であり、いくら自分が生まれた家とはいえ、いまだに兄の家の居候を決め込んでいる以上、浅見としては警察や刑事の悪口は言いにくい事情はあった。

「警察は警察として、もしよければ、僕にも事件の概要を話してみてくれませんか」

「はあ……」

肇子は浅見の申し出に戸惑っている。いくら兄の友人だからといって、よく知らない青年に話していいものかどうか——。

肇子が躊躇《ちゅうちょ》している気配を察して、浅見は笑いながら言った。

「ほら、漆原君が、お兄さんが大学時代のことを話していたとおっしゃったでしょう。こう見えても、僕には多少、探偵の素質があるんですよ。あなた自身、警察は頼りないって思っているんだし、素人は素人なりに、何かいい知恵が浮かぶかもしれないでしょう」

「ええ、そうですね、じゃあ聞いていただこうかしら」

肇子はほかに相談する相手もいなかったこともあって、浅見に事件の内容を喋ってもいいと思った。帰宅して「惨劇」に出くわした時からこれまでのことを、記憶を脳裏に焼きつけるように、丁寧になぞっていった。

浅見は時折、質問を挟みながら、まるで肇子の記憶をコピーするような聞き取りをしている。

「なるほど、たいへんよく分かりました」

肇子が話し終えると、浅見は軽く頭を下げた。

「ところで、こんなのは愚問かもしれませんが、お母さんを殺害した犯人の心当たりはないのでしょうか？」

あればとっくに事件は解決している——と思いながら、浅見は訊いた。

「ええ、まったくありません。ただ、あの時、誰かお客さんがあったことは確かなんですけど、その人が誰なのか、事件の後もぜんぜん分からないんです。もし犯人でなければ、何か言ってきてくれてもよさそうに思えるので、もしかしたらその人が……っていう気もするんです。警察もたぶんそう思って、母の交友関係なんかを調べているとは思うんですけど」

「そのお客さんのことについて、肇子さんは見当がつきませんか？」

「ええ、ただ、東京駅から電話した時に、母の感じがなんとなくあまり歓迎していない様子だったので、それほど親しい関係の人じゃないなとは思いました」

「ほう、東京駅から電話した時に、そのお客さんは来ていたのですか。すると、もしその人が犯人だとすると、ずいぶん長居したということになりますね」

「ええ、ですから警察も、もしかするとそのお客さんが帰ったあとに泥棒が入って、母に見つかったので居直って殺したのじゃないかって……」

その情景を想像すると、肇子はしぜんに唇を嚙《か》み締《し》める。

「ふーん……」

浅見はなるべく肇子の顔を見ないようにして、言った。

「しかし、それだと矛盾しますねえ。さっき肇子さんが言ったとおり、もしお客さんが犯人でないとしたら、事件後、名乗り出てこないというのはおかしいわけですから」

「ですから、それは、何か名乗り出てきにくい理由があるのかもしれません」

「どういう？」

「それは分かりませんけど」

「なるほど……。いや、警察で訊いてもたぶんそう答えるでしょうね。それで片づけちゃうからいけない。名乗り出てこないのだとすれば、その理由は何なのか徹底的に調べ尽くす。それと同時に、お客さんと犯人が同一人物であると仮定して、そこから想像される犯人像をトコトン追及する。この両方をきちんとやり遂げなければ、捜査はちっとも進展しませんよ」

それまでの優しい感じから一変して、怒ったように喋る浅見の顔を、肇子はあっけに取られたように眺めた。

「あの、お客さんと犯人が同一人物だと仮定すると、犯人像が分かってくるのですか?」

「もちろん分かりますよ。あなたが電話してから帰宅するまで、おそらく二時間ぐらいはかかっているわけでしょう? その間、ずっとお宅に居続けたとすれば、ふつうならよほど親しい間柄だと考えられるわけですよね。ところがどうもそうではないらしい。とすると、いったいその二時間にはどういう意味があるのか。二時間ものあいだ、何もしないでじっと坐っていたわけでもないでしょうし、かといって話が弾んだという状況でもなさそうですよね」

「あ、そういえば、お客さんは紅茶にも口をつけていないし、煙草を吸ったりもしていないんです。警察はそれを、指紋とか血液型を残さない用心のためだろうって言ってたんですけど」

「そらそら、それだと、まるで警察はそのお客が犯人だと決めているような口振りじゃありませんか。それなのに、もしかすると、犯人は別人かもしれない——などと逃げ道を作っている。そういうところが徹底した推理や捜査をできないでいる根本的な原因になっているのですよ」

「ほんとだわ……」

肇子は感心して大きく頷《うなず》いた。

「お母さんは、とっても几帳面《きちようめん》な性格の方ではありませんか？」

浅見は訊いた。

「ええ、そうですけど……」

とつぜん方向の変わった質問をぶつけられて、肇子は面食らいながら答えた。

「でしょうね、家の中の感じを見れば分かります。おそらく食事がすむと、テーブル上の跡片づけなんかも、テキパキとやってしまうのでしょうね」

「ええ、そうなんです。わたしなんかノロマで、食事のあとテレビを見たりして、いつまでもグズグズしているんですけど、母はそういうのが嫌いで、食事がすむとさっさと食器を片づけちゃって、少し忙《せわ》しないわって、いつも文句を言っていたんですけど……」

また母親のことを思い出して、肇子は涙ぐんでいる。浅見はこういうのに弱い。自分までもが感情移入して、目頭《めがしら》が熱くなってしまうのである。

「それでですね……」

慌てて言った。

「仮に警察が言うように、お客さんと犯人が別人だとしてもですよ、それにしても、そのお客さんは犯人が来る直前まではお宅にいたことがはっきりしているのですよね。言い換えれば、几帳面であるはずのお母さんが、お客さんに出した紅茶の飲み残しを片づけるひまもないほどに――ということです」

「…………」

肇子は涙を拭《ぬぐ》うことも忘れて、浅見の顔を見つめた。

「つまり、どういう風に考えてみても、そのお客さんは二時間ものあいだ、せっかく出された紅茶にも手をつけず、お喋りに花を咲かすでもなく、ずっとお宅に居続けたという事実に変わりはないということです。その間、いったいその人は何をしていたのでしょうかねえ？」

「あの、家の中を物色していたのではないでしょうか？」

「えっ？　お母さんの目の前で、ですか？　だって、お母さんは縛《しば》られていたとか、そういうことはなかったのでしょう？」

「ええ、それはそうですけど……」

もう肇子には分からない。次から次へと湧《わ》いてくるような浅見の推理力を目のあたりにしていると、何か言うのが怖くなる。

「しかし、その意見は傾聴に値するかもしれませんよ」

肇子の気持ちとは裏腹に、浅見はそう言うと、腕組みをして考えに沈んだ。

（いったい何を考えているのかしら？――）

肇子はなかば呆《あき》れながら、浅見が次の言葉を発するのを待った。

浅見は客が坐っていたと思われる、ダイニングの椅子に腰掛けたり、部屋の周囲をグルリと見回したり、そうかと思うと、「ちょっと失礼」と言って勝手に廊下の奥にあるトイレまで歩いていって、すぐに戻ってきたり、意味不明に動いては考え込んだ。

2

それこそ、そのまま二時間も考えるのではないか――肇子が思った時、浅見は突然、叫んだ。

「そうか、ワープロだ！……」

肇子がギクッとするほどの大声だった。

「ワープロですよワープロ。どこにあるのですか？」

「あ、あの、ワープロなら兄の部屋にありますけど……。そうだわ、忘れてました。すみません、すぐお送りするって言っておきながら。あんなことがあったもんですから、すっかり忘れていたんです」

「あ、そういうことはいいんですよ。とにかくワープロをですね、その、どこにあるのか教えてください」

浅見は焦《じ》れったそうに言った。

肇子は浅見の剣幕に脅えたように、兄の部屋に急いだ。

「ここですけど」

宏の部屋のドアを開けて、浅見に場所を譲った。浅見はそれまでの勢いに反して、今度は慎重に構えて、ドアのところから部屋の中を覗き込んでいる。

「このお部屋には、警察は立ち入りましたか？」

「ええ、指紋なんかも採取していました」

「それで、この部屋の中の物も、盗まれた形跡はないのですね？」

「兄の物はよく分かりませんけど、何もなかったと思います。引き出しの中身も整然としてますし」

「それなら、いよいよワープロしか考えられませんね」

浅見は室内に向けて会釈して、ドアを入った。

「二時間ものあいだ、お母さんに怪しまれずに物色し、場合によっては盗み出すことのできる物といえば、ワープロの中身しか考えられません」

「ワープロの中身？」

「そうです。お兄さんのワープロの中に収められている文書の情報です」

「ワープロなら、兄が亡くなった時に警察が調べましたけど」

「え？　調べた？」

「ええ、何か遺書みたいなものがないかどうか……。自殺じゃないのだから、そんなものあるはずがないって言ったんですけど」

「それで、結果はどうだったのですか？」

「やっぱりありませんでした。小説みたいな紀行文みたいなものが入っていただけです」

「そうですか……。しかし念のためにちょっと見てみましょう」

浅見はワープロが鎮座しているデスクの椅子に坐って、ワープロの大きなブラウン管と向かい合った。

漆原宏のワープロは、思ったとおり、F社の『OASYS－100GX』というタイプであった。この型は記憶用のディスクが内蔵されていて、文書の記憶容量は、なんと五十字×三万行という膨大なものだ。タテ長ブラウン管には最大五十字×四十行を表示することができる。

「これ、欲しくてしようがなかったんですよねえ……」

浅見は子供がオモチャを欲しがるように、ワープロを撫《な》で回して、肝心の推理のことなど忘れそうになった。

「あの、それで、ワープロの中身がどうしたというのですか？」

肇子はつい非難するような言い方をした。

「あ、そうそう、つまりですね、ワープロの中身なら、お母さんに怪しまれないで物色したり、盗み出したりすることができるということです。たとえば、お兄さんが勤めていた会社から来たと言って、必要な文書がお兄さんのワープロに打ち込んであるので、見せてもらいたい――というようなことを言えば、そういうことにあまり詳しくないお母さんとしては、無下に断るわけにもいかないでしょうからね。それに、何かを持ち出されるわけでもないのだし、見せるぐらいなら――と思われたのではないでしょうか」

「でも、二時間足らずでワープロの中身を全部読み切ることができたのでしょうか？　二百頁近かったと思いますけど」

「いや、全部を読むのは大変でしょうけれど、必要な部分だけを読んだのかもしれないし……。いや、それよりももっとひどいことになっているのかもしれませんよ。とにかく調べてみましょう」

浅見はワープロの電源を入れた。「サー」というような、この機種独得の作動音がして、ブラウン管に「作成　更新　印刷　補助」の表示が出た。カーソルは「更新」の位置にある。浅見は「実行」のキーを押した。

画面が変わって、「ディスク内文書　書類リスト」の一覧表が表示された。画面左端に縦に「01」から「20」までの書類番号が並んでいる。だが、そのすべての「書類名」のところに「未使用」と表示されていた。つまりこのワープロには何も記憶されていないということになる。

「思ったとおりだ……」

浅見は溜息をついた。

「全部消されている」

「どういうことなんですか？」

肇子も「未使用」の表示の羅列《られつ》に驚いて、訊いた。

「あの時は、警察が調べた時はたしかに文書が記録されていたんですよ。何も入っていないはずがないんです」

「ですからね、犯人はこのワープロの中身を盗んだのです。いや、正確に言うと、消してしまったのだから、盗んだことにはならないかもしれませんけどね」

「でも、どうしてそんなことを……」

「おそらく、犯人は、漆原君が何か犯人にとって都合の悪い情報をワープロに打ち込んでいたと考えたのでしょうね。しかし、膨大な文書をいちいち読み取ることは不可能なので、いっそのこと全部を消してしまえということになったにちがいありませんよ。このぶんだと、文書フロッピーのほうも全部やられたでしょうね」

浅見は机の上にある文書フロッピーのケースから五インチのディスクフロッピーを取り出して、機械に挿入した。『１００ＧＸ』型は文書フロッピーも使用できて、その許容量は一枚につきＡ４判×百五十枚分である。

ケースの中の文書フロッピーは三枚あったが、すべて「未使用」であった。

「僕が使っている安いワープロだと、文書フロッピーしか使えないから、逆に言うと犯人はフロッピーを盗み出せばいいわけだけれど、この機械はディスクが内蔵されているから機械ごと持ち出す以外、盗み出せないわけですよね。しかし、この機械は一人で運べるほど軽くない。それで記憶された情報を消去するしか方法がなかったということでしょう」

浅見は溜息をついて、電源スイッチを切った。ワープロの作動音が止むと、二人の呼吸や心臓の音さえも聞こえそうなほどの静寂が戻った。

「漆原君が僕にこのワープロを貰って欲しいと言った理由はそれだったのですね。浅見ならヒマ人だから、ワープロの中身を調べることができるだろうと思ったにちがいない」

「でも、あの文章はそういう秘密めいたものではなかったと思いますけど……」

「小説か紀行文みたいなものとおっしゃいましたね。どんな文章か、少しでも憶えていませんか？」

「ええ、あまりよく見なかったものですから……。でも、ほんとにどうってことのない文章でしたわ。どこか田舎の風景の話だとか、信濃川がどうしたとか……。もし必要なら、警察へ行ってご覧になればいいと思いますけど」

「え、警察に？……」

「ええ、警察でプリントを取って行きましたから」

「あ、そうですか、そりゃあよかった」

浅見は子供のように歓声を上げた。肇子の湿《しめ》った気持ちまでが明るくなるような野放図な喜びようだった。

「それに、このこと、警察に知らせて上げたほうがいいんじゃないでしょうか？」

筆子は気負って言った。

「母の事件の時、警察には何も盗まれていないって、そう言ってあるんです。ワープロの中身でも、やっぱり盗まれたことになると思うんですよね」

「そうですね……」

浅見は頷いたものの、ちょっと心にひっかかるものを感じていた。

「ただ、ワープロの中身が消されたことが、どういう意味を持つものなのか、はっきりしませんねえ」

「でも、それはそれとして、やっぱり警察の捜査にとっては何かの参考にはなると思いますけど」

「ええ、それはね、確かに……」

浅見の煮え切らない態度が筆子には不審に映る。

「それとも、何か問題でもあるんですか？」

「いや、問題ということはないのかもしれないけど……、ただ、漆原君はなぜこのワープロを僕に、と言ったのですかねえ？　単なるプレゼントとは考えられませんよね」

「それは、いま浅見さんがおっしゃったみたいに、浅見さんにワープロの中身を読んでいただきたかったからではないんですか？」

「なぜそんなことを思ったのでしょうか？」

「ですから、やっぱりあの文章には何か秘密の意味が隠されていたということなんでしょょう？　だって犯人が母を殺してまで消そうとするくらいなんですもの」

「その秘密とは何だと思います？」

「それは、きっと、犯人側に都合の悪い情報が記録されていて……」

「それなんですよね。もしそうだとしたら、漆原君はなぜ僕にではなく、最初から警察に届けなかったのか、ちょっと不思議に思ったもんだから……」

「？……」

浅見の言おうとしている意味がとっさには分からなくて、肇子はまじまじと浅見の横顔を見つめた。浅見はその疑問に答える言葉を言わず、じっと何かを待っているように見えた。

「あ……」

肇子は小さく呟《つぶや》いた。

「じゃあ、もしかすると兄は……」

「そうなんですよね」

浅見は肇子の胸の内を見透かしたように、コックリと頷いた。

「肇子さんが気付いたように、これはもしかするとの話ですが、漆原君と犯人とは知り合いだったかもしれませんね。早く言えば仲間と言ったほうがいいかもしれない」

「犯人と仲間……」

肇子は浅見からスッと体を遠ざけた。浅見がなぜ自分の口から言わずに、肇子が気付くのを待っていたのか、その意味が理解できた。もし浅見にいきなりそう言われたら、まちがいなく肇子はこの男に憎悪を抱くことになっていただろう。

「そんなはず、ありません！」

自分自身が気付いたくせに、なおも肇子はその想像に抵抗しようとした。

「兄がそんな恐ろしい人たちと仲間だったなんて、そんなばかな……」

「いや、仲間というのが語弊があるなら、親友とか、会社の人間か何かだったかもしれません。とにかく何かの秘密情報がこのワープロに記録されていて、それを漆原君が保管していたと仮定すれば、今度の二つの事件は説明がつくんじゃないですか？」

「でも、仲間だとしたら、なぜ兄は殺されなければならなかったのですか？　それに母までも……」

肇子は敵に対するように、浅見に怒りの言葉をぶつけた。

「それはたぶん……」

浅見は眉をひそめるようにして、言った。

「連中にとって、漆原君は裏切り者だったからではないでしょうか」

「裏切り者？……」

「ええ、逆に言えば、漆原君は悪い仲間から抜け出したか、あるいは抜け出そうとしていたのでしょう」

「悪い仲間って……、兄がどんな悪い仲間に入っていたと言うんですか？」

「それは分かりません。たまたま僕は悪い仲間という言い方をしたけれど、彼等にしてみれば悪いとは思っていないケースだってありますよ。たとえば何かのイデオロギー的な集団だとすれば、信ずるもののためには場合によっては殺人だって辞さないかもしれない。それは社会秩序の側からみれば大変な罪悪だけれど、彼等の側からすれば正義を行ったことになるのでしょうからね」

「どっちにしたって、兄がそういう人たちの仲間だったなんて、わたしは信じたくありません。兄だって、そんな非合法的な仲間に加わるようなことは絶対にするはずがないと思います」

「僕もそう信じますよ。しかし、人間は好むと好まざるとにかかわらず、自分の意志ではどうにもならないことがあるものです。戦争がそうじゃありませんか。国が戦争を始めれば、国民はいやおうなく敵を殺すために戦場へ行かなければならないのですよ。自分はあの人たちの仲間じゃない——などと言っても通用しない。それどころか、いつのまにか自分も国家のために人殺しに加担してしまう。しかも、戦争はいつの場合も、その国にとっては正義の名の下に戦われるのですよね。だから、原爆で大量殺人をやっても、正義のためだと信じている」

「そんなの、譬喩《ひゆ》にもなりません」

「そうでしょうか。僕は同じようなことが世の中にはいくらでもあると思うんですがねえ。しかし、かりに漆原君が彼等の仲間でないとしても、彼等にとって都合の悪い情報を握っていて、そのために狙われた可能性は十分あると思います。しかも、漆原君はなぜかそれを警察には届けなかった。なぜ届けなかったのか……。このことはやはり重要な問題だと思いますよ」

「でも……」

と肇子は大きく息を吸って、それを一挙に吐き出す勢いで言った。

「それにしても、なぜ母までがあんな目に遭《あ》わなければならなかったのですか？　あんな罪のない母を殺すなんて、そんなの、まったく理由がないじゃありませんか」

「うーん……」

浅見は唸《うな》った。

「たしかにね、それはあなたの言うとおりです。お母さんが殺される理由なんて、あるとは考えられませんよ。犯人はちゃんと目的を達して、ワープロの中身を消去したのだし、あとはおとなしく引き上げればよかったはずだと思うのですが……」

「でしょう、やっぱり違うんですよね。犯人は兄とは何も関係なく、ただの強盗だったのです」

「しかし、ワープロの中身を消す強盗なんていませんよ」

「それは……」

肇子が言葉に窮したのを眺めながら、浅見は当惑の笑みを浮かべたまま、黙っている。

「すみません、強情を張って……」

肇子は泣きそうな顔になった。

「いや、あなたの気持ちはよく分かります。僕こそ失礼なことを言っているのかもしれない。本当のことはまだ何も分かっていないのですからね。ことにお母さんがあんな目に遭わなければならなかった理由なんて、まったく説明できない。ただ顔を見られたからというような単純な理由ではなかったと思うのです。それだったら、最初から……」

浅見はさすがに「殺す」という言葉を使うのを躊躇《ためら》った。

「いったい何があったのか、なぜそんな理不尽が行われたのか、そこに何か犯人の素性を知る手掛りがあるのかもしれません」

「でも……」

まだ何か言おうとする肇子を制して、浅見は立ち上がった。

「ともかく、警察がどういう捜査をしているのかも知らないのですから、この段階で軽々しい推量を言うのは慎むことにしましょう。兄さんの名誉のためにもね。とにかく僕は必ずお二人の無念を晴らしてみせますよ。じゃあ今日はこれで、いずれまたお邪魔します」

「あの、お帰りになってしまうんですか？」

肇子は不安な目を浅見に注いだ。

「ええ失礼します、ずいぶん長居をしてしまいました」

浅見は腕時計を見た。すでに六時を回ろうとしている。

「今夜は、泊まっていってくださるのかと思っていました」

「まさか……」

浅見はびっくりして、眼を丸くした。肇子は顔を赤らめながら、急いで言った。

「あ、違うんです、怖いんです、一人でいると、また何か起きそうで」

「それは分かりますけどね、しかし、そんなことは……。それだったら、ご親戚かどこかへ行かれたらどうです？　この近くにはご親戚、ないんですか？」

「横浜に伯父の家があるだけです」

「伯父さんというと、お父さんのご兄弟ですか？」

「ええ、父の兄です」

「お母さんのほうはどうなのですか？」

「母方の親戚というのは、わたしは知らないんです。たぶん無いんじゃないかと思いますけど」

「お母さんはご出身はどちらですか？」

「八王子です。でも八王子にはもう何もないとか言ってました。両親とも早くに亡くなったのだそうです」

「そうですか……。それだったら、やっぱり伯父さんのお宅に行かれるほうがいいな」

「伯父もそう言ってくれました。でも、ここにいるって頑張ったんです。犯人が捕まるまではこの家を離れたくないんです」

「ははは、あなたはずいぶん強いひとなんですねえ。僕なんかよりずっといい度胸をしていますよ。なにしろ、僕はお化けが怖い人間なんですから」

「お化け、ですか？」

　肇子はようやく笑顔を見せた。

「わたしはお化けなんか平気です。人間のほうがずっと怖いわ」

「そうかなあ、しかし、相手が人間なら、せいぜい殺されるくらいなものでしょう？　そこへゆくとお化けは何をするか分かりませんからね、それは怖いですよ」

「まあ、変な考え方ですね」

　肇子は呆れて、声を出して笑った。

「いや、笑いごとではありませんよ。人間は戸締りをきちんとしてれば防げるけれど、お化けはそうはいきませんからねえ、ちょっとした隙間《すきま》からでも入ってくる。夜中にトイレのドアを開けたら、そこに何か得体の知れないものが立っていた――なんて、考えただけでもゾーッとしませんか。だから僕は、朝までトイレを我慢しちゃうんです」

　浅見があくまでも真顔で言うので、肇子の笑いは止まらなくなった。

「あ、そうだわ、母のことで思い出したんですけど」

　肇子は笑いを収めて、言った。

「母は亡くなる直前、つまりその、ダイイングメッセージっていうんですか。それで、変なことを言ったんです」

「ほう、ダイイングメッセージですか」

浅見の眼がキラリと光った。

「何ておっしゃったんですか？」

「シ・シ……ハ・マ・ダ……コ・ガ……という風に聞こえましたけど、声が掠《かす》れていましたから、聞こえなかった部分があると思うんです。シシノハマなのか、それともシシヲハマと言ったのか……。どっちにしても何のことか分からないんですけど」

「なるほど」

浅見は手帳にメモって、しばらく文字づらを眺めていたが、いい知恵が浮かびそうもなかった。

漆原家を出ると、もう四辺はすっかり暮れていた。

「あっ、浅見さん、ワープロはどうするんですか？」

門のところで肇子が気がついた。

「いや、すでに全部消去されてしまった以上、いただいて行っても意味がないでしょう。高価なものだし、あなたがお使いになったほうがいい」

それに対しては、肇子も無理強いはしなかった。別れを告げると、門の前に佇《たたず》んで手を振りながら、浅見のソアラが見えなくなるまで見送っていた。

肇子には言わなかったが、浅見はそこから沼津署の捜査本部へ回った。

3

捜査本部を訪ねて、東京から来たルポライターだと言うと、若い刑事に「取材はだめ」とけんもほろろに断られた。

「いや、取材ではなくてですね、じつは、漆原宏君の友人なのですが、ちょっとご参考になるようなこともお話しできるのではないかと思いまして」

浅見は思わせぶりな口調で言った。

「ふーん、どんなことです？」

「捜査主任さんに会わせてもらえませんか」

「主任に？　僕じゃだめなの？」

刑事は面白くないような顔をしたが、仕方がないと唇を尖《とが》らせて、捜査主任におうかがいを立てに行った。

主任の畑山警部は浅見よりいくらも年長ではなさそうだ。それで殺人事件の捜査指揮を任されるのだから、かなり優秀な警察官なのだろう。その割に気さくな男だった。

畑山は浅見を取り調べ室に案内した。お馴染《なじみ》の鉄格子の嵌《は》まった、殺風景な小部屋だ。

浅見はずいぶんあちこちの警察署を訪れたことがあるけれど、取り調べ室というのはどこも画一的な構造になっている。机や椅子が、これ以下はないというほど素朴そのものであるのも共通している。まああまり長居する気にはなれない、殺風景な場所だ。

「漆原宏さんの友人だそうですね」

取り調べ用のスチールデスクを挟《はさ》んで向かいあうと、なんだか被疑者になったような気分だ。存外、それが畑山の狙いなのかもしれない。

「何か参考になる情報があるとか？」

浅見の名刺を見ながら言った。

「じつは、漆原さんのお母さんがダイイングメッセージを残しているのです」

「ああ、そのことなら警察も知ってますよ。シシハマダコガ……ってやつでしょう？」

畑山はがっかりした顔になった。まさか浅見がそれを承知で乗り込んできたとは思っていない。

「あ、ご存じだったのですか。それじゃ、その意味もお調べになったのですね？」

「一応はね。この近くに獅子浜《ししはま》という海岸があって、そこの集落の地名にもなっているわけだが、そこのことではないかと……」

「つまり、犯人は獅子浜の人間ではないかということですか？」

「まあね、そういうことですが、しかし、目下のところは収穫はありませんよ」

捜査本部があのダイイングメッセージを頼りに、獅子浜一帯にローラーをかけたのは事実である。

「獅子浜というのはちょっと変わった地名なんで、その由来を調べてみたら、面白いことが分かりましてね」

畑山は世間話をするような口調になっていた。

「獅子浜というのは、昔は宍人《ししど》といったのだそうです。なんでも、宍人というのは死人のことらしいですなあ。神話で有名な弟橘媛《おとたちばなひめ》——知ってますか？　日本武尊《やまとたけるのみこと》の奥さんですが、その弟橘媛の遺体が流れついたのがそこだというのですね。死因はむろん溺死でしょうがね。それで宍人という地名になって、のちに獅子浜と変わったという話ですよ」

「はあ……」

浅見は畑山警部がおよそ警察官らしくない話をするのに、つい見惚《みほ》れてしまった。

「ところで浅見さんは漆原宏さんとはどういう友人関係ですか？」

畑山はまた職業意識に目覚めたように、真面目な顔になって訊いた。

「大学時代の友人です」

浅見はかいつまんで漆原との関係を説明した。ただし、探偵もどきの一件は伏せておいた。

「というと、大学卒業後は付き合いはないのですか？　その割には事件に関わりあったりして、いやに熱心なことですなあ」

畑山は皮肉な目で浅見を見つめた。浅見は（油断がならない相手だ——）と、あらためて畑山を見直した。

「いや、今度のことは、ある記事を書くための取材で三島に来て、たまたま知ったようなものです。もっとも、その前に漆原君の亡くなったことは知っていました。彼が僕にワープロをくれると言っていたということを、妹さんが連絡してくれましてね」

「ああ、そうすると、ワープロを貰うことになっていた友人というのは浅見さんのことだったのですか」

「あ、そのことをご存じでしたか。そうなんです、それは僕のことなんです。それで、そのこともあって漆原君の家にお邪魔したら、今度はお母さんが殺されたというのでしょう、驚きましたね。と同時に、これは放ってはおけないと……、まあその、義憤にかられたと言えば聞こえはいいですが、本当は職業柄、何にでも首を突っ込みたくなる性分なのかもしれません」

「本当にそうなのですか？」

「は？……」

妙に絡《から》むような言い方をするのが気になって、浅見は畑山の目を見つめた。

「いや、つまりですね、漆原さんと仕事上の関係があったのではないかと思いましてね」

（仕事上の関係？　何のことなのだろう？　この警部はいったい、何を言いたいのだろう？――）

浅見は頭脳をフル回転させて、畑山の意図するものを逆に探った。

（畑山は漆原の「仕事」と事件の間に関係があるとでも言うのだろうか？　第一、漆原はどんな仕事をやっていたのだ？——）

浅見はすばやく作戦を樹《た》て、思い切ってカマをかけてみた。

「いえ、ほんとに付き合ってなかったんですよ。だから漆原君があゝんな仕事をやっているとは、ちっとも知りませんでした」

「ほう、じゃああなたは、保全投資協会のことを知っているんですな」

浅見は思わず「えっ？」と訊き返しそうになった言葉を、喉元で飲み込んだ。

（そうか、漆原は保全投資協会に関係していたのか——）

「ええ、もちろんそのことは知っていました。しかし、彼は半年前にあそこを辞めたそうですから、あこぎなやり口に嫌気がさして足を洗ったのでしょうね。僕はひょっとすると、そのことが今度の事件に関係があるのではないかなんて、素人考えに思ったりしているのです。どうなのですか、その点は？」

「まあね、そういうことも警察の関心事の一つであるとだけ言っておきましょうか。しかし、あなた方にはあまり妙な干渉はしないでいただきたいものですな。警察がそういうことで動いているのをマスコミにキャッチされるのは、あまり好ましくないのです」

畑山は釘を刺すように言った。

（漆原宏は保全投資協会のメンバーだった——）

浅見の仕掛けたカマに引っ掛かって、畑山が不用意に洩《も》らした事実は、仕掛けた側の浅見を驚かせた。

保全投資協会の事件が、近来まれに見る一大社会問題にまで発展したことは、われわれの記憶に新しいところだ。

投資コンサルタント・保全投資協会が「マネービルの最短コース」を謳《うた》い文句に、全国の投資家から集めた金、およそ二千億円を踏み倒したまま倒産した事件で、この悪質きわまる詐欺的商法による被害者は、分かっているだけでも数万人にのぼるといわれる。

「分かっているだけ」というのは、それ以外に不明の分がかなりあるということだ。つまり被害者が被害届けを出さない分である。その多くはいわゆるアングラマネーと称する資金だ。脱税によって浮かせた資金を届ければ、自分で自分の首を絞めることになりかねないから、ほとんどが泣き寝入りをすることになる。一件あたりの金額では、このアングラマネーのほうがはるかに大きいと考えられているから、実際の被害総額は、三千億円を上回るだろうと推定されている。

問題はその巨額の資金の行方である。保全投資協会の幹部や一般社員が常識はずれの給料やボーナスを取っていたことは確かだが、それとても全体の一部でしかない。集めた金の大部分は保全投資協会が事実上倒産した時点で、行方知れずになってしまったのだ。

その金を巡って、いろいろな怪情報が乱れ飛んだ。いわく某政党の選挙資金として流用された。いわく保全投資協会を陰で操る某金融機関がその大部分を確保している。いわく保全投資協会幹部が分散し隠匿《いんとく》している——等々である。

それらの真偽のほどは浅見は知らない。というより、浅見は保全投資協会事件なんかには、これまでまったく興味を抱かなかったのだ。そういう経済事犯は浅見のもっとも不得手な分野だし、事件に数字が絡んでいると、考える気もしなくなる。

しかし、漆原の事件の背景に保全投資協会事件があるとなると、話は違ってくる。いや、それなら漆原が殺されるような状況があっても不思議ではないと思えてくるのだ。

（もしかすると、あのワープロに打ち込んであった文章には、何か保全投資協会に関する情報が隠されているのかもしれない——）

浅見はそう確信した。それでなければ漆原が「ワープロを貰ってくれ」などと言うはずがない。

「ではこれで失礼しますよ」

畑山は席を立った。

「あ、警部さん、じつは、もう一つ重大な発見があるのですが」

浅見は畑山を呼び止めた。畑山は「ん？」と首だけをひねって浅見の次の言葉を待つポーズになった。

「犯人は漆原さんのお宅から何も盗み出していなかったそうですね？」

「ええ、どうもそのようですな」

「ところがですよ。じつは、一つだけ盲点のようなものがあったのです」

「ほう、何ですか、それは？」

「ワープロです」

浅見は少し得意そうに言った。

「ワープロの中身が盗み出されているのですよ」

「ワープロの中身？……」

さすがに畑山は意表を衝《つ》かれた。

「警察は漆原君のお母さんが殺された時の実地検証では、ワープロを点検してみなかったようですね」

「……まあ、その必要はないと思いましたからね」

畑山は苦い顔をした。

「さっき漆原家へ行って、ワープロを調べたら、この前はたしかにあった文書の記録が全部消去されていましたよ」

「本当ですか？」

「ええ、まちがいありません。そのことは肇子さんが確認しています」

「うーん……」

「警部さんは、ワープロの中の文章についてはご存知ですか？」

「ああ、それはこの前の漆原宏さんが死んだ事件の際に、沼津署の者がプリントを取ってあって、私も読みました。しかし、あの文章は、べつに盗むに値するようなものとは思えませんでしたよ」

「それは表面的に読むと何の意味もないのかもしれません」

「つまり、文章の中に何か秘密の意味が隠されているのではないか——と、そういうことですな？　浅見さんもなかなかいいところに気がつきましたね。しかし、それはちょっと考えすぎじゃないでしょうかなあ。推理小説ならそれも面白いかもしれないが」

「その文章を僕にも見せていただけませんか」

「いや、無駄だと思いますよ。ぜんぜんそういう内容じゃないのですから。ただの作文みたいな、何て言うのか、エッセイといえばいえるし、小説のような、紀行文のような、とにかくそういう文章が入っているだけで、遺書だとか、告発文だとか、そんなものはまったくありませんでした。秘密文書という印象はまったくありませんよ」

「それでもいいですから……」

浅見は焦れて、思わず声高になった。

「そうですねえ……」

畑山は急に警戒する素振りを見せた。

「しかし、そういうことだとすると、一応、もう一度検討してからでないと外部の人にお見せするというわけにはいかないかもしれんですねえ」

「そんな……、さっきは見せても構わないとおっしゃったではありませんか」

浅見は憤慨した。

「いや、それはね、事件と何も関係がないと思料された段階ではそのとおりだが、犯人が殺人を犯してまで消去しなければならなかった文書だとすると……。それに浅見さん、正直に言わせていただくと、あなたの素性がどういうものか、われわれには分かっていませんからねえ。つまり身元の確認をさせていただきたい」

「いや、それは困ります」

「困る？　なぜですか？」

「いえ、そういう大袈裟《おおげさ》なことになると、家の者が余計な心配をするでしょうからね」

「大袈裟はないでしょう。かりにも人が殺された事件ですぞ。第一、たかが身元を確認するだけで、何か具合の悪いことでもあるのですか。そう言われるとますます気になりますねえ」

「具合が悪いとか、そういうことではないのですよ」

「だったら差支えないのですね？　失礼ですが、免許証をお持ちですか？　ちょっと拝見させてください。それとも、まさか拒否なさるつもりではないでしょうね？」

浅見はしぶしぶと免許証を出した。畑山は部下を呼んで何か耳打ちをした。たぶん警視庁の資料センターに照会するのだろう。浅見は自宅のほうへ連絡が行きはしまいかと、気が気ではなかった。

——あなたはどこまで陽一郎さんの足を引っ張れば気がすむのです？

と言う、雪江未亡人の顔が目に浮かぶようだ。

「だいぶ遅くなりましたから、僕はまた出直してきます」

浅見が中腰になると、畑山はきびしい顔になって、「まあお待ちなさい」と言った。

「いまお茶など差し上げるから、ゆっくりしていってくださいや」

「はあ……」

浅見は観念した。なるようになる――ケセラセラの心境である。

ものの十分足らずで、お茶が運ばれるひまもないうちに、結果が出た。若い刑事が急ぎ足でやってきて、畑山警部をドアの外に呼び出し、何やらコソコソ話していたかと思うと、畑山が「あははは」と高笑いしながら部屋に入ってきた。

「参ったですねえ。浅見さん、あなた浅見刑事局長さんの弟さんなんだそうですなあ。そんならそうと言ってくださいよ。警視庁のヤツに笑われたそうですよ。あの名探偵を知らないのかってね。いや、そう言われてみると、私もどこかで小耳に挟んだことはあったのですが、まさか自分の目の前にいるのがそうだとは思いませんでした」

照れくさいのと、多少むかっ腹が立つのとで、畑山は一気に喋った。逆に浅見はシュンとして、畑山に頭を下げた。

「すみません、ご面倒おかけして」

「ははは、そう言われると、ますます困ってしまう。いや、とにかくその浅見さんなら安心して資料をお見せしますよ。それより、いまコピーを取らせておりますから、もうしばらく待ってください」

まもなくコーヒーと一緒に運んできた文書のコピーにざっと目を通して、浅見は首をひねった。たしかに畑山の言ったとおり、何の変哲もない、小説のような紀行文のような文章であった。

——この秋、岩手県の県北の山間部を旅したとき、穫入れの終わった山間の田圃には藁が放置されることなく束ねられ、農家の二階に納まっているのを垣間見て懐かしかった。山また山、土地狭小で米作と酪農をなりわいとしている土地柄から見て藁を大切にするのは当然といえば当然であるけれども、日本の農村から藁が邪魔物扱いされてから久しい。

秋田県十文字町の中学教師佐藤正さんはその著書『農の文化史』（たいまつ新書）―藁の章―の冒頭に「農民が藁を捨てさせられ始めてから二十年近く経った。藁は農民にとって第二の米であったというのに――。しかし今は、秋ともなれば藁を焼く煙が野面に垂れこめ、稲ワラスモッグなどと呼ばれて公害視され、交通機関などに警戒を与えている。

無作為に取り出した文章がこれである。ほかのも概《おおむ》ね似たような文章のようだ。どうも暗号だとか、秘密の文章のようには思えない。それより、漆原宏がこういう、ちょっと古風な文章を書くとは意外な気がした。

「どうです？　何か秘密の内容がありそうですか？」

畑山は興味深そうに、なかば冷やかすように浅見の手元を覗き込んだ。

「いえ、何も……。いったい何なのでしょうね、これは？……」

「でしょう？　さすがの名探偵もお手上げのようですなあ。やっぱり何も意味がないのとちがいますかねえ」

「はあ……、しかしまあ、折角ですから、とにかく家に持って帰って、ゆっくり眺めてみることにします」

コーヒーを一気に飲み干すと、浅見は硬い椅子からようやく尻を上げた。

第三章　月潟《つきがた》村異聞

1

朝六時半——、都心は閑散として、行き交う車の数も数えるほどしかない。皇居のお堀端周辺には地上を這《は》うように、靄《もや》が漂っていた。

その靄をかき乱して、日比谷交差点の方向から真っ赤な国産小型車がやってきた。車は警視庁の正面玄関前で停まり、運転していた男がとび出した。歳恰好は三十五、六歳。丸顔のズングリしたタイプである。ごくふつうの紺地《こんじ》のスーツを着て、背丈もそれほど大きくはないが、どことなくヤクザっぽいふてぶてしい雰囲気がある。

しかし男は柄に似合わぬオドオドした様子で、周囲に気を配ってから、赤い車をほっぽり出して、脱兎《だっと》のごとく警視庁の階段を駆け登った。

階段の上には両脇に警備の警察官がいて、ただならぬ様子の闖入者《ちんにゅうしゃ》を誰何《すいか》しようと、長い警棒を横に構えた。しかし、男はかえってその警察官のほうにモロに直進した。

警察官が何も言わないうちに、男の側から声をかけた。

「捜査二課へはどう行けばいいのかね？」

「は、捜査二課ですか……」

警察官は一瞬たじろいで、直立不動の姿勢になった。それほどの勢いが男にはあったということだ。

「すみませんが、あそこの受付でお聞きになってください」

「分かった」

男は横柄に言って、玄関を入ると右側にある受付に向かった。受付には職員が二人、詰めている。

「捜査二課に行きたいのだがね」

「捜査二課の誰をお訪ねでしょうか？」

「誰でもいいですよ。そうだな、どうせなら捜査二課長がいい」

受付の職員は庁内電話の受話器を握りながら訊いた。

「あの、ご用件は？」

「自首です」

「は？……」

「自首だと言っているのです。内海《うつみ》英光《ひでみつ》が自首してきたと伝えてもらいたい」

「内海さん。どちらの内海さんでしょう？」

「保全投資協会の内海と言ってくれれば分かりますよ」

「はい、保全投資協会の……」

職員は復唱してから、ギョッとしたように男の顔を見た。

「あの、保全投資協会というと、あの保全投資協会ですか？」

「ははは……」

男は笑った。

「そうですよ、あの保全投資協会の内海英光です」

「でも……」

職員の戸惑った表情を見て、男はいっそう声を大きくして笑った。

「なるほど、髭《ひげ》がないと分かりませんか」

右手で鼻から顎《あご》の下を覆うようにして、

「これならどうですか？」

職員の前に顔を突き出した。そうやると、鼻下と顎にたっぷり髭を蓄《たくわ》えた、どことなく聖徳太子を少しふっくらさせたような、あのお馴染《なじみ》の顔が連想できる。

「あっ……」

職員は少し背後に身を引いてから、大慌てで電話のダイヤルボタンをつついた。

ものの十数秒も経たないうちに、捜査二課の刑事が五人、玄関へ駆け降りてきた。男を取り囲んだが、どの顔も半信半疑だ。中の一人が、薄気味悪そうに訊いている。

「あんた、ほんとに内海さん？」

男はもういちど右手で顔の下半分を隠して、周囲の刑事たちにグルリと首を回して見せた。

「内海だ……」

刑事たちは口々に呟《つぶや》き、信じられない眼を見交わした。日本中の警察力を総動員しても所在が摑めなかった内海英光が、なんと目の前に立っているのだ。

「ともかく中へ行きましょう」

警部補が代表格で言い、まるでこわれものに触るように内海の腕を取り、廊下の奥へ向かった。

浅見が兄の陽一郎と食卓をともにすることはごくまれである。朝食の時間は陽一郎が早いし、夜は浅見の帰宅時間があやふやだ。しかし、その朝は浅見はふだんより二時間近く早く起きて、テーブルについた。陽一郎の二人の子供が、「叔父さん、どうしたの？」と目を丸くした。

「早く起きるなら起きるっておっしゃっていただかないと、こっちの手順が狂っちゃうんですけどねえ」

味噌汁の量を一人分、急いで増やしながら、須美子が「坊ちゃま」の気儘《きまま》に文句を言っている。

「悪いな、なんなら僕はあとでもいいんだ。お茶だけ貰おうかな」

「そんな、すねたみたいなことおっしゃらないでください」

何を言っても、須美子は気にいらない。

身支度を整えた陽一郎がやってきた。後ろにいる兄嫁が「あら」と、須美子と同じような目で浅見を見た。

「よお、珍しいな」

陽一郎までが、しばらくぶりで会ったようなことを言っている。

最後に現れた雪江未亡人だけが、「いい心掛けですよ」と褒《ほ》めてくれた。

「これからも毎日そうありたいものね」

どうも、居候の身分は身の置きどころもない感じだ。

「兄さん、例の保全投資協会の事件は、その後どうなりました？」

浅見は陽一郎がお茶を啜《すす》るのを待って、世間話でもするようにさり気なく訊いた。

「あまり進展がないようだな」

陽一郎にとっては楽しい話題ではない。

「投資者からの預かり金が、かなりの額、行方不明だそうですね」

「うん」

「どのくらいの規模ですか？」

「まあ、ざっと一千億かな」

「所在はまったく摑《つか》めないのですか」

「うん」

「保全投資協会会長の内海はじめ、主だった幹部連中も、いまだに雲隠《くもがく》れしたままなのでしょう。いったい警察は何をしているのですかねえ」

「ははは、なんだ、マスコミみたいな辛辣《しんらつ》なことを言うな」

「政界がらみなので、警察も手を出しにくい部分があるという噂ですが」

「おいおい、差し障りのあることは言わないほうがいいぞ。これでも僕は体制側の人間だからな」

「そうですよ、光彦、口を慎みなさい」

雪江も脇から窘《たしな》めた。

「陽一郎さんを困らせるようなことを言うものではありません」

「しかし、ああいう無法がまかり通ったのでは、社会不安に繋がるような気がしますがねえ」

「べつに、警察としてはまかり通らせているわけではないよ」

「でしたら、もっと早い時期に保全投資協会そのものに規制措置を講ずるべきだったのではないでしょうか。投資家の中には、かなり以前から保全投資協会の違法性を指摘する声が挙がっていたのを、当局側は実際上、なかば野放しにしていたのでしょう？　協会は多額の資金を政界工作に回して、揉《も》み消しを図った事実があると聞きました」

「それは憶測の域を出ない推論だ」

「現在、捜査の状況はどうなっているのですか？」

「ん？……」

陽一郎はジロリと弟を見た。

「それは言えないよ、いくらきみでもな」

「殺人事件に発展してもですか？」

「殺人？　それはどういう意味だ？」

「どうも、保全投資協会事件に関連すると思われる殺人事件が、沼津署管内で起きているのですが、まだ兄さんのところには報告されていませんか？」

「うん、まだ聞いていないが……、しかし、きみはどうしてそんなことを知っている？」

「殺されたのが、僕の大学時代の友人だったのです。しかも半年前までは保全投資協会に勤めていた男です」

「ふーん……」

陽一郎が興味深い目を弟に向けた時、玄関のチャイムが鳴った。陽一郎は時計を見た。

「迎えが来たな……。それで、光彦、きみはその事件を調べようというのか？」

「ええ、いきがかり上、やってみようと思っています」

「また道楽なの？」

雪江が苦い顔をした。

「余計なことをして、お兄さんに迷惑をかけるのはおやめなさい」

「そんなつもりはありません」

「だけど、あなたはいつも余計な手出しをしては、陽一郎さんの立場をなくしているではありませんか。いつかも国会の予算委員会で問題になりました」

雪江が言っているのは、浅見の書いた警察批判の記事が問題化して、刑事局長である陽一郎が野党委員の吊るし上げにあった事件のことだ（『白鳥殺人事件』参照）。

「ああ、あれは僕の勇み足でした。しかし、僕としては警察がだらしないから、つい見ていられなくなるのです。それに、あの時だって、結果的にはあの記事のお蔭で事件が解決したのですから……」

「お黙りなさい。それは陽一郎さんの力によるものでしょう。まったく、あなたときたひには、いくつになってもちっとも反省がないからいけませんよ」

「まあまあ……」

陽一郎は苦笑して母親を宥《なだ》めた。

「いや、正直なところ光彦には助けられているケースも多いのですから、あまりそう一方的に責めないでください。なあ光彦」

「そうですよ、僕も多少は貢献しているつもりです」

つい調子に乗って、愚弟としては思いきったことを言った。雪江は渋い顔だが、陽一郎は寛大に微笑している。

「それで兄さん、もしできれば、僕に捜査のデータを見せてもらえませんか。もちろん差支えない程度でいいのです」

「差支えない程度だったら、新聞発表を読めばいいだろう」

まったく、どうしてこう兄貴は石頭なのだろう——と、浅見は呆れる。その表情を一瞥《いちべつ》して、陽一郎はニヤリと笑った。

「一つだけ教えてやろう」

「えっ？　何をですか？」

浅見は身を乗り出した。

「さっき連絡があって、保全投資協会の内海会長が、けさ方、警視庁に出頭したそうだ」

「えっ？　ほんとですか？　自首したのですか？」

「ああ、本当だ。ただし、自首というと聞こえはいいが、じつのところ、どうやら身の不安を感じたらしい。つまり保護を求めてきたというのが本音だろうな」

「というと、被害者が保全投資協会の幹部連中をつけ狙《ねら》っていたというのは事実なんですか？」

「被害者かどうか分からないがね、何者かに狙われたのは事実だろう」

陽一郎は含みのあることを言って席を立った。

「内海会長は狙われた相手が何者か、喋ったのですか？」

浅見は追い掛けるように、訊いた。

「さあどうかな、まだ取り調べ中だ。いまのところ、内海は曖昧《あいまい》な供述を繰り返しているのだそうだよ」

ダイニングルームを出るところで、陽一郎は振り返った。

「しかし光彦、この事件にはあまり深入りしないほうがいいな。背後に大きな力が働いている気配がある」

「やはりそうですか」

浅見は驚かなかった。

「それで、内海の五人の腹心の中には漆原という人物は含まれていませんか?」

「漆原? いや、そういう名前は聞いていないが……、そうか、沼津で殺されたというのは、その男か。しかしそういう事件があったという報告は受けていないが……。妙だな、保全投資協会関連の事件については、逐一報告するように命じてある」

「いや、殺されたというのは僕の勝手な推量で、警察は状況から事故か自殺と判断しているようですから。しかし、その後、漆原のおふくろさんが殺されましてね、それがどうも単なる強盗殺人とは考えられない事件なんです」

「おふくろ?……。その漆原の母親も殺されたのか? しかし、保全投資協会がらみの事件だとすると、なぜ母親まで巻き込む必要がある?」

「そうなんです、そこが問題だと思うんですよね。警察は漆原の事件と母親の事件とは無関係のものとして処理する意向のようですが、僕はそうは思いません。あくまでも根は一つで、しかし動機が輻輳《ふくそう》している——と、そんな気がしてならないのです」

「輻輳とは、どう輻輳しているのかね？」

「それはまだ分かりません、これから突き止めたいと思っています。しかし、そう言っちゃ悪いのですが、警察にはそういう発想そのものが永久にできそうにないと思うんです。だから、この事件は僕がやらなければならないと……。それに、漆原はともかく、母親までが殺されたというのが、断じて許せない。放っておけないんですよね」

「うーん……、どうも警察も甘く見られたものだな」

陽一郎は苦笑した。

「まあ、われわれの頭はいささかフレキシビリティには欠けることはたしかだがね……。それときみの正義感もよく分かるよ。しかし……」

陽一郎はじっと弟を見つめてから、クルリと踵《きびす》を返した。

「では行ってきます」

雪江に挨拶すると玄関へ急いだ。暗黙のうちに浅見が行動を起こすことに了解を与えたのだと、浅見は受け取った。

浅見は書斎に入ってワープロに向かい、雑誌から頼まれている三島関連の記事の執筆にかかった。しかし、いくらも進まないうちに、漆原の事件のことが頭に浮かんできて、キーを叩く指が停滞した。漆原がワープロをくれると言ったことが、いまさらのように気になった。

（漆原は妙なことを言っていたな――）

肇子の話によると、漆原は「おれの名前をフルネームで打ってくれ」と言ったというのである。

(なぜそんなことを言ったのだろう?——)

浅見は試みに「うるしばら」と平仮名を叩いてみた。そして変換キーを叩く。

変換キーを叩いても、画面に表示されている「うるしばら」はそのまま変わらない。つまり、この機種の辞書フロッピーには「漆原」という人名は登録されていないということになる。ワープロに詳しくない読者のために説明を加えると、こういう場合には、まず「うるし」と打って変換キーを叩き「漆」の漢字を出し、次に「はら」と叩いて変換キーを叩く。「はら」は「原」と「腹」があるから、もし「腹」のほうが出たらもういちど変換キーをたたくと「原」になる。これで「漆原」が表示される仕組みだ。

もし、「うるしばら」と打って直接「漆原」に変換するようにしたければ、「単語登録」という方法がある。操作の説明は省くが、要するに「漆原」の読みが「うるしばら」であることを機械に記憶させるのだ。そうしておけば、次回からは「うるしばら」とキーを打って変換キーを叩くと、ちゃんと「漆原」と表示される。この方法を用いればどんな名前でも登録できる。「権左右衛門《ごんざえもん》」でも「寿限無《じゅげむ》」でも何でも登録可能だ。

浅見はとりあえず「漆」と「原」をべつべつに表示し、さらに「ひろし」を漢字変換した。「ひろし」は「洋」「博」「浩」「寛」などかなりの数が登録されている。漆原の「宏」は三番目に出た。これで「漆原宏」のフルネームは完成である。

ブラウン管の中央に「漆原宏」を表示して、浅見はぼんやりと眺めた。

(だからどうだと言うんだ？——)

「漆原宏」の文字に、事件の謎を解く鍵でも隠されているのだろうか？——

いくら眺めていても、何のアイデアも湧いてこない。

漆原の使っていたワープロは高級機種だけれど、だからといって「漆原宏」の文字に奇蹟が秘められているとは考えられなかった。

(漆原は何が言いたかったのだろう？——)

漆原のワープロに打ち込んであった文書は百八十二枚。そのすべてに浅見は目を通した。どう読んでみても、エッセイのような紀行文のような——という内容から、保全投資協会の極秘情報が隠されているようには読み取ることができない。なんだか少し古めかしい文体で、「妻有郷《つまりごう》」だとか「信濃川」だとか、そういった新潟県地方の風物や歴史、習慣を中心に書いている。秋田や岩手など、近隣の地方のこと、それにまつわる人びとのことなども思いつくままに書いた——といった散文だ。

随所に「私」という一人称が出てくる。しかし「私」はどうも六十歳ぐらいの年輩者らしいので、漆原の視点で書いたものでないことだけはたしかだ。どうやらこれは、誰か新潟県地方に住む人か、あるいは新潟県の出身者によって書かれた文章を、漆原がワープロに打ち込んだものである——ということが次第に分かってきた。

この散文の中に「妻有《つまり》」という地名について面白い記述があった。

──妻有、という地名はちょっといわくありげでいろいろととりざたされている。往古のむかし、西国の貴人が気に入った妻が得られぬまま、妻を求めてこの郷に至りようやく得られたとか、木曾義仲《きそよしなか》を信濃に攻めた武将の姓がそうであったとか、の類《たぐい》である。

地誌には、「妻有荘、妻有、又妻在に作り、都麻利と訓す、窮極の義なり、蓋《けだ》し越後の南端、峡谷に僻在《へきざい》せるより出たるならん」と記されている。これがもっともリアリティがありそうだ。美女系の土地だ、といえば主観になりそうなのでそうはいいかねる。しかし女は忍耐づよく働き者が多いから、良妻を得た、という話もあながち捨てがたい。もっとも、越後平野の中央、長岡あたりでは「バカと雷は妻有からとんでくる」というへんな俚言《りげん》があるそうだ。（中略）

いつぞや読売新聞が奥越後と称して妻有郷を紹介したとき〔どういうわけか千曲《ちくま》川は新潟県に入ると信濃川と名前を変える。その名前の変わった辺りを奥越後といい、かつては「妻有」と呼んだそうだ。「妻有」はゆき「づまり」の意味だという〕と記している。さらに加え〔交通の便は至極悪い。冬は雪が、夏は谷の深さが人のゆききを阻んでいる。秘境の安売りはしたくないが、やはり秘境〕だと吹聴していた。（中略）

まあいにしえに都を追われた人士とか戦乱の世の落人《おちうど》が流浪《るろう》の果てに流れ着くには恰好の地だから「窮極」の地、「ゆきづまり」が適当といえようか。そもそもこしの国、越後というのは流人の地、そのゆきどまりが妻有なのだから。——

「妻有」という地名が「トドのつまり」のつまりからきているというわけだ。

そういったことは分かったが、では、なぜ漆原がそんなものをワープロに記録しなければならなかったのかは分からない。一般的に考えれば、何かの生原稿があって、それを清書するためにワープロを使った——ということなのだろうけれど、その元になる原稿類はどこにも見当たらなかったのだ。

しかし、いずれにしてもあのワープロの中身はすべて消去されてしまった以上、いまさらワープロを貰ったところで何の意味もない。まさか漆原が単に「形見分け」のためにあのワープロをプレゼントしようとしたわけでもあるまい——。

それにもかかわらず、浅見は胸騒ぎのような落ち着かない気分に陥っていた。

（なぜ『フルネーム』なのだろう？——）

記憶してある文書を検索しろというのなら分かるけれど、漆原宏のフルネームを表示したって意味がないではないか。それなのになぜそんな下らない注文を出したのだろう？

しかもそれは、「おれが死んだら」という、きわめて厳粛な条件付きで——だ。

浅見は背中から脳天にかけて、悪寒《おかん》のようなイラつく刺激を覚えた。それは浅見にとって、何かが見えてくる際の前触れのようなものである。モヤモヤしていたものが、急速に塊《かたま》りをなしてきて、やがてひとつの形を現出する。

「そうか……、ひょっとすると……」

浅見は呟いた。

漆原のワープロの中身はすべての記憶が消去されたわけではなかったのだ。内蔵されているディスクも、それから三枚の文書フロッピーも犯人によって完全に消去されてはいたけれど、たった一枚だけ消去されていないフロッピーが残っている——。

浅見は自分の着想に興奮して、勢いよく立ち上がった。

2

睦子の死から日にちが経っても、漆原家にはお悔やみの便りがポツリポツリと配達されてきた。肇子は母親の住所録を調べたり伯父に相談したりして、ずいぶん小まめに連絡先を調べ、訃報《ふほう》を送ったつもりなのだが、それでも連絡漏れが生じるのはある程度やむをえない。なにしろ肇子は母親の交際範囲についてはほとんどといっていいくらいに知識がないのだ。

それにしても、今度のことがあって、肇子は母親のことに関して、あまりにも知らなさすぎる自分を覚《さと》った。母親の生い立ちや父親——つまり肇子にとっては祖父に当たる人物のことなど、何も知らない。いまにして思えば、睦子自身がそういう自分の昔について語ることを嫌っていたのかもしれない。せいぜい、睦子の父親が早くに亡くなったことと、若い頃は警察官だったことぐらいしか肇子は聞かされなかった。

母親の母――肇子の祖母も、肇子が幼い頃に亡くなった。だから肇子が母親の幼い日々のことを知る機会は母親の口から聞くしかなかったわけだ。

睦子の死から日にちが経って寄せられる手紙は、大抵、「人伝《ひとづて》にうかがいましたところ、睦子様が亡くなられたそうで……」という前置きで始まっている。調布に住んでいた頃の近所の主婦や睦子の学生時代の友人で、肇子の記憶にない人の名が多かった。「あのお優しい睦子様がどうしてそんなひどい目にお会いになったのか、やりきれない想いがします」と、事件に対する怒りをぶつけてくる文面も目立った。

学生時代に交友のあった人々などは、睦子の住所録を見て通知を送っているから、そういう人たちから伝え聞いてお悔やみを言ってくるケースが多いのだが、その中に数葉、新潟県の人からの手紙があった。それらはいずれも、葬儀の日からずっと遅れて届いたものばかりで、東京あたりからの手紙が一段落したあとも、何日も続いて配達された。

（母と新潟とはどういう関係なのかしら？――）

肇子は睦子の口から新潟の話など聞いたことがなかったから、それらの手紙の文面にはとまどうことばかりだった。

「睦子様とは幼い頃の一時期だけのお付き合いでしたけれど、たいへんお懐かしく、それだけに悲しみも一入《ひとしお》でございます」

そう書いてある手紙に代表されるように、どれも睦子の幼児期の思い出に触れる内容が多い。

「駐在さんをなさっておられたお父さまには、大変お世話になりました」

というのもあった。

差し出し人の住所は、「小千谷《おぢや》」「十日町」など、新潟県内のあちこちだが、中の三通が「月潟村」という地名になっている。

「月潟小学校の頃、女ながらも級長さんをやっておられた睦子さんには、あこがれたものでございます」

そういう手紙もあった。

（へえー、母さんは月潟村っていうところにいたことがあるんだわ——）

これは大発見といってよかった。睦子が新潟県に住んでいたこと自体、いままでに一度だって聞いたことがなかったのだ。

（でも、なぜ話してくれなかったのかしら？——）

肇子にはその点がちょっと腑《ふ》に落ちない。そういえば、母親が文通していた友人はいずれも中学時代以降の人ばかりで、幼馴染の名前はまったく話題にのぼらなかった。だから肇子は、母親の出身は東京の郊外・八王子だとばかり思っていたのだ。いや、実際、戸籍謄本には睦子の結婚前の住所も本籍地も「八王子市」になっているはずである。

ところが母親は新潟県の月潟村というところに住んで、しかも小学校では級長を務めたほど、目立つ存在だったらしい。

（それなのに、なぜ？——）

クラスメイトのあこがれの的になるような子供時代なのに、なぜ隠していたりしたのだろう？――

（そうだわ、母さんは隠していたんだわ、きっと――）

肇子はなんだかモヤモヤした、いやな気分になってきた。いったい、新潟で母親はどんな暮らしをし、どんなことがあったというのだろう？――

「月潟村」という地名には、どことなくこの世のものとは思えないイメージがあるような気もして、まるで母親がかぐや姫か何かのように、空想の世界からやって来た人間に思えた。

ふつうの学習用の地図では月潟村というのはどこにあるのか発見できなかった。肇子は兄の部屋からドライブマップを持ってきて、虫メガネで克明に調べた。月潟村は、新潟県のほぼ中央、信濃川のほとりにある、小さな村のようだ。肇子は深い雪に埋もれた田舎を想像した。そんなところに母親が住んでいたということが、なかなか現実のこととして思い浮かばない。

睦子は今年、五十三歳である。小学校時代というと、十一歳か十二歳までということになる。いまから数えて四十一、二年前、昭和二十年前後ということになる。肇子にとっては自分の年齢の約三倍、想像もつかないような大昔だ。

（いったいその頃はどういう時代だったのかしら？――）

年表を見て、（あ、そうか、第二次世界大戦が終わった頃だ――）と気付いた。日本が無条件降服をしたのが、昭和二十年八月十五日であった。こんな歴史上の重要な出来事ですら、肇子の年代の人間にとっては、日露戦争や日清戦争、はては大化の改新と同じような、単なる歴史的事実の一項目にしかすぎないのだ。

少なくとも、いままでは肇子にとってもそうだった。しかし、その世界に自分の母親が生きて、生活し、おそらくは幼い初恋もしていたであろうことに気付いた瞬間から、いま現在のこの時間が、そこに繋がっていることを、肇子はごくおぼろげながら実感できるような気がした。

「月潟村」という、聞いたこともないような、そのくせどことなく幻想的で、懐かしささえ覚える地名にも、にわかに心惹かれるものを感じた。

肇子は母親の遺品を整理しながら、睦子の幼児の記録や月潟村時代のことが分かる品がないか調べてみた。そうしてみて驚いたのだが、漆原家――つまり父方の両親や兄弟に関するものは、手紙やら写真やらが沢山あるのに、母方――曾根《そね》家にまつわるものはまったくといっていいほど残されていないのであった。当然あるはずだと思った祖父の警察官姿の写真など、一葉もない。月潟村時代の写真といえば、わずかに、睦子らしい少女が一人でか、あるいは何人かの友人と写っている写真が数葉、出てきただけだった。

明らかに睦子は、父親や月潟村時代の記録を抹殺《まっさつ》したにちがいなかった。

肇子は背中が寒くなった。見てはならないものを見た感じだ。おそらく母親は、年老いて死が迫ってきた時点で、いずれはこういうわずかな記録ですらも焼却するつもりでいたのではないだろうか——と、そんな気さえした。母親にとって不幸だったのは、彼女が予測できない死に襲われたことだったのかもしれない。

（月潟村で何があったのだろう？——）

母親が写っている白黒写真の、背景にある古びた木造の学校や、わずかに垣間見ることのできる風景に、肇子は想いを馳《は》せた。

（月潟村へ行ってみようかしら——）

肇子はふと思った。思うともう矢も楯《たて》もたまらない性分だ。

時刻表を調べると、新潟交通という路線に月潟という駅があった。三島からだと、東海道新幹線と上越新幹線を乗り継いで燕《つばめ》三条まで行き、そこから弥彦《やひこ》線で燕、燕から白山前行きの新潟交通に乗り換える。ずいぶん遠く感じるけれど、早朝出発すれば昼過ぎ頃には着きそうだ。

翌朝、肇子は二泊分の用意を旅行バッグに詰めて家を出た。

東京駅から上野駅まで国電に乗るあいだ、ふと浅見青年のことが頭を過《よぎ》った。兄と母の事件に力を貸してくれると言っていたけれど、所詮は赤の他人である浅見がどれほどのことをしてくれるものか、あまり期待はしていない。しかし、その反面、肇子は浅見の坊ちゃん坊ちゃんした風貌や、いまどき少し青臭くさえある、正義感にあふれた爽やかな印象を思うと、胸のあたりがキュンとなるような気がした。

月潟には予定どおり、ほぼ午後一時に着いた。燕からは一両だけの電車がガタゴトとのんびり走った。右手にかなり大きな川が堤防の向うを見え隠れしながらついてきた。はじめ肇子はこれが信濃川かと思ったのだが、隣の席のおばさんに聞くと中ノ口川というのだそうだ。

ちっぽけな駅舎でプラットホームも穴だらけ。秋雨《あきさめ》前線の影響で降った雨の水溜まりに、あやうく足を突っ込みそうになった。

降りたホームに付近の名所、旧跡を教える看板が立っていた。

『越後角兵衛獅子《かくべえじし》発祥の地』

(へえー、ここが角兵衛獅子のふるさとだったのか――)

むろん肇子は実物を見たわけではない。テレビの時代物か何かで二、三度、頭にお獅子の頭を載せた子供が(たぶん兄弟という設定だったと思う)鼓《つづみ》の音に合わせてデングリ返しをする大道芸だ。その角兵衛獅子の発祥の地――ということは、この月潟村から広まったという意味なのだろうか?――

何気なく看板を眺めていて、肇子は「あっ」と思った。

(獅子があった――)

睦子のダイイングメッセージの「シシ・ハマダ・コガ」の最初の「シシ」が、もし「獅子」を意味するのだとしたら、この角兵衛獅子のことである可能性だって、あるのかもしれない。

肇子は思ってもいなかった怪物に、いきなり出くわしたようなショックだった。

雨は上がっていたが、雲が厚く、肌寒かった。その寒さのせいか、それともいまの発見のせいか、肇子は身が引き締まるような想いを抱きながら街へ出ていった。

線路と平行して商店街がある。「村」という語感からするとずいぶん繁華だが、それにしても人気《ひとけ》のない街であった。商店はたしかに店を開いているのだが、道路を行く人の姿は、いま駅から出ていった人が数人だけで、あとははるか先のほうまで誰も見えない。

わずか二百メートルばかりで家並は切れる。それにしても奇妙な街並だ。料理屋風の建物が多く、しかし、どれも店を畳んでしまったように、寂《さび》れた印象だ。

昼の食事をしていなかったので、肇子は駅前にある食堂に入った。中華ののれんが下がっていたけれど、丼物やカレーも出来るらしい。この店も街の寂れた雰囲気と同じに、食事時をほんのちょっと過ぎたところだというのに、店の中はガランとしたものだ。一人だけ、労務者風の五十年輩の男が、コップ酒を舐《な》めるように飲んでいた。

「ラーメンください」

肇子が店の奥に向かって言うと、「はーい」という声と一緒に、調理場との間仕切から頬の真っ赤なおばさんが覗いて、見掛けない娘にびっくりした顔をした。

ラーメンを食べ終えると、肇子はおばさんに金を払いながら、お悔やみの手紙をくれた豊野きせ子という女性の住所を言い、道順を訊いた。

「豊野さんだら、この先の駐在所の二軒隣の家だんがな」

駐在所というのが、また肇子にはショックだった。その駐在所に、ひょっとすると祖父が勤務していたのかもしれない。

「お客さん、どこから来ただね?」

おばさんは訊いた。

「静岡県の沼津から来ました」

「へえ、ずいぶん遠くだねえ。豊野さんとこの親戚かね?」

「そうじゃないですけど、わたしの母が豊野きせ子さんという人と、小学校時代にお友達だったそうなんです」

「ふーん、そしたら、お母さんは月潟の出身なのかね」

「よく分からないんです。昔、住んでいたことはあるらしいんですけど、どこか余所《よそ》から転勤してきて……、祖父が警察官ですから、ここの駐在所に勤務していた時期があって、それで母は小学校がここだったということかもしれません」

「へえー、駐在さんやってただか。いつ頃のことかね、何ちゅう名前?」

「昭和二十年の、終戦の年よりは前だと思います。名前は漆原……じゃなくて、祖父の名前は曾根です」

「曾根さんかね、おらは知らんなあ。終戦の年だら、まだ四つか五つの頃だもんねえ。モトさんだら知っとるんでないかい?」

酒を飲んでいるお客に訊いた。モトさんと呼ばれた男は「いいや」と首を振った。

「そん頃はおらは十日町のほうさおったで、駐在さんの名前は知らねえだなあ。知ってたかもしんねえが、忘れただな、たぶん」

四十年以上も昔のことだ、憶えていないほうが当然かもしれない。

「ここは角兵衛獅子の発祥の地なんだそうですね？」

肇子は話題を変えた。

「ああ、んだすよ。それだば、あんたもそれを見に来ただかや？」

「いいえ、そういうわけではないのですけど……、でも角兵衛獅子が見られるのなら見て帰りたいです」

「あはは……」

おばさんは大口を開けて笑った。

「そんたらもんはいまはすっかり無ぐなってしまっただんが。六月の末ん頃にお地蔵さんのお祭があって、それで観光用にやるくれえなもんだんがね」

「あ、そうなんですか。じゃあ、いまはもう、本物の角兵衛獅子というのはないのですか？」

「いまも何も、もう何十年も昔に無ぐなってしまっただよ」

おばさんは笑いながら、

「まんつ、そんたらことを知らねえ人も珍しいんでねえがな、なあモトさんよ」

と、酒を飲んでいる客に話しかけている。

「んだな、なんぼ田舎だつうても、ここもあんた、日本のうちだでな」

モトさんは大声で笑った。

肇子は真っ赤になった。正月の獅子舞と同じように、その季節になれば、いまでも角兵衛獅子が回ってくるのかと、漠然と思っていたのだ。

しかし、考えてみると、東京に住んでいる頃も、角兵衛獅子の実物なんて、お目にかかったことがないのだもの、とっくに無くなってしまったことぐらい、気付きそうなものではあった。最後には肇子も二人と一緒になって笑い出してしまった。

お蔭で見知らぬ土地の人と急に打ち解けて物が言えるムードになった。

「その角兵衛獅子はいつ頃まであったのですか？」

おばさんに訊いた。

「さあなあ、いつ頃だかなあ。おらが子供の頃には、もうはあ無ぐなっていたし。なあモトさんよ、いつ頃まであったんだか？」

おばさんは四十五、六という感じだ。お客の男はそれよりは少し上に見える。

「おらも詳しいことは知んねえが、なんでも児童虐待防止法だとかいうもんが出来たあとだちゅうから、終戦の頃まではあったんでねえのかな」

「んだけど、戦争中にはそんたらもん許可されねえんでないか？」

「うーん、それもそうだんな」

どうもはっきりしたことは分からないらしい。しかし、いずれにしても四十年以上は昔のことにちがいなさそうだ。

店を出ると、肇子は教えられた道を行った。商店街を一つ裏手に入った通りに駐在所があった。〔白根警察署　月潟駐在所〕と看板が下がっている。赤い軒灯のついている駐在所の正面部分はモルタルだが、裏のほうは木造だ。眼鏡をかけた若い巡査が戸口のところに立っていて、こっちを見ている。きっと見掛けない若い女がジロジロ見るので、訝《いぶか》しがっているにちがいない。

肇子は黙って通り過ぎるのも気がひけて、声をかけた。

「あの、この駐在所は昔からこの場所にあったのでしょうか？」

「は？……」

巡査は妙な質問に面食《めんく》らって、顎から上を突き出すような仕草をした。

「たぶん、昔からあると思いますよ」

建物を振り返って、「ずいぶん古いですからねぇ」とつけ加えた。

「四十年以上も昔からですか？」

「四十年？　さあ、どうかなあ、まだ僕は生まれてないですからねぇ」

巡査は笑った。

「おたくさんだって生まれてないでしょう」

「もちろんです」

肇子も笑って見せた。

「じつは、わたしの祖父もおまわりさんで、たぶんここの駐在所に勤務していたことがあるらしいんです」

「へえー、そうでしたか」

巡査は少し真面目な顔になった。

「そういうことって、どこで聞けば分かるのでしょうか？」

「そういうことというと、つまりお祖父《じい》さんがここにいたことですか？　さあねえ、本署へ行けば分かると思うけど……、しかしそれ、いつ頃のことですか？」

「はっきりしませんけど、昭和十五、六年から二十年ぐらいじゃないかと思います」

「そんな昔ですか。それじゃ本署でも無理ですねえ。県警の警友会にでも行って、名簿をひっくり返せば分かるかな」

「そうですか……」

奥から巡査の奥さんらしい女性が赤ん坊を背負って出てきた。「ちょっと買物に行ってきます」と言って、肇子に会釈して商店街のほうへ行った。赤ん坊のオカッパ頭が背中で不安定にゆらゆら揺れていた。

（母さんもあんな風に背負われていたのかもしれない――）

肇子はふと思った。

「豊野さんというお宅はどこですか？」

二軒先と聞いてきたけれど、巡査の顔を立てる気で、肇子は訊いた。

「豊野さんならあそこの家です」

巡査は指差した。モルタルの割ときれいな二階屋だった。

この辺の家はほとんどそうだが、二階の軒が道路に張り出している造りだ。したがって家の中は暗い。戸口に立って中を見ても、何も見えないほどに暗い。

「今日は」

呼ぶと奥のほうから女の声で応答があった。しばらくすると、母親と同じ歳恰好の女が出てきた。

「あの、失礼ですけれど、豊野きせ子さんでしょうか？」

肇子が訊くと、「はあ……」と言いながらまじまじとこっちをみつめて、口を大きく開けた。

「あ、もしかすると、睦子さんの娘さんでないですか？」

「ええ、そうです。漆原肇子といいます」

「やっぱし……、いやあ、睦子さんにそっくりだもんなや。懐かしいこと……」

豊野きせ子は眼に涙を浮かべた。

3

「肇子さんといわれますか。ほんとによく似てなさるわ。あなたのお母さん――睦子さんも、そりゃ別嬪《べっぴん》さんでしたよ。小っこい頃から村で評判でしたものねえ」

豊野きせ子はしきりにそれを強調している。きせ子は睦子と同じ歳なのだが、肇子の目から見ると、とてもそうは思えない。顔には沢山の皺《しわ》が刻まれ、手の甲は皮膚が角質化したように、赤い皹《ひび》割《わ》れなどもあって、ゴワゴワした感じだ。お茶を注いでくれるきせ子の手を見ていると、なんだか悲しくなる。

「睦子さんのお母さんも別嬪でしたものねえ。お父さんも立派な方だったし」

「祖父のこともご存じですか？」

「そりゃあなた、すぐそこの駐在さんをしてなさったし、駐在さんを辞めてからも、この近くさ住んで、そこから白根の警察署さ通っておられたですからねえ。なんだったら、その家さ行ってみますか？　もっとも、その当時とは、家の様子はすっかり変わってしまったけれど」

肇子は「ぜひ」と言った。

豊野家から五、六分、もう街はずれといっていいような場所だ。そこから先は田園地帯が広がって、民家はポツリポツリとしか建っていない。

その家は想像していたのよりは大きな二階屋で、正面の造りや玄関の周辺は手入れをしたのか、比較的に新しい。しかし、ちょっと脇のほうを覗くと、板壁が黒ずみ、かなりの歳月が流れたことを想わせた。

この家に母や祖父母が起居していた時代があったのだ——と、肇子は少なからず感慨を覚えた。

「あの、母たちはいつ頃までここに住んでいたのでしょうか？」

「ええと、あれは終戦の年だから、昭和二十年ですね。ちょうどその春、小学校——その頃は国民学校といってましたが——を出て、わたしらは村の高等科に進んだけれど、睦子さんは新潟の女学校へ通われて。でも、その頃は勉強なんぞ何もなくて、毎日勤労奉仕ばっかしだったけれどねえ。それで八月の終戦でしょう。それから間もなく、曾根さんご一家は引越して行かれたですよ。夏休みのあいだだったもんで、知らない者も多かったんでないかしら。わたしみたいな仲良しでも、曾根さんの家の前を通りかかったら、引っ越しなさるところだったもんで、たまたま知ったような具合でした」

「じゃあ、母は何も挨拶しないで行ってしまうところだったのですか？」

「そうみたいでしたねえ、あまりはっきりとは憶えていないけれど、荷物と一緒にトラックに乗って、なんだか悲しそうな顔で、黙って行ってしまった顔だけは、いまでも目に浮かぶようですよ」

「仲良しのお友達にも黙っていたくらいだと、ずいぶん慌《あわ》ただしい引っ越しだったみたいですね」

「そうねえ、わたしは子供で、詳しいことは知らなかったけれど、戦争に負けて、天地が引っ繰り返るような騒ぎでしょう。兵隊やお巡りさんはいろいろと大変だったんではないでしょうかねえ」

「大変といいますと？」

「何て言ったらいいのかしら……」

きせ子は言い淀《よど》み、踵《きびす》を返して、「戻りましょうか」と歩きだした。

「ほら、戦犯なんていうのがあったでしょうに。ああいうふうに、いままで支配していた人たちには、公職追放だとか、いろいろと問題があったのではないでしょうか」

きせ子は「よく知らないけれど」としきりに前置きをしながら言った。

「じゃあ、祖父は追放になったのですか？」

「さあ、そんなことはないと思いますけどねえ。睦子さんのお父さんは、人一倍正義感の強い人だったそうだし……」

きせ子は語尾に余韻をもたせた言い方をしている。それが肇子には少し気になった。

「あの、月潟村は角兵衛獅子の発祥の地なんだそうですね」

肇子は訊いた。

「そうですよ、昔はここに角兵衛獅子の宿が何軒もあったのだそうです。獅子を七、八人も抱えた親方がいたとか聞きました」

「おばさんは見たことはないのですか？」

「そりゃもうわたしらの頃は、とっくに無くなっていました。たしか明治の末頃には大抵のところは廃業してしまったのではないかしら。でも、お祭なんかの時に出ていたような記憶もありますけど。はっきりしたことは分かりませんわねえ」

そんな古い話では、「シシ」が角兵衛獅子に結びつくことはなさそうだ。肇子は少なからず落胆した。

「どうして月潟村に角兵衛獅子が生まれたのですか？」

「詳しいことは知らないけれど、昔はこの辺りは街道筋だったし、明治の初め頃からは中ノ口川に岡蒸気とかいう船の便が行き交っていて、ここに船着き場があったのだそうです。ほれ、駅前の通りに大きな料理屋さんみたいな家が並んでいるでしょう。あれが軒並み繁盛するほど人が集まったのだそうです。そういう人を相手に、いろいろな芸事をする人もやってきたでしょうし、越後獅子ばかりでなく、むすめ剣舞とか虚無僧《こむそう》とか瞽女《ごぜ》さんとか、いろいろな人が集まって住んでいたのでしょうね。昭和八年に電車が走るようになってからも、繁盛は続いていて、そのころはもう流しの角兵衛獅子なんかは無かったと思うけれど、そのお客さんを目当ての芸人さんたちの中には角兵衛獅子もいたのでないかしらねえ。そうそう、もしかすると、わたしらが憶えている角兵衛獅子は、それだったのかもしれません。とにかく月潟村といえば角兵衛獅子。わたしらの親の代あたりまでは、余《よ》所《そ》の土地へ行って、月潟の者だと言うと、すぐに角兵衛獅子や瞽女さんと結びつけて、いろいろ訊かれるもんで、それがいやで、川向うの白根の人間だとか嘘を言ったりしたのだそうですよ」

「ああ、それでかしら……」

と肇子は思わず口にした。きせ子は「何が？」という目を向けた。

「母は月潟村のことなんか、ぜんぜん話してくれなかったのです。ですから、ここに住んでいたことがあったなんて知らなくて、豊野さんやほかの方からお悔やみのお手紙をいただいて、はじめて知ったんですよね。知っていれば、ちゃんとご通知をお出ししたんですけど」

肇子はついでにそのことを弁解しておきたかった。

「そうですか、睦子さんは月潟のことは話さなかったですか」

きせ子は、さもありなん――という顔で頷いた。

「そしたら、やっぱしあのことは本当のことだったのねえ……」

「え?……」

肇子は聞きとがめた。

「あのことって、何ですか?」

「ううん、大したことではないのでしょうけれど、曾根さんのお宅、月潟ではちょっといやなことがあったとかいう話でした」

「いやなことって、どんないやなことなんですか?」

「わたしは子供の頃だったので、はっきりしたことは知らないけれど、白根の警察署のお巡りさんが襲われる事件があって、それで、曾根巡査さんも逃げ出したとかいう噂を聞いたことがありますよ」

「どうしてそんなことが?」

「なんでも、警察に恨みを持つ者たちの仕業だとかいう話でした。ほら、戦時中はいまの警察と違って、犯人を取り調べるのも、拷問なんか平気でしたでしょう。とくに政治犯なんかだと、ずいぶんひどい目に遭《あ》ったそうなのね。そういう人たちが復讐に来たのではないかしら」

「じゃあ、祖父もひどい拷問なんかしたうちの一人なんですか？」

「さあ、曾根巡査さんが悪いのかどうか知らないけれど、なにしろあの時代はそういうのがあたりまえだったのでしょう。警察の中にいれば、みんなと一緒になってやらなきゃならないのだし。曾根巡査さんは仕事熱心なお巡りさんだったそうだから、そういう行き過ぎもあったとしてもねえ……」

きせ子は言うべきかどうか考える間を置いて、話を続けた。

「じつはね、わたしと睦子さんと、いちど白根の警察署へ行ったことがあるの。べつに用事があったわけではないのだけれど、子供の頃の冒険みたいなものかしら。睦子さんにしてみれば、お父さんのお仕事ぶりを見たい気持ちだったかもしれないわね。それで警察署の道場みたいなところを通りかかったら、ものすごい叫び声がして、ドスンて音もして、そはじめ柔道の稽古《けいこ》かと思って近づくと、今度は三人ぐらいの男の人の怒鳴り声がして、その中に曾根巡査さんの声も混じっていたのね。いいかげんで吐いたらどうだとか、そういうことを言っていたみたい。そのうちに急に静かになって、『死んだか？』とか『いや、大丈夫だ』とか、そんな声がボソボソッとして、それでわたしたちは恐ろしくなって逃げてきてしまったのだけれど……」

肇子はいやな気分であった。祖父が権力をカサに暴力を揮《ふる》う警察官だったというのは、たとえ時世がどうであろうと、やはり許せないことのように思えた。

「でも、曾根巡査さんはふだんは優しいお巡りさんでしたよ」

肇子の気持ちを察して、きせ子は慌てて曾根巡査の弁護をした。

「流れ者の乞食なんかにも親切にして上げたし、うちの父親なんかから、曾根巡査さんがお獅子の子の面倒もよく見たとかいう話を聞いたことがありますよ」

「えっ?……」

きせ子が言った「お獅子の子の……」という言葉に引っ掛かった。

「角兵衛獅子の子のことを『お獅子の子』って言ったのですか?」

「あら?……」

きせ子は妙な顔をした。

「そういえば何気なく言ったけど、『お獅子の子』って、どうして言ったのかしら? 変だわね。その頃はもう角兵衛獅子はいなかったはずだし……、なんでかしら? いったい誰のことだったのかしら?」

きせ子はしきりに首をひねった。

「そういう渾名《あだな》の人がいたのかもしれないですね」

肇子は言った。「シシ・ハマダ・コガ……」と言った母親のダイイングメッセージは、「獅子の浜田の子が……」という意味だったのではないだろうか?——つまり「獅子」という渾名を持つ「浜田」という人物がいたのかもしれない。

「あの、月潟村でいちばん最後まで残っていた角兵衛獅子か、獅子舞の親方の名前は分かりませんか？」

「えっ？　ほほほ、そんなの分かりませんよ。よほどのお年寄に聞くか、どこかに資料か何かがあれば分かるかもしれないけれど」

　きせ子は笑った。

「あの、祖父の家が月潟にある頃の知り合いに『浜田』という名前の人がいたかどうか、心当たりありませんか？」

「浜田ねえ……、どうだったかしらねえ。いたかもしれないけれど、ずいぶん小っこい頃のことで、名前までは憶えていないわねえ」

「そういう昔のことに詳しい人は、この村にいますか？」

「そりゃいますけど……。あの、そしたら、角兵衛獅子をやっていた人のことだとか、そういうことを調べるの？」

「ええ、できれば、そういう人の子孫の人に会ってみたいのですけど」

「それはあんまし感心しないわねえ。止めたほうがいいわ」

「どうしてですか？」

「どうしてって……。そういう昔のことは、知られたくない人だっておるものですよ」

　きせ子は若い娘の無知を窘《たしな》めるように、穏やかな口調で言った。しかし、そう言われても肇子にはピンとこない。なぜ？——という目をきせ子に向けた。

「お獅子になりたくてなった人ばかりではないでしょう」

きせ子は困った娘だ——と言いたげに、苦笑を浮かべた。

（あ、そういうこと——）

肇子にもおぼろげながらきせ子の言わんとするところが理解できた。人にはさまざまな過去がある。それをほじくり出されることには抵抗を感じる人だっているだろう。現に母がそうだったのではないか。

（でも、母さんはなぜそれほどまで、月潟村のことを隠したがったのだろう？——）

またその疑問が頭を擡《もた》げた。そのことと母が殺された事件とが、どこかで繋がっているような気がしてならないのだ。

「あの……」と肇子は思いきって言った。

「母は亡くなる直前、わたしにこう言ったのです。『シシ・ハマダ・コガ……』って。ですから、もしかすると、それは犯人の手掛りなのかもしれないんです」

「まあ……」

きせ子は眉をひそめた。

「そうだったの。それであなたはお獅子のことだとか、浜田という人のことを……」

きせ子はしばらく思案していたが、それならばという気持ちになったらしい。

「青崎さんという人を訪ねたらいいわ。村の世話役みたいなことを長くやっていた人で、いまは引退してるけど、たぶんお獅子や瞽女さんの面倒も見たことがあると思うわ」

　さっきとは逆の方角へ、歩いて二十分ぐらいだが、一本道だからすぐ分かる——と教えてくれた。

「もう九十歳近い偏屈《へんくつ》なおじいさんだけど、いやなことを言われても気を悪くしないようにね。そうだわ、途中に食料品店があるから、お酒を一本提《さ》げて行くといいわ。二級でも焼酎《しょうちゅう》でもいいから。そこがすんだら、またこの家に戻ってきなさい」

　きせ子は気掛りそうな顔であった。

　街を抜けるといきなり田園地帯であった。稲の収穫がさかんに行われている時季なのだろうけれど、遠く近くにトラクターが右往左往している割に人の姿が少ない。この村もきっと、御多分に洩《も》れず過疎なのだろう。

　本道をちょっと入った農道の突き当たりのような場所に、杉木立に守られて古い家が建っていた。軒先に老婦人が出て、ほんの小さな畑の土をいじっていた。豊野きせ子の紹介で来たと言うと、家の奥へ向かって声をかけた。

「じいさま、きせ子さんのところからお客さんだと」

　入ってけらっしゃい——と、泥のついた手をしゃくるようにして言った。自分はまだ畑仕事を続ける気らしい。

　肇子は暗い土間を通って突き当たりの部屋まで進んだ。障子が開けっぱなしになっていて、敷居ぎわで老人が炬燵《こたつ》に蹲《うずくま》っている。茶碗酒に口をつけた恰好で、ジロリとこっちを見た。

「あの、これ……」

肇子はいきなり老人に出会ったことでうろたえて、慌《あわ》てて一升ビンを突き出した。

「おうおう、ありがとうよ」

老人は無邪気に笑い、炬燵の中から抜いた手をヌッと突き出して、肇子の手から酒を受け取った。九十歳近いと聞いていたが、耳もしっかりしている様子だし、ボケた感じでもない。

「きせ子のとこから来たってか？」

老人は酒を背後に隠しながら、言った。

「はい、私は静岡県の沼津から来ました。漆原肇子と申します」

肇子はあらためて名乗り、お辞儀をした。

「まんつ、上がれや」

老人と向かいあいに坐った。畳が異様に冷たい。老人特有の口臭に酒の臭いが混じって、肇子にはちょっと辛かった。

「私の祖父は曾根といって、昔、月潟村の駐在をしていたことがあります」

肇子は自己紹介を続けた。

「昭和十五、六年頃だと思います。その後も白根の警察にしばらく勤めていたそうですが、ご存じでしょうか？」

「曾根？……おうおう、知ってただ。そうかね、曾根巡査さんがあんたのじさまかね。元気だがや？」

「いえ、祖父はもう三十年も前に亡くなりました。ですから、私は会ったことがありません」

「そうかね、亡くなったかね……」

老人は念仏でも唱えるのか、口をモグモグさせている。

「あのォ、ちょっとお訊きしたいのですけど、青崎さんは浜田という人をご存じありませんか？」

「浜田？　どこの浜田かね？」

「どこの人かは知らないのですけど、たぶん祖父の知り合いで……、そう、獅子の浜田さんというのかもしれません」

「獅子の浜田？……」

老人は深い記憶の底を探るように、目をつぶって考え込んだ。その間も、無意識のように茶碗の酒を舐めている。

「したら、あれのことだべかな？　浜田かどうか知らねえだが、駐在さんが月潟さ来た頃、花の家ちゅう旅籠《はたご》屋の二階に親子連れが住んでおったが……、あれがたしか獅子のなんとか言ったんでねかったかな。そういえば、駐在さんが面倒見てやっておったようだが」

「その獅子のなんとかいう人には子供さんがいたのですね」

「いただよ。もっとも、あれは本当の親子かどうか。どこかで拾ってきた子かもしんねえだ」

「そのお子さんのことを獅子の子と言ったでしょうか？」

「ああ、そういえば、言ったかもしれんな」

「ほんとですか？　それで、その人のことを、どうして獅子って呼んだのですか？」

「そら、たぶん昔、獅子をやっとったからでねえべかな。んだども、月潟の人間ではねかったで、おらは知らねえだ。虐待法がでけてからこっち、月潟には獅子はいねくなってしまったんだんが」

「虐待法って、何ですか？」

「児童虐待防止法のことだがんな。それがでけたお蔭で、お獅子は無ぐなっただ」

「じゃあ、いまの児童福祉法みたいなものですね？」

「んだべさな。それから瞽女宿をやったり、芝居の興行をしておっただだが、お獅子はおらが子供の時分に見たぐれえで、あとは真似ごとで見せるインチキなもんだ」

「その、お獅子のなんとかさんが連れていた子の名前はご存じありませんか？」

「ははは、その子と言ってもよ、いまははあ、六十ぐれえでねえかや。もっとも、生きておればの話だけんどな」

青崎老人は笑って、

「何て言ったか、名前は知らねえだよ。村におった頃は、たぶん、獅子の子ちゅうて呼んでおったのでねかったべかな」

「そのお獅子の親子は月潟村にはいつ頃までいたのですか？」

「終戦の年か、少し前か……。んだな、曾根巡査さんが出て行った時には、もうはあ、とつくにいねくなっておっただ」

「月潟村を出てどこかへ行ってしまったのですか？」

「さあなあ、どこさ行っただか……。んだんだ、それから少し経ってから、十日町の辺りで親子を見たとか言う者がおったんでねえかな？……」

「十日町……」

月潟から十日町はかなり離れている。

それから先のことは、青崎老人には分からないらしかった。

「あの、祖父はその獅子の子に恨まれていたのでしょうか？」

「恨む？　いや、そんたらことはねえべ。駐在さんの口ききで、村の衆の手伝いをして生活しておっただんがな。んだ。その獅子の子が何かの拍子に盗っ人呼ばわりされた時に、駐在さんのお蔭で助かったんでねかったべかな。駐在さんが白根の警察署さ変わってからも面倒みたりしておったはずだし、恨んでおったことはねえべや。いや、曾根巡査さんは真面目な人だっただものなや」

老人は懐かしそうな目になった。

第四章　越後妻有郷《つまりごう》にて

1

朝から何度電話しても漆原肇子は留守であった。浅見は焦燥《しょうそう》にかられると同時に、一抹《いちまつ》の不安を覚えた。連続して悲劇に襲われた漆原家である。肇子の身に何かの異変が起きる可能性は皆無とはいえない。

浅見は昼過ぎまで電話をかけつづけたあげく、とうとう辛抱しきれなくなって、沼津へ向かうことにした。

秋雨前線が停滞しているとかで、鬱陶《うっとう》しい曇り空であった。これで台風でもくればまた大雨の被害が出るだろう。なんだか事件のほうも険悪な雲行きになりそうな予感がしてならない。

漆原家には夕刻近くに着いた。我入道《がにゅうどう》の住宅街は学校帰りの子供たちや、子供をあやしながら立ち話をする奥さんがちらほらするだけののどかな風景で、近くであんな惨劇があったことなど、まるで感じさせない。

漆原家はやはり無人であった。浅見はしばらく間を置いてから、再度、訪れてみたが無駄だった。折よく、隣の家の主婦が顔を覗《のぞ》かせたので、訊いてみた。

「肇子さんなら、けさ早くに出かけたみたいですよ」

「どこへ行ったか、お分かりになりませんか？」

「さあ、ふだんは声をかけて行きますけど、けさは早かったから遠慮なさったのじゃないかしら。起き抜けにたまたま窓から外を見ていたら、旅行するみたいなバッグを持って歩いてゆきましたけど」

「一人で、ですね？」

「ええ、一人で。漆原さんのところはご不幸が続いて、あのお嬢さん一人になってしまったんですのよ。ご縁談もこわれたみたいですし、お気の毒ですわねえ」

「はあ……、縁談があったのですか」

それは浅見は初耳だ。ばかげてはいるけれど、若い娘の縁談となると、本能的に無関心ではいられない。

「ええ、いいご縁談で、相手のお婿《むこ》さんになるはずだった人は、なんでも銀行の重役さんのご令息だったそうですよ。お母さんがずいぶん喜んでいらしたのに、あんなことになって……」

「銀行の重役ですか」

「そうですのよ。こう言っちゃなんですけど、ちょっとしたシンデレラだなんて、ご近所では評判でしたのにねえ」

「その縁談はお見合いですか？」

「そうなんですって。それも先方さんからどうしてもって見込まれたのだそうですよ。分からないものですわねえ」

何が分からないのか、浅見にはそれこそよく分からなかった。

「その縁談がだめになったということなのですね？」

「ええ、あんなことがあってはねえ、やっぱり具合が悪いのでしょうねえ。なんていっても、銀行の重役さんですものねえ」

隣家の奥さんは、しきりに同情めいたことを言ってはいるけれど、隣の娘がシンデレラになりそこなったことで、多少、ほっとしている部分がありそうな口振りだった。

仕方がないので、浅見は沼津署へ回ってみた。畑山警部は浅見の顔を見ると、正直に煙たそうな表情を浮かべた。

「きょうはまた、何か？……」

「いえ、例によって、ついでです。ところで、漆原さんのとこ、朝からずっと留守なのを知ってますか？　どうやら旅行に出掛けたらしいですよ」

「えっ？……」

案の定、畑山は知らなかった。

「そりゃまずいですねえ、しばらくのあいだは、どこか遠くへ行く場合には、事前に警祭に連絡しておいてくれるよう言ってあるのですがねえ」

しようがねえな――と舌打ちした。

「ところで、捜査の進展の様子はいかがですか？」

浅見は警部の関心を肇子から逸《そ》らすように、訊いた。

「あまりぱっとしませんねえ。例の獅子浜のほうは、人員の大半を投入してローラーをかけたんですがね、結局は収穫ゼロでした。それより浅見さん、この前持って行かれた漆原宏さんのエッセイみたいなものですが、あれ、読んでみましたか？」

「ええ、読みました」

「で、どうです？　何か得るものがありましたか？」

「いや、残念ながら何もありません。ただ、あれは漆原が書いたものではないですね。内容がやや年輩の人の一人称で書かれているし、小説にしてもちょっと文体が古風ですしね。僕もそうですが、漆原にはあんな名文は書けないと思いますよ。あれは単に誰かの書いた文章をワープロに打ち込んだというだけのものではないでしょうか」

「なるほど、浅見さんもそう思いましたか。じつはね、われわれも同じ考えで、どこかに出典があるのではないかと探してみたのです。そうしたら、ありましたよ」

「えっ？　見つけ出したのですか。さすがですねえ」

浅見はてらいなく、感嘆の声を上げた。

「いや、警察にとってその程度のことは簡単ですよ。要するに、新潟県警を通じて『妻《つま》有《り》』というところに住んでいる人に問い合わせてもらったのです。その結果分かったことですが、あれは、地元出身の作家で南雲《なぐも》道雄という人が書いた、『私の越後妻有郷地図』という本を、ほぼ丸々、写し書きしたものだったのですよ」

「そうでしたか、やっぱりねえ、地元のことをよく知っているし、郷里を大切にしている感じが出ていますからね。それで、その南雲という人と漆原とは、どういう関係なのでしょうか？」

「いや、それがまったく接点がないんですなあ。南雲という人に会って訊いてみたが、漆原なんていう人には会ったこともないし、名前も聞いたことがないというのです。年齢もずっと離れているし、事件のことを聞いてもべつに驚く気配はないし、どうも嘘を言っている様子はないのですよ」

「そうすると、漆原はなんだってあの文章をワープロに打ち込んだりしたのですかね？」

「それが分からないのだが、まあ、ひとつにはワープロの練習用に使ったと考えられますな。その場合には、教材は要するに何でもよかったということになる」

「では、たまたまその本を選んだということですか」

「そういうことです」

「しかし、だとすると、犯人はそれをなぜ消したりしたのでしょうか？」

「それもどうも分からない。この前も言ったように、文章の中のどこかに、秘密の文章だとか暗号だとかが隠されている様子もなく、単純なミスプリント以外は原文どおりですからな。ただし、犯人が何か隠されていると思い込んだというのはあり得ないことではないかもしれませんがね」

「かりにそうだとしても、犯人がそう思い込むにはそれなりの理由がありそうなものですね」

「そうかもしれないが、とにかく、すべて分からないことだらけですよ。ひとつ浅見さんの知恵で、その謎を解いてもらいたいものですねぇ」

畑山警部は割と悠長なことを言っている。悠長な理由は、あの文書について、畑山がさほど重要視していないためだ、と浅見は思った。あの文章に暗号めいたものが隠されている可能性はほとんどないということはもちろん、犯人が隠されていると思い込んだ——という仮説も、あまり本気には考えていない様子だ。

「もし犯人がそう思い込んだのだとしたら、あっさり消してしまうというのはおかしいですね」

と浅見は言った。

「ひょっとすると、犯人はあの文章を他のフロッピーに転写して持ち帰ったのかもしれません。そうは考えられませんか？」

漆原のワープロは内蔵されているディスクフロッピーから文書フロッピーに複写することができる。その文書フロッピーを互換性のある他の機械にかければ、プリントアウトできるし、そのまま印刷用の写真植字を自動的に行うことも可能だ。従来のように活字を拾ったり、写真植字で手間を食ったりすることはなく、スピードも大幅にアップされるわけだ。

「その点は考えられます。犯行の際、文書内容を全部調べるわけにはいかないから、とりあえず転写して持ち出すということはですね。しかし、そうだとしたら、持って帰ってがっかりしたというところじゃないですかねえ。あの文章はどう考えても何もありゃしないのだから」

畑山警部は完全にワープロの「盗難」事件を問題視していない。そのこと自体は浅見も同感といっていい。記憶されている「文書」そのものは、おそらく意味も価値もないものなのだろう。

問題はもう一つの「フロッピー」である。それには警察はもちろん、犯人も想到し得なかったようだ。そして、浅見は畑山には自分の着想を伏せておいた。それが漆原の付託に応える友情だと思った。

それにしても肇子がいないことには、浅見はその着想が正しいかどうか、確かめようがない。

（いったい彼女はどこへ行ったのだ？――）

沼津署を出て、車に乗り込んだものの、浅見はどこへ行くという方策もたたないで、じっと思案にふけった。

（なぜ妻有だったのだろう？――）

ふと思った。

畑山は、あれは漆原がワープロの練習用に無作為に選んだ文章にすぎない——と、出典そのものには何も意味がないという解釈をしていたけれど、それにしてはずいぶん珍奇な本を選んだものである。漆原宏が『私の越後妻有郷地図』を選んだ理由については、本当に特別な意図がなかったのだろうか？

（妻有という土地に何かがあるのではないか？——）

浅見はそんな気がしてきた。

犯人がワープロの文書内容を見た時のことを考えてみる。犯人はあらかじめ、ワープロの中に重要な、あるいは秘密の文書が打ち込まれていることを知っていたか、疑っていたフシがある。そこで、とにかく文書をブラウン管に表示させたにちがいない。

すると、そこに『私の越後妻有郷地図』の文書が現れた。もちろん犯人はそれがそういう書物から引用した文章であることなど、まったく知らなかったと考えていいだろう。

——これは何だ？——

犯人はそう思いながら、文書を読んだ。

そして、なぜか、消した……。

（なぜだろう？——）

もちろん、百八十二頁《ページ》——原稿用紙に換算すれば三百枚近い——という長い文章全部を読む余裕はなかったはずだし、読んだとしても、秘密文書でも何でもないのだから、消去しなければならない理由など、あるはずがない。

それなのに、犯人はそれを消した。盗む価値のないものなのに、盗んだ——のである。念のために文書フロッピーに複写して持ち去ったにしても、とにかくワープロの中にある文書は消してしまったのである。

犯人にとって、その文章を消してしまわなければならない必然性があったということだ。もしそうだとすれば、その必然性とはいったい何だったのだろう？

考えられることは、要するに、犯人は、あの文章からアシがつくことを恐れたということである。何かしら、犯人を暗示するような記述が含まれていたとすれば、犯人が慌てて文書を消去しようとした意図は説明できる。

その場合、犯人を暗示するものとは何だろう。まさかズバリ犯人の名前が出ていたとも思えないが、犯人のゆかりの人の名か地名がそれだった可能性はある。まず、この本の表題にもなっている「妻有」という地名はどうなのだろう？「妻有」という地名は文章のいたるところに出てくる。百八十二枚の文書のどこを検索したとしても、「妻有」は犯人の目に触れたにちがいない。

そもそも「妻有」というのはどの辺りのことを言うのだろう？——

浅見は車の中でドライブマップを広げた。

千曲川が長野県から新潟県に入ると信濃川と名前を変える、その辺り——と書いてあった記憶があるので、そこに見当をつけて探したが、「妻有」という活字は発見できなかった。つまり「妻有」という地名がないのである。

　これには浅見は驚いた。驚くと同時に、そのことに何か重大な意味があるような気がしてきた。それは「神秘的な」といってもいいのかもしれない。こういう得体の知れない出来事に出くわすと、浅見はワクワクしてくる性分だ。そういえば『私の妻有郷地図』の中に、読売新聞で「妻有」は秘境——とか紹介されたという記述もあったのではなかったか——。


（秘境か——）

　こうなると、ますます浅見は「妻有」に惹《ひ》かれた。事件は事件として、「妻有」なるところを見て来たい想いがつのった。旅の空にいながら、浅見の胸でまたしきりに旅情が騒いだ。

2

　帰路、浅見はもういちど漆原家に立ち寄ってみた。すでに暮色が垂れ込めているけれど、依然として漆原家の窓は暗黒のままである。念のために門柱のチャイムボタンを押してみたが、やはり応答はなかった。

　隣家の奥さんがまた顔を出して、「お留守でしょう」と気の毒そうに言った。

「何度もじゃ大変でしょうに。なんなら、私のほうからお伝えしておきましょうか？」

「はあ……」

浅見は逡巡《しゆんじゆん》した。

「あの、おたくはどちらの方ですの？」

奥さんは訊いた。

「東京から来た、漆原宏君の友人です」

「まあ、そうでしたの、遠いところから大変ですねえ。そういえばあのお兄さんもお気の毒でしたわねえ。でも、肇子さんはもっと気の毒だわ。これから先、一人で生きてゆかなきゃならないのですもの。折角のご縁談もだめになったし、私なんかだったら、それこそ死にたくなっちゃうでしょうねえ」

奥さんは不吉なことを言ったのに気付いて、白けた顔になった。

「いいえ、肇子さんはしっかりしたお嬢さんですよ。でもご不幸続きだと、なんですから……。それにしても、どこへ行ったのかしらねえ。おかしな気持ちにならなきゃいいんだけど……」

「まさか……」

浅見は笑った。笑ったが、内心、多少は気掛りであった。肇子がこの時期に旅行に出るというのは、どう考えたって不自然だ。隣家の奥さんが「死出の旅路」を連想したとしても、あながち否定できない。

「まったく、松本さんも罪なことをなさったもんだわ」

奥さんは恨むように呟いた。

「松本さんとは、どなたですか？」

浅見は訊いた。

「ああ、肇子さんのご縁談を持ち込んだお仲人さんですよ。この辺《あた》りを地盤にしている県会議員の奥さんですけど、最初から不釣り合いな縁談だったんですよねえ。でも、乗り掛かったのなら、ちゃんと纏《まと》めてくれればいいんですよ。そりゃね、ああいうことがあってはなんですけど、それにしたって、少し延期するとか、そういうことならまだしも、いきなり、はいこれまでじゃねえ、肇子さんがお気の毒ですよ」

「漆原さんのほうはどうだったのですか？　お嬢さんの結婚については」

「お母さんは乗り気でしたけど、ご当人の肇子さんはどちらでもいいようなお話でしたよ。どちらかといえば先方さんが大乗り気で、ぜひにという話だったみたいですわ。それなのにねえ、いくらあんなことがあったからって、掌《てのひら》を返すようにじゃねえ……」

喋っているうちに、だんだん悲憤慷慨《こうがい》がつのってくるのが、いかにも庶民気質《かたぎ》らしい。

「もしお兄さんでも生きていらっしゃれば、ばかにするなって怒鳴り込みに行ってますよ、きっと」

「それにしても、松本夫人でしたか、その夫人はどうしてそんな不釣り合いな話を持ち込んできたのですかねえ？」

「何でも票になればやっちゃうんじゃないかしら。相手は銀行屋さんだし、きっと選挙資金のこともあったんじゃないんですか。松本さんは○○党だから、選挙にお金がかかるんですよ」

どうやら隣家の奥さんはアンチ○○党らしく、言うことが辛辣《しんらつ》だ。さんざん松本夫人をこき下ろして、「では失礼します」と家の中に引っ込んだ。ドアの中から夕餉《ゆうげ》の香りが漂《ただよ》ってきた。

何でもない世間話のようだが、浅見は松本夫人が積極的に「不釣り合い」な縁談を進めようとしていた事実に興味を惹かれた。

(なぜだろう?──)と思い始めると、その疑問にこだわる性質だ。

漆原家の素朴な二階屋を眺めていると、銀行の重役の家が大乗り気で縁談を申し入れてくるというのが、いかにも不自然に思えてならない。きれいごとを言うなら、人に貧富や貴賤《きせん》の差はないのだろうけれど、現実はそんな甘いものではない。シンデレラなんて、そうザラにある話ではないのだ。しかもどうやら、若い二人の熱烈な恋愛によって──という大ロマンがあったわけでもなさそうだ。

(変だな──)

浅見の疑問はたちまち疑惑へと昇格した。

いったん車に戻りかけた足をUターンさせて、隣家のドアをノックした。

松本県会議員の家を訪問したいと言うと、奥さんはちょっと困った顔になった。

「あの、私の言ったこと、内緒ですよ」

浅見に対して話している時はずいぶん威勢がよかったものの、やはり地元の有力者は怖《こわ》いらしい。余計なことを言ったという後悔が、奥さんを憂鬱《ゆううつ》にさせている。

「もちろんです」

浅見は快活に言って、安心させた。

松本家は千本浜にあった。海岸の平坦な土地に石垣を組み上げた、まるで城郭を思わせる佇《たたず》まいだ。この辺には宏壮な屋敷が多いけれど、その中でも一際《ひときわ》目を引く。

ちょうど夕食の時刻にかかるので、浅見は近くの公衆電話でアポイントメントをとった。電話には最初、お手伝いらしい女性が出て、それから夫人に代わった。「漆原肇子さんのご縁談について、少々お尋ねしたいことがあるのですが」と言うと、あらかじめそういったイチャモンがつくことを覚悟していたように、無愛想ながら「どうぞ、お待ちしています」と言った。

時間をつぶすためと、食事をするためにいったん沼津市街の中心に出た。沼津はよく整備されたきれいな街である。昼間ならきっと富士をはじめ周囲の山を背景にして、いっそうの都市美を誇るのだろうと想像させた。

パーキングのあるレストランに入って、簡単な食事をした。店を出ると、正面に「木村時計店」という看板が目に入った。漆原宏が無断で借りたボートの持ち主が、たしか時計商の「木村」だった。

松本夫人との約束の時間まで、まだ少し間があった。浅見はほとんど気紛《きまぐ》れのように、道路を突っ切って、時計店に入った。

四階建ビルの一階が店で、二階から上は事務所や住居になっているらしい。店の中は効果的な照明が施され、ショーケースの中の商品が、ひときわ豪華にきらびやかに見える。

店には客の姿はなく、そう若くない女性と中年の男性がいて、浅見が入ってゆくと、慎《つつ》ましく挨拶を送って寄越した。

「浅見という者ですが、ご主人は、木村さんはいらっしゃいますか？」

「はい、少々お待ちください」

女性は内線電話を使って話していたが、すぐに参りますと言って、お客用の椅子を勧めてくれた。

木村達男は恰幅のいい五十がらみの男であった。肥満タイプ、やや垂れ目で、上唇よりも下唇のほうが少し突き出しているのは愛嬌《あいきょう》がある。こういう人物は気のいい割に、いちどこじれるとテコでも動かない強情な性格の持ち主が多い。

「いらっしゃい、木村ですが、何か？」

商売用の笑顔で挨拶した。

「浅見といいます、漆原宏君の友人……、つまりご主人のボートで……」

「ああ、あの自殺した……、いや転落でしたか、あの方のお友達ですか。それはそれはどうも、で、何か私に？」

「じつは、僕は漆原君のことをよく知っているのですが、彼は無断で人さまのボートを持ち出すような男だとは、到底、思えないのです。何か間違いがあったのではないかと思うのですが」

「はあ……、しかし、警察の調べでも、そういうことだったようですよ」

木村は、浅見が難癖をつけにきたと思ったのか、たちまちしらけた表情になってきた。

「それとも、私が出鱈目《でたらめ》を言っているとでも思われるのですか？」

「いえ、とんでもない、ご主人がおっしゃったことは間違いないと思っています。ただ、ああいうボートは使用したあと、必ず岸壁に引き上げておくのが普通ではないかと思うのですが、そうなさらなかったのは何か理由があるのでしょうか？」

「ああ、そのことならたしかにあなたの言うとおりですよ。いつもは必ず陸に上げておきます。しかし、あの時はすぐにまた海に出るつもりだったもんで、そのままにしておいたのですよ。それに、一緒にいたお客に急用ができて、モタモタしていられなかったこともあったし」

「ああ、やっぱりそういう事情があったのですか。そうすると、漆原君もたまたまそこにボートがあったので、ごく軽い気持ちで乗り出したのかもしれませんね」

「それが困る」

木村は不機嫌そうに言った。

「あの方は軽い気持ちだったかもしれないですがね、乗って行かれた当方としてはえらい迷惑ですよ。だいたいね、車を運転していても、いつも思うのだが、事故があったりすると、加害者側がなんでも悪いと決めつけられて、賠償金を払わせられたり、ひどい時には刑務所に入ったりするわけよね。ところが、事故によっては被害者側のほうに落ち度があることだってあるんだ。そういう時に加害者側に損害賠償を払ったなんてこと聞いたためしがないもんねえ。今度のことだってそうですよ。こっちは警察には何度も調べられるわ、商売に差支えるわ。あのボートだって、気持ちが悪くて、もう二度と乗る気がしなくなっちゃったですよ。かといってあちらさんが弁償してくれるわけじゃないしね。こういうことになるのだったら、ちゃんとボートを片づけておくんだったと、いまでも後悔していますよ。いつもそうしていたんだから……。あの時、お客に急《せ》かされさえしなければ、あんなことにはならなかったと思うと、腹が立ってねえ……」

木村は一気にまくし立てた。喋っているうちに、そのお客にまでだんだん腹が立ってきたのか、下唇をいっそう突き出した。

「まったく、あの連中は勝手なんだから」

もう浅見の存在など眼中にないらしい。目はあらぬ方角に向けられ、口の中でブツブツと何やら呟いている。

「どうもありがとうございました」

浅見が丁寧に頭を下げると、木村はようやく気がついて、慌てて礼を返した。

七時過ぎに松本家を訪れた。すぐに応接間に通されたが、松本夫人が現れるまで、十五、六分も待った。

「今度のことでは、わたくしどもも大変、迷惑を被《こうむ》りましたのよ」

夫人は挨拶を交わして、浅見が漆原宏の友人であると名乗るか名乗らないかのうちに、のっけからそう言って牽制《けんせい》した。

「まあ、漆原家のご不幸については、心からお悔やみ申し上げますけれど、それはそれとして、折角、いいお話だと思っておすすめしておりましたのに、ああいうことが、それも連続してでございましょう、ほんとに参りましたわよ、あなた」

夫人は浅見の母親とほぼ同年輩で、高飛車に出るタイプも似ている。このテの女性には、どうも浅見は弱いのである。

「どうもすみません」

浅見はつい頭を下げてしまった。

「それで、お話というのは何か、破談になったことについて、漆原さんのほうにご不満でもおありなのでしょうか？」

「いえ、とんでもない、そういうことではないのです」

「それならよろしいですけれど」

夫人はいくぶん安心したように、表情を和らげた。

「じつは、今日、はじめて知って驚いたのですが、肇子さんのお相手の方というのは、なんでも銀行の重役さんのご令息なのだそうですね？」

「ええ、中部銀行の沼津支店長さん、れっきとした重役さんですよ」

「はあ、中部銀行ですか、大したものですねえ。しかしその重役さんが、またなんだって漆原さんのような平凡なお宅を縁談の相手に選んだのでしょうか？」

「それなんですのよ、正直申し上げて、わたくしも不思議でならなかったのですけれどねえ」

夫人はわが意を得たり――といわんばかりに大きく頷いた。

夫人の話によると、どうやら一方的に支店長のほうからの申し入れがあったらしい。しかもかなりのご執心だったという。

「わたくしは最初から、ちょっと無理じゃないかしらってね、そう思いましたけどねえ。釣り合わぬはなんとやらとか言いますでしょう。ああいうことがなくても、やっぱり釣り合わないご縁だったのですよ」

「しかし、先方は釣り合わないことも承知の上で乗り気だったのでしょう？」

「それはそうですけれどね、それというのも、銀行の上のほうの人からのご指図があったみたいですよ。支店長さんが、息子さんを説得なさるのに苦労したとか、ちょっとそんなようなことをね、こぼしていらっしゃったから……」

「はあ……、それはまた穏やかではないですねえ。だとすると、その縁談にはそれほどの政略的な価値があったということなのでしょうか？」

「さあ、わたくしにはよく分かりませんですけれど……」

松本夫人は当惑げであった。それほど立ち入った知識はないようだ。しかし、ともかく漆原肇子の縁談の相手が中部銀行沼津支店長の令息であることは分かった。その事実からどういうストーリーを想像するかだ。

「ところで、肇子さんはその後、お元気ですの？」

夫人はさすがに破談にした責任を感じるのか、眉根を寄せて、訊いた。

「お元気はお元気ですが、ちょっと困ったことになりました」

浅見は少し大袈裟《おおげさ》な言い方をした。

「突然、誰にも行き先を言わずに旅行に出てしまったのです。警察でも心配していましてね。ああいう事件だけにショックも大きかったでしょうからねえ」

「まあ……」

夫人も不吉な連想をしたらしい。

「まさか、おかしなことにはならないでしょうね」

三人目の死者が出てはたまらない――と言いたげであった。

「まさかそんなことはないと思いますが、しかし、行き先が分からないのは心配です」

「もしかしたら新潟県のほうへいらしたのじゃないかしら？」

「新潟、ですか……。それは、なぜでしょうか？」

「あら、ご存じないのですか？　肇子さんのお母さんはもともとは新潟のご出身だそうですよ」

「ほんとですか？……」

浅見は声が上擦《うわず》るのを抑えて、言った。

「新潟県だとすると、妻有ではありませんか？」

「は？　つまり何ですって？」

「いえ、妻有というところがあるんです。つまり地名です、妻有という地名です」

「さあ、どうかしら、わたくしはそのことは聞いていませんけど、あのお話があった際に矢野支店長さんが、たしか漆原さんの奥さんのご出身は新潟のはずだとおっしゃったんですのよ。それで、わたくしが奥様にお訊きしたら、そうですって。どうして知っているのかって、なんだかびっくりしてらしたわ。でも新潟のどこっていうことはおっしゃらなかったですよ。お訊きしたのですけれど、困ったような顔をされて。わたくしのほうもそれ以上、立ち入ったことはね……」

立ち入ったことを訊くような雰囲気ではなかったと言いたいらしい。

浅見はほとんど感動的と言ってもいいほどのショックを受けた。漆原宏がワープロに打ち込んだ『妻有』の記述には、それなりの意味があったのだ。しかも、漆原の母親は新潟県の出身であることを言いたくなかった気配がある。ひょっとすると、隠したかったのかもしれない。

そのことと、漆原宏がワープロの中に何かを隠していたこととのあいだには、相通じるものがあるように、浅見はしきりに思えてならない。

松本家を辞去して、浅見は沼津署の捜査本部に電話をかけた。時刻はすでに八時を回ったというのに、畑山警部はまだ捜査本部に詰めていた。さすが、若くして出世するだけのことはある。

畑山に漆原睦子の結婚前の本籍地を尋ねると、意外な返事が返ってきた。

「本籍地は東京都八王子市ですよ」

「八王子……」

浅見は拍子抜けがした。

「そうですよ、八王子市横山町××番地から、東京都調布市の漆原幸男と婚姻して、同人の戸籍に編入されています。旧姓は曾根。昭和八年生まれ、父親の名は袈裟男《けさお》、母親はトク、一人っ子ですな」

畑山は要領よく、こっちが訊きもしないことを喋ってくれた。

「父親の、つまり、睦子さんのお父さんの本籍地はどこなのですか？」

「父親の本籍？　やっぱり八王子じゃないんですか、そこまでは調べていませんがね。しかし、それがどうかしましたか？」

「いえ、べつにどうというわけではないのですが……」

浅見は警察の捜査が案外抜けているのに驚いた。もっとも、漆原睦子の両親は三十年も昔に亡くなっているのだから、いまさら彼等の本籍に興味を抱くほうがどうかしているのかもしれない。

しかし、睦子は松本夫人に「新潟出身」であることを訊かれ、肯定している。つまりは両親の本籍が新潟である可能性は十分、考えられる。それを八王子に転籍したとなると、それにはなんらかの理由があるにちがいない。しかもそれは「隠しておきたい」性質のものらしい。そこのところに何やら秘密めいた臭《か》いを嗅いで、浅見の関心は高まった。

翌朝、浅見は珍しく早起きして八王子市へ向かった。都心へ向かう道路は猛烈なラッシュだが、下り車線は嘘のようにスイスイ走れる。

市役所の市民課で曾根袈裟男・トクの戸籍謄本を請求したが、あっさり断られてしまった。

「第三者の方には事情がないかぎり戸籍を閲覧させることはできません。従来もそうだったのですが、本年六月から法務省通達によっていっそう厳しくなったのです」

「友人の母親の出身地を知りたいだけなのですが」

そう言ったが無駄だった。

「それではお友だちの委任状をお持ちください」

そう言われたって、漆原宏は委任状を出せる状態ではない。

浅見が諦めた時、市民課の奥まった辺りから見憶《みおぼ》えのある男が出てきた。職員と挨拶を交わしてこっちへやってくる。

「やあ、どうも昨日は」

浅見は陽気に声をかけた。名前は知らないが、昨日、沼津署の捜査本部で会ったばかりの刑事である。終始、畑山の近くにいて、浅見との会話を聞いていた。

「あ、浅見さん……」

刑事は（しまった——）という顔になった。明らかにまずいところを見られた——という顔だ。

「どうやら同じ目的のようですね」

浅見はニヤニヤ笑いながら、刑事と肩を並べて玄関のほうへ歩いた。

「は？　何のことでしょう？」

刑事はとぼけようとしている。

「漆原睦子さんの出身地——、結局、どこだったのですか？」

浅見は構わず、訊いた。

「…………」

刑事は苦い顔をあらぬ方向に向けた。

「畑山警部もずるいですねえ。僕が話した時はぜんぜん関心がないようなふりをして、チャッカリ調べている」

「それは当然です。警察の仕事ですから」

刑事は真面目くさって、言った。

「で、どこだったのですか？　教えてくれませんか」

「いや、いくら浅見さんでもそうはいきません。守秘義務というのがありましてね」

「そんなことは知っていますよ。しかし、もともとヒントは僕が上げたんですよ。せめて出身地がどこかぐらい教えてくれてもいいじゃありませんか。新潟県のどこなのか」

「あ、知ってるんですか？」

「新潟県であることぐらいは知ってますよ。ただ、何郡何町なのか知らないから、それだけでも教えて欲しいと言っているのです」

刑事は躊躇《とまど》ったが、その程度なら——と思い直したらしい。

「じゃあ、それだけですよ。新潟県中魚沼郡津南町《つなんまち》です。津南は津の南と書きます」

「津南……」

浅見は地図の地名を思い浮かべた。「津南町」はたしか、新潟と長野の県境、信濃川のどんづまりのようなところにある地名だった。まさに『妻有』と言うに相応《ふさわ》しい。

3

八王子から国道一六号線で川越インターまで行き、関越自動車道に乗る。そこから塩沢《しおざわ》石打《いしうち》まではわずか一時間半の行程である。高速道路は「こしの国」までの距離を一挙に縮めた。

上越国境の山々は紅葉がはじまっていた。石打から国道三五三号に入る。十二峠という名うての難所も長大なトンネルをぶち抜いて快適なドライブコースだ。信濃川と支流の清津川が合流する地点に発電所の巨大な送水管がある。そこを通過するとまもなく「ようこそ津南町へ」というばかでかい看板が見えてきた。

津南町は周囲を山に囲まれた盆地の町であった。しかし、浅見が想像していたような「秘境」では決してなく、むしろ南国的と言ってもいいほど明るい町並である。道路は広く、建物はむやみに新しい。道路という道路に消雪パイプが埋設されているのにも驚かされた。新潟県は公共投資の額が日本一だという事実を目のあたりにする感じだ。

地図の上では、たしかに信濃川流域のどんづまりといっていい。町の横を流れる信濃川は想像していたよりもずっと細く、ゆったりと淀みながら流れていた。

しかし、どう見ても津南町が「妻有郷」のそのまた「どんづまり」という印象は浮かばない。この町のまばゆいばかりの野放図な明るさに、浅見はかえって、この地方が長いあいだ甘受してきた苦難の歴史と、それに対する人びとの怨念のようなものを感じてしまった。この繁栄ぶりはかつての忍従の反動なのだという気がしてくるのだ。

町役場も立派な建物だ。広いスペースの割に職員や客の数は少なく、東京の区役所のゴチャゴチャした雰囲気に慣れた者には、かえって面食らう。

町民課の窓口は中年の女性であった。

「昔、この町にいた曾根袈裟男という人のことを調べたいのですが」

浅見が切り出すと、妙なことを言う——といいたそうに眉をひそめた。

「あの、どういう目的でお調べですか？」

「目的は、その……」

まさか犯罪の捜査のために——とは言いにくい。

「じつは、僕の友人が曾根さんの孫にあたるのです。それで、こちらのほうへ来たついでに、友人のルーツを調べてくるように頼まれたものですから」

「その方はいつ頃まで津南に住んでおられたのですか？」

「昭和二十一年に東京の八王子市に転籍しているのですが」

「ずいぶん古い話ですねえ」

女性は呆れたような声を出した。

「どうでしょうか、調べることはできるでしょうか？」

「そうですねえ……」

女性は思案して、「ちょっとお待ちください」と上司に訊きに行った。上司は女性より歳は若そうな、眼鏡をかけた男性だ。ひと言ふた言、何か話しあっていたが、すぐに立ってきた。

「昭和二十一年というと、まだ町村合併以前のことですねえ。津南町は昭和三十年一月に下船渡《しもふなと》、外丸《とまる》、上郷《かみごう》、芦ケ《あしが》崎《さき》、秋成《あきなり》、中深見《なかふかみ》の六ヵ村が合併して生まれた町でして、その当時の書類は保管してあるにはありますが、そう簡単にお見せするわけにはいきません。そうでなくても、いまは戸籍の閲覧は禁じられておりますので」

「やはりそうですか……」

八王子市役所で経験ずみだから、浅見はある程度は予想していた。

「津南のどこに住んでいた人ですか？」

職員は気の毒に思ったのか、訊いた。

「大割野《おおわりの》というところにいたことだけは分かっているのですが、曾根さんという名前の家は聞いたことがありませんね。ひょっとすると、その方は元からこの土地の人じゃないのではありませんか？　そうであれば、かえってお年寄で知っている人がいるかもしれません。そういう人に訊いてみたらいかがですか？」

「あ、それはありがたい。どういう人を訪ねればいいか、ぜひ紹介してください」

「そうですねえ、そしたら陣場下《じんばした》というところに桑原兵三という人がいますから、その方をお訪ねになるといいでしょう。もう八十近いお年寄ですが、尺八、三味線、民謡から写真まで、何でもこなす元気なおじいさんですよ。こちらからも電話しておいて上げましょう」

親切に地図まで書いてくれた。

職員が言ったとおり、桑原兵三は白髪だが顔の色艶《いろつや》が若々しい、陽気な老人だった。

「曾根かね……、曾根ねえ……」

老人はしばらく考えていたが、

「たしか、大割野の派出所にそういう名の巡査さんがおったような気がするけんど、あれは昭和二十年の終戦の年なんかよりも大ぶん昔のこんだな。わしは昭和十六年には応召してるだで、あとのこんはなも知らんで」

「昔というと、いつ頃のことですか？」

「んだな、昭和十年頃でねかったべか……。いや、もっと前かなや」

「もし、先祖代々、この土地の人でないとすると、この土地で結婚されたのかもしれません。曾根さんは東京の八王子市に転籍する前は、ここを本籍地にしていますから、たぶんここで結婚して、それを機会に新たに戸籍を作ったのではないでしょうか」

「結婚かね？……ふむ、んだな、そういえば巡査さんの結婚があったような気がするけんど。んだんだ、それだば、たぶん駆け落ちの一件でねえべかな」

「駆け落ち？」

「んだ、たしか十日町の機屋《はた》さんの娘っこと駆け落ちした巡査がいただよ。駆け落ちっつったって、娘っこが巡査さんの家に転がり込んできただがな。そん当時のこんだで、勘当つうことになっただべがよ。いまどきは珍しくもなんともねえだが、当時としては大事件だんが。わしら若い者のあいだでは評判だったで、憶えてるだんが。その巡査さんが曾根さんだったかもしれんな。んであれば、昭和六、七年か、そん頃だべな」

その巡査夫婦が漆原睦子の両親——つまり漆原宏・肇子兄妹の祖父母なのだろうか。

「その駆け落ちのお巡りさんは、どういう人柄でした？」

「そらまあ、駆け落ちするぐれえだで、男前だったべし、若いに似ず、なかなかの苦労人だったんでねえべか。といっても、どういう人物であったか、憶えておるわけではねえけんどよ……。んだ、したらちょっくら待っててくれや、写真が残ってるかもしんねえで」

　老人は奥へ行って、ガタガタやっていたが、そのうちに息子の嫁を従えて戻ってきた。「嫁」といっても、五十代の初老の女性だ。両手で数冊のアルバムを抱えている。

　アルバムはどれも表紙が真っ黒にくすんだ、いまにもボロボロ崩れてしまいそうな代物ばかりだ。

　老人は写真の自慢をしたいらしい。こちらが訊きもしないのに、余計なアルバムを開いて、古色蒼然《こしょくそうぜん》とした写真の人物を指差しては、これが誰、これがいつ頃——と講釈をくわえる。当時としては写真を撮るということはかなり文化度の高い人にかぎられていたのだから、自慢をしたくなる気持ちも分からないではないけれど、浅見としてはこの際、まだるっこい。

「それそれ、この巡査さんがあんたの言う人でねえかと思うだが」

　老人はようやく写真を発見して、浅見の目の前につきつけた。

　役場か学校か、それとも派出所か、とにかく昔風の公共建築物の玄関を背景にした記念写真といったものだ。前列の五人が椅子に坐り、後列に四人が立つ。向かって右端に、直立不動の姿勢をとる夏服姿の巡査がいた。

（似ている——）と、浅見はすぐに思った。漆原宏が口髭《くちひげ》をたくわえたらこんな顔になるであろう、そういう顔であった。

「これがわしの親父どのだんがな」

前列右から二人目のフロックコートを指差して、老人は懐かしそうに言った。

「そういや、この巡査さんも親父さんと気が合っただがして、瞽女《ごぜ》さんの会があったりすれば、必ずおら家さ来とったがんな。うんうん、思い出しただよ。お獅子の保存会を作るべえと親父さんが言い出した時も、いちばんに賛成したのが、たしかこの巡査さんであっただんが……。いや、あれは巡査さんが言い出したのであったかな？」

「お獅子？……」

浅見は緊張した。

「んだ、角兵衛獅子のこんだがな。お獅子はとっくに無くなっておっただが、昔、獅子をやっとった男がこの村さ流れてきて、倅《せがれ》に獅子舞いをやらせて門付《かどづ》けをしておったのを、親父さんと巡査さんが拾ってやったんでねかったがな」

「その人はなんていう名前だったか憶えておられますか？」

「浜田、浜田という男だ」

「浜田……」

浅見は背筋がゾクゾクッとした。「シシ・ハマダ・コガ……」と言った漆原睦子のダイイングメッセージがもろに浮かび上がったのだ。

「しかし、ご老人はどうしてそんな古い話なのに、名前まではっきり憶えていらっしゃるのですか？」

「そら、そん時だけであったればとても憶えておらねべども、浜田は終戦後にえらい騒動を起こした大悪だったで、それでもって、はっきり憶えとるだよ」

「騒動とは、何があったのですか？」

「炭鉱だ、炭鉱」

「炭鉱？　あの、石炭の炭鉱ですか？」

「んだ、そん頃、この近くの山でよ、亜炭ちゅう、まあ言えば質の悪い石炭が採れただ。その採掘権をめぐって、浜田があくどいことをやりおって、怪我人まで出る大騒動になっただんがな」

「それはどういう事件だったのですか？」

「そりゃ、話せば長いことになるで……、んだな、したら町史があるで、それを見たらええんでねえか」

老人はヨッコラショと立って大判の分厚い書物を取ってきた。青いクロス張りの立派なものだ。背表紙に金文字で大きく「津南町史」とある。

老人は度の強い眼鏡をかけ直して、目次を探っていたが、「ここだここだ」とページを繰って、浅見に手渡した。

――亜炭産業の盛衰――という項目の中に、『浜田炭鉱事件』と見出しがあった。

現在の津南町の一部・旧外丸村を中心とした亜炭の採掘は、昭和十五年に味の素株式会社が試掘を開始して以来、昭和四十三年に閉山するまで、いくつかの鉱区で採掘が進められている。桑原老人の言う「大騒動」とは、その最盛期ともいえる、昭和二十一年に起きた事件のことであった。

事件の主人公は「浜田徳光」という人物で、外丸炭鉱の職員の一人であった。採炭の指揮・監督に当たっていたらしい。その浜田が会社を裏切って、新しい炭鉱を掘り当てた際に、自分名義に登録、つまり、乗っ取りを策したという事件である。

「この浜田ちゅうのが、例の獅子舞いの男だったわけだんがな。長えこと姿が見えねぐなっておったのが、終戦の年にひょっこり現れよって、いつのまにか炭鉱の監督をやっとっただ。頭のええやつだで、社長にとりいって出世しただべども、これがまんつ、大悪も大悪、大悪党だんがな」

桑原老人は「大悪」を強調した。

その「大悪」ぶりは津南町史に二ページを費やして書かれているが、概略はつぎのようなものだ。

浜田は前述のように新鉱を掘り当てた際に自分名義にしたが、採掘するには資金力に欠ける。そこで村の有力者などを騙《だま》して出資金をかき集め、労働者を雇って細々と採炭を始めた。そうしておいて炭鉱の買い手を探したのである。

当時は戦後の復興期であり、石炭はいくらあっても足りない状況だったから、買い手はいくらでもいた。ところが、大手企業がそれに応じて採掘権の売買契約を結んだにもかかわらず、譲り渡しの時期がきても、浜田は契約を履行しない。折からの猛烈なインフレで貨幣価値がどんどん下落するのを横目に見ながら、相次いで売り渡し金額の上積みを要求するのだ。最初の契約時には八千円だったのが、最終的には四十万円にまでつり上げたといわれる。いくらインフレがつづいた時代といっても、その当時の四十万円は現在の億単位に相当するだろう。

さすがに、そこまでのゴリ押しには応じきれない企業側に対して、浜田は売り渡しを拒否しつづけた。かといって、浜田側は自分たちで採炭をするでもなく、十数人の採炭夫ともヤクザともつかぬ連中は、毎日を遊び暮らしているような有り様だった。

ついに痺《しび》れを切らせた企業側は自前の労働力を導入して採炭を開始した。新しく宿舎を建て、労働者の家族も一緒に住むようになった。ところが、これに怒った浜田は手飼いの労務者を引き連れて宿舎を襲った。

当時の記録を引用すると、この時の浜田側の占拠は、「暴力行為ヲ以テ、合宿所在住労務者ヲ追ヒ出シ、多数労務者、婦女子、幼児ニ至ルマデ路頭ニ迷フ」状況だった。むろん怪我人も出た。

浜田の利口なところは、これを「労働運動」であると主張し、自分たちの違反行為を「労働者による生産管理」であると仮装しようとした点にある。当時は労働運動といえば何でもまかりとおるという風潮があった。

この事件は結局は浜田側が敗れ、撤退することになるのだが、それでも浜田個人は企業からかなりの補償金をもぎ取り、地元出資者を踏み倒してこの地を去った。

「おらの親父さんは最大の被害者だんがな」

桑原老人の浜田に対する怒りの理由は、どうやらそこにあるらしい。

「あん頃は食う物もろくすっぽねえようなひどい時代だったでよ、悪どいことをするやつばかしが栄えただんがな」

老人は慨嘆した。

浅見はなにげなく町史のページを繰っていて、老人の言葉を裏付けるような記述を見つけた。

――昭和二十一年六月より収穫期に入る迄《まで》食料難にて、村民昔の凶年の如くあらゆる粗食代用にて生活し、中には栄養不良にて種々の発疾あり、この食料難は数年戦争の為で、全国的に困難したのは昭和十八年頃からであるが、昭和二十年二十一年は格別である。（下日出山《しもひでやま》沿革誌より）――

こういう動乱の時代のドサクサに、たくみに世の中を渡り、一挙に財を成した者たちが、現代の政財界の中にも少なくないにちがいない。新潟県が生んだ元首相もそうだった。浜田徳光も、いわばそうした立志伝中の人物の一人だったのだろうか。

「その後、浜田という人はどうなったのですか？」

「さあなあ、東京へ行ったという噂は聞いたが、どうなったものやら、知らねえだ」

「生きていればいくつぐらいですか？」

「さあ、生きているかどうか。あの当時で四十五、六だで、いまだら九十近い歳でねえべかや。倅のほうでも、六十になるぐれえでねえべかや」

「あ、そうすると、その大騒動の時は浜田の息子さんも一緒だったのですか」

「ああ、一緒も一緒、噂じゃ、息子のほうが策士だったんでねえかと、これがまた評判の悪だったでよ」

老人の恨みは骨髄に達しているらしい。

「ところで、その浜田を獅子舞い保存会の時に後援したお巡りさんは、その騒動の時はどうしていたのですか？」

「ん？　ああ、巡査さんはそん頃はここにはいねかっただよ。派出所勤務は三年かそこらで移動するだで、とっくによその土地さ行ってしまったんでねえべか」

「そうすると、すでに浜田とは関係がなくなっていたわけですね」

「んだべな、よくは知らんが、浜田も巡査さんと一緒に行ったのかもしれんし」

「曾根巡査と駆け落ちしてきた奥さんというのは、十日町の機屋の娘さんだったそうですが、何という機屋か分かりませんか？」

「さあなあ、分からんなあ。んだども、十日町さ行って訊けば、存外、分かるんかもしれねえだ。すぐ近くだで、行ってみればええでねえかや」

「はあ、そうしてみます」

浅見が礼を言って立ち上がりかけた時、老人はふと思いついた。

「んだな、瞽女さんだら知ってるかもしれんがな。瞽女さんに訊いてみればええ」

「瞽女さん、ですか？」

「んだ、大割野によ、松井タケさんちゅう瞽女さんがおるでよ。いまはマッサージが本業だが、昔はあちこち回っておっただんが。十日町の機屋さんあたりも詳しいんでねえべかなや」

浅見は「瞽女」という名前は本で読んだ程度の知識しかない。盲目の女たちが三味線をかき抱きながら雪の野を連なってゆく姿に、物悲しさと同時に、峻烈《しゅんれつ》な厳しさを感じた記憶があった。その瞽女が現実に存在しているというので驚いてしまった。

訪ねてみると、松井タケは陽気な老女だった。目が見えないことを別にすれば、ふつうの人間よりは元気そうだ。

「昔はそりゃ、大変だったども、いま思えば懐かしいこともござりましたよ」

昔語りをするのに、タケは独得の喋り方をする。瞽女は地主や商家などで宿を借り、三弦と歌の演奏会を催すことが多かった。タケの語り口は、たぶんそういう際に敬語を使う慣習があった名残なのだろう。

「十日町の機屋さんにも、何度も上げていただきました。はい、駆け落ち騒ぎのことも存じております る、かね万様のひとり娘さんが若い巡査さんに惚れなされて、家を出てしまわれたという、それはもう大変な騒動でござりました」

「かね万というのですね？　その機屋は」

「はいさようでござります」

「かね万とは、屋号ですね。苗字はなんていうのですか？」

「さあ、なんと申しましたでしょうや、かね万様とばかし言うておりましたで」

「そうですか、それで十分です、十日町へ行けば分かるでしょうから」

「いえ、かね万様はもうはあ、ありませんでございますよ」

終戦後まもなく、没落したのだという。

「悪い男に騙されなすって、身上を潰《つぶ》したという話でございます」

「悪い男って、まさか浜田徳光ではないでしょうね」

浅見はなかば冗談で、仕込んだばかりの新知識を言った。

「さようです、その浜田でございますよ、はあ、まんつようご存じで……」

松井タケは見えない目をいっぱいに開いて、浅見に向けた。

4

津南から十七キロ、二十分あまりで十日町市の中心部に入った。南雲道雄の書いた『私の越後妻有郷地図』によれば、妻有郷の中心は十日町であるという。人口五万。小千谷《おぢや》ちぢみとならぶ「明石ちぢみ」の産地として有名だが、この地方は六世紀頃から、すでに糸を紡《つむ》ぎ布を織っていたといわれる。

十日町は赤い屋根の家が多い。市街地を走りながら、浅見はそのことを感じた。紅殻《べんがら》色というのか、くすんだ朱色である。

おそらく民家の九十パーセントは赤い屋根を載せているにちがいない。赤は太陽熱を吸収して消雪効果があるのだろうか。それとも雪国の冬の憂鬱を、せめて屋根の赤い色で晴らそうという願いからだろうか。

もっとも、それにはべつに大した根拠もないのであって、たまたまそういう結果になっているにすぎないのかもしれない。どうも雪国の風習の一つ一つに、何かしら風土的な意味あいをこじつけたがるのは、東京の人間の悪い癖のようなものであるらしい。

メインストリートである本町通り辺りは、街をゆく女性たちに、むやみに和服姿が目立つ。さすがに、十日町は絹織物と着物の産地だけのことはあると、浅見は感心した。

市役所を訪ねると、ここでも女性職員の中に和服姿がチラホラ目についた。役所の中がなんだか正月のような華やいだ雰囲気で、浅見は目の遣《や》り場に戸惑ってしまった。

「今日は特別なのです」

浅見の驚きに、受付の女性職員は笑って説明した。なんでも、毎月第三火曜日は「きものクロスデー」と称して、役場はもちろん、なるべく一般企業の従業員も和服を着るように奨励しているのだそうだ。しかし、それを聞いてみると、その割には和服姿の女性が少ないような気がしてくる。着物の町でしかも着用を奨励されてさえこの程度なのだから、日本人の着物ばなれは止めようがないということか。

『かね万』という屋号があったことは、市役所の職員の中にも知っている者がいた。しかし、どこにあったのかとなると曖昧で、街の中心のどこか——ぐらいしか分からない。

「商工会なら分かるかもしれません」

職員は親切に言って、商工会に問い合わせてくれた。

かね万は本町通りの目抜きにあったということだ。

「いま地場産業振興センターがある場所辺りだそうです」

そのセンターは地上四階の褐色の堂々とした建物であった。敷地も広大で、そのすべてが「かね万」の土地であったとすれば、かね万はたいへんな豪商ということになる。

浅見はセンターの駐車場に車を駐めて、本町通りを歩いてみることにした。

本町通りには絹織物の卸商が軒を連ねている。それぞれの店のショーウインドウには反物や着物の見本が妍《けん》を競っていて、眺め歩くだけでも楽しい。

そういう店の一つに入って、かね万の消息を尋ねた。

「かね万さんなら知っています」

年輩の主人が懐かしそうに言った。

「かね万さんのご主人はいい親父さんで、われわれ若い者が戦争に出る時には、必ず生きて帰ってこいと、陰でこっそり言ってくれるような人でした。たしか終戦の年の暮れに自殺なさったが」

「えっ？　自殺したのですか？」

「そうです、自殺なさったのです。出機《でばた》――つまり、下請けの機織さんですな。その出機に払う金がどうしても遣《や》り繰《く》りつかなくなって……。あれは気の毒なことでした。なんでも、娘さんの婿さんに騙されて金を融資したのが間違いの元だったのではなかったですかな」

「えっ？　娘さんのお婿さんというと、警察官だった人ですか？」

「そうです、よく知っておられますな。娘さんを騙して連れて行って、その上に身上を潰してしまったのですからなあ、相当の悪だったのでしょう」

「はあ、しかし、僕が聞いたところによると、浜田という人物が詐欺を働いたということでしたが」

「それなら、警察官が浜田という名前ではなかったのでしょうか」

「いえ、その人なら曾根という名前です」

「それじゃ曾根という人なのでしょう」

主人はどっちでもいいような口振りだ。どうやら噂が錯綜《さくそう》して、事実とは違うように伝わっていたらしい。いずれにしても四十年も昔の話だ、人々の記憶が曖昧であったり、錯覚があったりするのはやむを得ない。

浅見は礼を言って店を出た。いや、出ようとしたところで妙な男を見て、立ち止まった。あまり風采《ふうさい》の上がらない中年というよりは初老に近い感じの男が、ショーウインドウの陰にかくれるようにして、どこか遠いところを窺《うかが》っていた。その様子がただごととは思えない。

（刑事かな？——）

瞬間、浅見は思った。刑事が何者かを尾行しているところかと思った。がぜん興味を惹《ひ》かれて、浅見はさりげなくウインドウの中を見るようなポーズを取りながら、「刑事」の視線の行方を追った。

（あっ——）と危うく声を出すところだった。「刑事」が睨《にら》んでいる視線の先に、思いがけない人物がいた。漆原肇子である。

肇子はのんびりした歩き方で、やはり店のショーウインドウを冷やかしている。ここで「刑事」が尾行しているのには、まったく気付いていない。

肇子が歩きだすと、「刑事」も店先から店先を伝うようにして動きだした。

浅見は広い通りを、彼等とは反対側の歩道に渡った。そこから見ると二人の動きは、まるで映画の一シーンを見るように、はっきり分かる。少し足を速めてその先の交差点で、ふたたび元の歩道へ戻った。

「やあ、漆原さんじゃないですか」

浅見は肇子の目の前に立って、大きな声で言った。

「あら、浅見さん……」

肇子は驚いた。

「妙なところで会いますねえ。やはりお祖父さんお祖母さんのふるさとを訪ねられたのですか？」

「え？　浅見さんはどうしてそのことを？」

「ははは、だから言ったでしょう、僕はこう見えても名探偵なのだって。それより、せっかく会えたのだから、その辺でお茶でもいかがですか」

浅見は肇子の腕を取るようにして、すぐ近くにある大きなガラス窓の洒落た喫茶店に入った。入り際にドアのガラスに先刻の男が映るのを見た。

店に入ると、浅見は肇子を外に面した椅子に坐らせ、ウエートレスにコーヒーをオーダーしておいて、言った。

「いいですか、さりげなく見てくださいよ。僕の後ろのずっと先のほうに、『ブックス児玉』という本屋があるでしょう、その店先からこっちを見ている中年男がいるはずですが、どうですか？」

「えっ？……」

肇子はびっくりしかけたのを自制しながら、浅見の肩越しに視線を送った。

「ええ、います、たぶんあの男の人がそうだと思いますけど……、あら、あの人たしか月潟村にいた人じゃないかしら？」

「月潟村？　どこなのですか、それは」

「ここからずっと北、新潟市に近い方角にある村です。そこに昨日泊まって、ついさっきの列車でここに着いたばかりなんです。そうそう、あの、じつは、その月潟村っていうのは角兵衛獅子の発祥の地なんです」

「えっ、角兵衛獅子？」

今度は浅見が驚かされた。

「獅子、ですか……」

「そうなんです、獅子があったんですよね。私もびっくりして、もしかすると事件に何か関係があるのではないかって思って……」

「じゃあ、肇子さんはそのことを知っていたのですか？」

浅見はつい非難するような口調になった。

「あ、違うんです、角兵衛獅子のことは知らなかったんです。ただ、月潟には母が住んでいたことがあるものですから」

「ふーん、お母さんは月潟にいたことがあるのですか……」

「ええ、子供の頃、たぶん昭和十二、三年頃から二十年頃までだと思いますけど、祖父が月潟の駐在所にいたことがあって」

「そうですか……」

曾根巡査は津南の派出所から月潟の駐在所に転勤になったということか――。はるか半世紀も昔、曾根巡査の一家が、わずかばかりの荷物を載せたトラックで信濃川沿いの妻有の道を下ってゆく光景が、浅見の脳裏に浮かんだ。

「それはともかく、あの男ですが、誰なのですか？」

「名前は知りません……、あ、そうだわ、たしかモトさんとか呼ばれてました。食堂のおばさんがそう呼んでいたんです。でも、どうしてあの人が？……」

「月潟村からずっとついてきたのでしょうかねえ」

「まさか……、でも、そうかもしれません。気味が悪いわ。私を尾行して、どうするつもりかしら？」

「美人に興味を持ったのじゃないかな。僕だって、相手があなただったら、尾行したくなるかもしれない。ははは……」

「笑いごとじゃありません」

肇子は真顔で浅見を睨《にら》んだ。浅見は「や、これは失敬」と謝った。

「その食堂で、何かあの男に話したのですか？」

「いいえ、何も。ただ、そこのおばさんに駐在所の場所を聞いただけですけど……、その時に昔、祖父が巡査だったことなんか言ったぐらいです」

「ほかには何も喋らなかったのですか？　たとえば名前だとか……」

「名前ですか？　ええ、私の名前が漆原だということと、それから、曾根という母の旧姓を言ったような気がします。それから、沼津から来たこととか……」

「お母さんとお兄さんの事件のことは？」

「いいえ、ぜんぜん。見ず知らずの人にそんなこと、話しませんよ」

「その程度の話を聞いて、わざわざこんなところまで尾行《ツケ》てくるのはどういうわけですかねえ？」

「さあ……」

浅見と肇子は、運ばれてきたコーヒーをストレートで飲みながら、それぞれに思案に耽《ふけ》った。男はいぜんとしてこっちの様子を窺《うかが》っている。

「それより、あの男がいったい何者なのか、食堂のおばさんに訊いてみたほうが早いかもしれない。その食堂の電話番号を調べましょう。何ていう店か、憶えていませんか？」

「あ、それなら簡単です。駅前食堂って書いてありました」

「ははは、そのものズバリの名前ですね」

浅見は店の電話を借りて、番号を問い合わせた。その電話番号に肇子が電話すると、あの「おばさん」が出た。

「ああ、昨日の娘さんかね、豊野さんの家は分かったすべ？」

「ええ、分かりました、ありがとうございました。それで、ちょっとお訊きしたいのですけど、昨日、お店にいたモトさんとかおっしゃるおじさん、あの方はなんていうお名前なんですか？」

「モトさんかね、モトさんだら、谷山元治《もとじ》というだよ。んだけんど、なしてそんたらこと聞くだね？」

「いま十日町に来ているのですけど、さっきあの人を見掛けたものですから、ちょっとご挨拶しようかと思って、お名前だけでも知っていないと具合が悪いものですから」

「ああ、それだったら止めといたほうがええんでねえかな。モトさんはあんな恰好してっけど、噂じゃ女たらしだそうだでよ。東京さ行って成功したのに、ヤクザの女に手え出して、殺されそうになって逃げ帰ってきたんだとよ。んだもんで、いまは名前まで変えて隠れているくれえだもんね。近づかねえほうがええんでねえの」

「そうなんですか、でも、月潟村に住んでいるんでしょう？」

「いまはそうだけんど、すぐにいなくなるのでねえかしら。いつまでも一つところさいれば、危ないもんね」

肇子から電話の内容を聞いても、浅見には谷山元治なる男がなぜ肇子をつけ回すのか分からない。変質者か、そうでなければ、女衒《ぜげん》でもやるつもりなのだろうか――と、そう思うしかなさそうだ。

しかし、そうでないとすれば何だろう？

本屋の前を窺うと、相変わらずモトさんは煙草をふかしながら、さりげないポーズでこっちを監視している様子だ。

「直接アタックしてみますか」

浅見は言って立ち上がった。

「肇子さんはちょっと待っていてください」

別れの挨拶をするふりをして店を出ると、本屋の前の男めがけて歩いて行った。モトさんはそ知らぬ顔で横を向き、何本目かの煙草に火をつけた。

浅見は構わずモトさんに近寄った。

「ちょっとすみません」

ヌッと顔を近づけると、モトさんはギクッとして上目遣《うわめづか》いになった。

「煙草の火を貸してください」

浅見はニコニコしながら煙草を挟《はさ》んだ指を目の高さまで上げてみせた。

「どうぞ」

モトさんは仏頂面でポケットからライターを取り出して火をつけてくれた。

「ほう、カルチェですね」

浅見が言うと、モトさんは慌《あわ》ててライターを仕舞い込んだ。服装は労務者風の粗末なものを着ているけれど、手は白く、襟元から覗いているワイシャツはかなり上等だ。一見しただけで、「労務者」は世を忍ぶ仮の姿であることが分かる。

浅見は最初の煙りを吐き出すのと一緒に、ズバリと言った。

「いつまでも隠れているわけにはいかないでしょう、ねえ、谷山さん」

「なに?……」

谷山はサッと身構えた。脅《おび》えた目で浅見の素性を探ろうとする。

「あんた、誰だ?　刑事じゃないな、サツの臭いはしないからな」

「よく分かりますね、そのとおり警察の人間ではありませんよ」

谷山の表情に安堵《あんど》の色が浮かんだ。

「なるほど、谷山さんの怖いのはヤクザではなくて警察なのですね。しかし、それよりも世間が怖いのじゃありませんか?」

「うるせえっ」

谷山はドスのきいた声を出した。浅見の言ったことは的を射たらしい。浅見には谷山の素性について、ほぼ確信が持てた。

「漆原肇子さんに何の用事ですか？」

「ん？　何のことか分からねえな。それよりあんたは誰かと訊いてるんだ」

「僕は彼女を守る正義の騎士です」

「ふん、笑わせるなよ、若造のくせに。余計な手出しをするとヤバイことになるぞ」

「漆原さん母子のように、殺されますか？」

「ん？……」

「ははは、あなたは人殺しができるほど悪い人間ではなさそうですね。しかし、漆原肇子さんに付きまとうのはおやめになったほうがいいでしょう。第一、彼女は何も知りませんよ。漆原宏君は秘密の資料を僕に預けたのですからね」

「なにっ？……」

谷山は度胆を抜かれたらしい。それと同時に浅見の言った最後のひと言に、なみなみならぬ関心を抱いているのが、ありありと見て取れた。

「あんた、何の話をしているのか、さっぱり分からんが、もしよかったら、その辺で一杯付き合うかね」

ぐっと柔らかい口調になった。

「いや、今日はやめておきましょう、彼女を待たせてありますからね。それより、どこか連絡場所を教えていただければ、ご連絡しますよ」

「それはだめだ」

「何も谷山さんの住所でなくてもいいのです。たとえば月潟村の駅前食堂なんかいかがですか？　おばさんに言づけを頼んでおきますよ」

「ああ、あそこならいいか。だったらあそこに連絡しておいてくれ、会う日時と場所だけでいい。しかし、警察や第三者の介入は無用だよ。あの娘の安全を願うならな。それと、あんたの名前を聞いておこうか、でないと何かと不便だ」

「名前は、ですから、正義の騎士です」

「ちっ……」

凄味《すごみ》のある目で浅見を睨《にら》むと、谷山はさっと身を翻《ひるがえ》して足早に駅の方角へ向かった。

肇子は心配そうに椅子から立ち上がって浅見を迎えた。

「どうだったのですか？　ずいぶん険悪な感じでしたけど」

「なに、大したことはありません。もう肇子さんに付きまとうようなことはないと思いますよ」

「それならいいんですけど……。それより、浅見さんはこちらに何をしに？……」

「もちろん漆原さんの事件を調べに来たのですよ」

「え？　じゃあやっぱり、事件とここと、何か関係があるのですか？」

「まだはっきりしたことは分かりません。あのワープロに打ち込んであった文章が妻有——この辺りのことを書いてあったので、何か理由があるのかもしれないと思って来てみたのですが、いろいろ収穫はありました。たとえば、獅子舞いをやっていた浜田という人物がいたことも分かりました」

「ほんとですか？」

「それに、あなたのお母さんが角兵衛獅子発祥の地に住んでいたことがあるというのも、何か事件に関係があるのかもしれない。あの谷山のことだって、見方によっては大収穫ですよ。事件の謎がだんだん解けてくる感じがします」

浅見はそう言ってスックと立ち上がった。

「さあ、一緒に引き上げましょう。僕の車で沼津までお送りしますよ。道中、時間はたっぷりあるし、今度の旅で僕が摑んだもろもろをお話ししましょう。それに、あなたのお話も聞きたいしね。そして、何よりも急ぎたいのは、お宅にある漆原君のワープロを再点検することです」

まるで少年のように気負って言う、浅見の晴れやかな顔を、肇子はまぶしげに見上げた。

第五章　五人の邪鬼

1

沼津に辿《たど》り着いたのは午後十時近かった。途中、ハイウェイは快調だったのだが、東京のラッシュを抜けるのに手間取った。牛臥《うしぶせ》山はすでに深い闇の中に溶け、我入道《がにゅうどう》の街はひっそりと静まり返っている。

「こんな時間ですが、ちょっと上がらせていただいてもいいですか？」

車のエンジンを切って、浅見は遠慮がちに訊いた。

「もちろんです。浅見さん、朝から運転しつづけでお疲れでしょう、今夜こそ泊まっていらしてください。私のことならぜんぜん気にしなくていいんです」

「いや、それはだめですけどね」

浅見は苦笑した。

「どうしてですか？　私たちは戦友みたいなものなんでしょう？」

「戦友ですか、面白いことを言うなあ」

「子供の頃、父が部下が遊びに来ると、よくそう言っていたんです。おれたちは戦友なんだって。兄の就職が決まって家を離れる時にも、社会人になったら、絶対に戦友を裏切るようなことはするなって……。父はそれからまもなく亡くなったんですけど」

「そうですか、戦友を裏切るなっておっしゃったのですか」

浅見はひょっとすると、その言葉の重みが漆原宏を苦しませたのではないか――と、そんな気がした。漆原は応援団長を買って出るほどだから、同志との信義を何よりも重んじる男だったにちがいない。

「まあ、ここで押し問答していてもしようがありません。とにかく中に入って、漆原君のワープロを一刻も早く見ましょう」

二人は家に入った。肇子がお茶の支度をするというのを断って、浅見は真先に漆原宏の部屋に直行した。

主のいない部屋は冷たく眠っているような雰囲気だ。浅見は立ち込めた陰鬱《いんうつ》な気配を追い出すように、ドアを大きく開いた。それは肇子に対するエチケットでもあった。もっとも、いくらドアを開けたからといって、この家の中に若い男女が二人きりでいるという状況には変わりはないのだが――。

ワープロの電源を入れると、例の作動音が起きて、急に部屋の空気までが活気を帯びてきた。

「ほんとに、何か入っているのですか?」

肇子は浅見の背後から覗き込みながら、信じられないという声を出した。

「あの時、全部チェックした結果、何も入ってなかったのでしょう？」

「ええ、そのとおりですよ。しかしですね、あの時点で僕はもちろん、誰もがもう一枚のフロッピーの存在をうっかり見逃していたのです」

「あら？　もう一枚、フロッピーがあるのですか？」

「ええ、あるのです」

浅見は自信たっぷり、「文書作成」の操作を行った。ブラウン管上に表示された「ディスク内文書リスト」の書類ナンバーは、前回に確認した時と同様、1から20まですべて「未使用」と表示されている。

「ほら、やっぱり何も入っていませんよ」

肇子は浅見の気が知れない――と言いたげだ。

もう一度「実行キー」を押すと、ブラウン管はほとんどノッペラボウになった。これで「文書作成」の状態である。

「いいですか、お兄さんは『フルネームを表示しろ』と言ったのですよね」

浅見は「ひらがな」キーを叩いて、『うるしばらひろし』と表示した。

「さて、これがどう変わるか、それとも変わらないか、運命の瞬間です」

浅見は冗談めかして言っているが、内心は極度に緊張していた。自分の推理が正しいかどうか、この無表情な機械が決定を下すのかと思うと、いささかいまいましい。

人差指で「変換キー」を押した。画面の文字が一瞬の間に変わった。

0165－520－412－210－321－221－215－425－314－219－220－330－510

浅見は黙って数字の羅列に見入っている。
肇子は思わず口走った。

「なあに、これ?……」

「何なのですか？　これ？」
あらためて、肇子は浅見に質問した。

「分かりませんね、何なのだろう?……」
今度は肇子も黙って、浅見と同じようにブラウン管の上を見つめた。
いくら眺めても、浅見にはこの数字が何を意味するものなのか、まったく着想が得られなかった。とにかく三ケタの数字がハイフンで繋《つな》がれるようにして並んでいるというだけの代物だ。

「何かは分からないけれど、とにかくお兄さんがワープロの中に僕へのメッセージを残していたことは確認できたわけです」

「どういうことなんですか？　この前調べた時には、ワープロの中身は確かに全部消えていたはずなのに、どうしてこんなメッセージを残すことができたんですか？」

「漆原君はワープロの文書が盗まれることを予測していたのでしょうね。あるいは消されることも覚悟していたのかもしれない。それで、その場合に備えて、メッセージを辞書フロッピーに残すことを考えた。肇子さんはワープロに詳しくないらしいので説明を加えると、辞書フロッピーには使用者が任意の語句を登録することが可能なんです。たとえばそれが出鱈目《でたらめ》の記号のようなものでも。あるいはかなり長い文章でも、呼び出しのキーワード——たとえば『うるしばらひろし』——というようなものを任意に決めて登録しておけば、さっきやったみたいに、キーワードを打つことによって、記憶させた文章全部を表示することができるわけです。これは犯人にとっては盲点だったでしょうねえ。いや、かりに思いついたとしても、銀行のキャッシュカードと同じで、キーワードを知らなければ取り出すことができないのだから、完璧な隠蔽《いんぺい》工作といっていいでしょう」

説明し終わって、浅見は「ふーっ」と溜息をついた。

「でも、そうだとしても、この数字はいったい何のことなんですか?」

「うーん、何でしょうねえ……、最初の０１６５というのは、何やら電話番号のようでもあるし、暗号かもしれないし……、いや、分かりませんね」

浅見は意味が分からないままに、数字を手帳に書き写した。

ワープロの電源を切ると、いっぺんに静寂が戻って、おたがいの呼吸がびっくりするほどの近くに聞こえた。浅見も肇子も慌てて体を引いた。

「さて、インスタントラーメンでもご馳走になろうかな」

浅見はわざと剽軽《ひょうきん》を装って、言った。

「ああよかった、私も食べたいと思っていたところなんです」

肇子も調子を合わせた。気詰まりな緊張から解き放たれたように、二人は部屋を出てダイニングルームに移った。

帰路を急いだために、十日町から沼津まで、それこそ「ぬまづ食わず」だと洒落を言いながらのドライブだった。インスタントラーメンの安っぽいスープの香りでさえ、待ちきれないほどの食欲をそそる。

テーブルに向かいあって、無心にラーメンを啜《すす》りながら、時折、二人は顔を見合わせて照れくさそうに笑った。

食べ終えるとすぐ、肇子はコーヒーを入れにかかった。浅見が「帰る」と言い出すのを牽制《けんせい》している。それが分かるだけに、浅見は当惑した。こういう「危機的状況」が浅見は大の苦手だ。言われるままに泊まれば泊まったで、何やら物欲しげだし、さっさと引き上げるのもなんだか冷たすぎるようで、進退ここに窮《きわ》まったような情ない感じなのである。

浅見の屈託に反して、肇子ははしゃぎまくっている。兄の友人としてでなく、自分のボーイフレンド、もしくは恋人として、そろそろ浅見の存在を意識しはじめているのだ。それに、同じような目的を抱いた旅の空で、まるでドラマのような出会いをしたという体験が、肇子をロマンチックな気分にさせてしまった。

その、肇子にとって折角のいいムードをぶち壊すように、無粋なチャイムの音が、家中の空気を震わせてひびいた。

「誰かしら？　いま時分……」

肇子は肩をすぼめて、不安そうに言った。

玄関へ向かう肇子に、念のため、浅見もついていった。

「警察？……」

玄関の窓に赤いランプの点滅が映っている。浅見は肇子を差し置いて、ドアスコープから外の様子を窺《うかが》った。ドアの前に私服の男が二人、立っている。その背後には赤色灯を回転させたパトカーが停まっていた。

浅見は肇子を見返って頷いた。

肇子がドアを開けた。肇子には顔見知りの沼津署の刑事だった。

「夜分、失礼します」

刑事は丁寧に言ったが、浅見を見ると、かすかに眉をひそめた。

「あの、何か？……」

肇子が訊いた。

「いや、どこかご旅行だったようで、ずっと巡回していたのですが、いま見たら電気がついていたのでお寄りしました。その後、変わりありませんか？」

「はい、変わりありません」

「それならいいのですが、長く家を明ける場合には、一応、警察のほうに連絡しておいていただかないと困ります」

言いながら浅見にジロリと視線を送った。

「失礼ですが、おたくさんは？」

「兄の友人で、浅見さんとおっしゃいます」

肇子が代りに答えた。

「浅見、さん……、というと、あの……」

浅見とは面識はないが、刑事は畑山警部あたりから名前は聞いているらしい。二人とも慌てて気を付けの姿勢で頭を下げた。肇子は怪訝《けげん》な目で浅見と刑事を見比べた。

浅見は肇子の疑惑をはぐらかすように、早口で言った。

「ご苦労さまです。彼女はお母さんのふるさとである新潟に行っていて、たったいま、僕が送ってきたところです。その旨、畑山警部さんにお伝えください」

「はい分かりました」

刑事はがぜん丁寧である。

「では身辺、お気をつけになって」

と帰っていった。

「あの人たち、浅見さんのこと、知ってるみたいでしたけど？……」

肇子は妙な顔をした。

「それに、何だか、ずいぶん敬意を表していましたよね」

「ああ、それなら名探偵に対して敬意を表したのでしょう」

浅見はわざとおどけて言った。

「浅見さん、今夜、やっぱり泊まっていらしてくださいね」

肇子は刑事の最後のひと言を受け継ぐように、断固として言った。

「いいでしょう？　でないと、不安で眠れそうにありません」

「分かりました、それじゃ泊めていただきましょう」

浅見もついに観念した。

「漆原君の部屋で、ワープロと一緒に寝かせてもらいますよ」

そのとたん、肇子の目に安堵の色がパアーッと広がった。

肇子が「お風呂、沸かしましょうか？」と言うのを、浅見はうろたえながら断った。もともと、浅見は他人の家に行くと、風呂には絶対、入らない主義である。べつに裸を見られるわけではないのだが、裸になる状況そのものに抵抗を感じてしまう。まして、妙齢の美女が独りいるだけのこの家で、どうして裸になるなどという「淫《みだ》ら」な真似ができようか——。

「じゃあ、すぐお休みになりますね？」

肇子自身もほっとしたように、夜具の支度にかかった。

漆原宏の部屋は和室を洋間風に改造して使っている。床はカーペットだ。肇子はそこに折り畳み式のベッドを運んできた。アルミ製の軽量パイプで枠組みをした簡便なもので、ウレタンのマットと一体になっている。それを手際よく組み立て、布団を載せる。

「羊毛の敷布団もあるんですけど、こっちの綿布団のほうが新しいから、フカフカでいいと思います」

肇子は久し振りにそういう作業をするせいか、何やらママゴトを楽しむ女の子のように、はしゃぎまくっている。

その間、浅見は終始、部屋の片隅に突っ立ったまま、「はい、はい」と木偶《でく》のように答えるしか能がなかった。

「電気アンカも入れておきますね」

肇子が掛け布団の裾を捲《め》くって、平たい電気アンカを差し込んだ時には、浅見はまるで自分の足下に差し込まれでもしたかのように、照れてしまった。

こんな場合、映画やテレビドラマの主人公だと、ごくスマートに振る舞い、当然のごとくにヒロインとの愛を確かめる行為に出るのだろうけれど、そういう点に関しては浅見はからきしだらしがない。潔癖だとか貞操観念が強いとかいう自意識はない。用心深いのとも少し違うようだ。どちらかといえば、風呂に入らないのと共通した照れくささが作用しているのかもしれない。

肇子が去ってしまうと、浅見はどっと疲れが出て、ベッドの上にひっくり返った。

頭のすぐ脇のところにワープロを載せたデスクがある。浅見はワープロの鉛色のブラウン管をぼんやり眺めた。ノッペラボウのブラウン管に、事件経過のさまざまな情景が思い浮かんだ。やがてその思念はとりとめのないものになって、いつのまにか眠った。眠りに落ちる前のほんの一瞬、家の中のどこかで眠っているであろう肇子のことが脳裏をかすめ、このまま眠ってしまうのがちょっぴり惜しいような気がした。

遠いベルの音で目が覚めた。何を言っているのかは分からないが、肇子の甲高い声が聞こえてくる。カーテンの隙間からは陽射しが見える。時計を見るとすでに九時を回っていた。

小走りの足音が近づいてきた。コツコツとノックする音に続いて、「お目覚めですか」と肇子が声をかけた。

「あ、いま起きます」

浅見は慌てて言った。

「いいえ、いいんですけど、いま警察の畑山警部さんから電話で、ご連絡をお待ちしているということでした」

「はいはい、すぐにそっちへ行きます」

まるで悪魔でも追い払うような大声で答えた。

ダイニングキッチンにはすでに朝食の支度が整っていた。旨《うま》そうな味噌汁の香りと魚を焼く匂いが家中に漂っている。いつか、朝食はパンじゃないほうがいい、と浅見が何の気なしに言ったのを、肇子は記憶していたらしい。それを横目に見ながら、浅見は沼津署に電話をかけた。すぐに畑山警部が出た。

「あ、浅見さん、ゆうべは漆原さんの家にお泊まりだったそうで」

「え？　ええ、それにはいろいろ事情がありまして、必ずしも僕の本意ではないのですが……」

「ははは、べつにそのことをとやかく言うつもりはありませんよ。それより浅見さん、せっかくこちらに来ているのですから、ついでに捜査本部に顔を出していただけませんか、ちょっとお知恵を拝借したいことが持ち上がりましてね」

「分かりました、すぐに行きます。あ、その前に食事をさせてください」

「ははは、どうぞ、ごゆっくり」

笑いを含んだ声で言っているけれど、畑山の語調にはどことなく緊張感があった。

「警察、何かあったんですか？」

肇子は心配そうに訊いた。

「ええ、あの警部の口振りだと、たぶんまた何か、事件が起きたみたいですね」

「まさか、また殺人事件……」

「かもしれない。しかしいまはこの御馳走を頂くことに専念したいですね」

浅見はアジの干物に醬油をかけながら、言った。沼津の干物は有名だ。少し焦げ目のついたところに、醬油がジュッと音を立て、香ばしい匂いが広がると、それだけでもう唾《つば》が湧いてくる。

「何か弁解してらしたみたいですけど、浅見さんが疑われているんですか？」

「え？　いや、あれは違う、昨日こちらに泊めていただいたことを、その……」

「ああ、やっぱりそのこと、いけなかったんですか？」

「いけなくはないけれど、若い女性独りの家に若い男が泊まるのは、やっぱり感心したことではなかったかなって、ちょっと反省しているのです」

「でも、それだったら、無理やり引き止めた私に責任があるんですから。それとも、このことが知れると、浅見さんが恋人に叱られるってことですか？　それだったら、私、絶対に喋りません」

「参ったな、そんなもの僕にはいませんよ」

「ほんとですか？」

肇子に興味深い目で見られて、浅見は年齢差も忘れて赤くなった。

2

沼津署に顔を出すと、畑山警部はきびしい顔つきで浅見を迎えた。電話の時とは明らかに様子が違う。

「何か、また異変があったのですね？」

浅見は挨拶につづけて、言った。

「まあね、ありましたよ」

畑山は素っ気なく言って、捜査本部の隣の部屋に浅見を案内した。ふだんはちょっとした打ち合わせなどに使っていそうな、ガランとした中に机と椅子がいくつか並んでいるだけの、殺風景な部屋だ。

「じつは、また新たな殺人事件が発生しましてね」

畑山は面白くもないと言いたげな口調だ。

「殺人？　それは、漆原さんの事件と関連しているのですか？」

「目下のところ初動捜査の段階ですから、まだはっきりしたことは分かりませんが、被害者の男性が、本事件と若干関係があるものでしてね」

「あっ……」

瞬間、浅見は思い当たった。

「もしかすると、それ、漆原君が乗ったボートの持ち主——木村時計店の主人じゃありませんか？」

「ほう、やはり知ってましたか」

畑山はジロリと浅見を見た。

「いや、知っているわけではありませんが、ふとそう思ったものですから……。それに、漆原君の事件に関連があるとすればあの人をおいては考えられませんからね。そうですか、あの人が、やられましたか」

「一昨日、木村氏を訪ねたのは浅見さんじゃなかったのですか？」

「ええ、僕です」

「やっぱり……、いや、さっき刑事が聞いてきたところによると、店の人間が不審な人物が訪ねてきて、話し込んでいたということでしてね、どうもその人物なるものが、浅見さんとよく似ているもので」

「不審な人物ではないと思いますが、たしかに僕は木村さんを訪ねました」

「何しに行ったのです？」

畑山はやや非難めいた口調だった。

「それはもちろん、漆原君の事件のことで、何かヒントになるようなことを聞けるかと思ったからです。本来なら、警察がもっと早くに気がついて、手を打たなければならなかったのに……」

浅見は唇を噛《か》んだが、すぐに思い返して、畑山に催促した。

「それで、木村さんはいつ、どういう状況で殺されたのでしょうか？」

畑山の話によると、木村達男が殺されたのは昨夜、九時前後と見られている。

木村は「木村時計店」の三代目だが、なかなか遣手《やりて》で、沼津市内の目抜きといってもいい商店街に時計宝石類から、最近ではアクセサリー、小物類などを扱う店を二軒、持っている。デパートにも出店があり、そのほか喫茶店を二軒等々、多角経営だ。

昨日は午前中、各店を回って、午後、新しい店を出す計画のある土地を見に行った。そのあと銀行に立ち寄って融資の相談をし、四時過ぎに銀行を出て帰路に着いている。それ以降の木村の足取りが摑めていない。

木村は若い頃からのカーマニアで、自分でベンツを運転する。そのベンツがけさ、朝霧《あさぎり》高原の富士宮道路付近で発見され、その中で木村は死んでいた。死因は毒物による中毒死。車内には毒物の混入した缶ジュースが残されてあった。

朝霧高原は富士山の西の裾野である。秋口から初冬にかけてのこの季節にはその名のとおり、朝霧が舞う美しい高原だ。富士宮道路はその広大な裾野を、南は富士市を基点に、北は富士五湖のひとつ、本栖湖《もとすこ》付近までを一気に駆けのぼる有料道路である。

この道路が出来るまでは、国道一三九号線が主道であった。現在ももちろん一三九号線が平行して通っているけれど、部分的には完全に、富士宮道路が従来の国道にとって代ってしまった区間もある。その区間のところどころに、かつては主道路であったものの残骸《ざんがい》が枝道のように残っている。よほどの物好きか、山菜採りでもなければ通らない道で、ほとんど廃道のように舗装なども荒れたままになっている。

その廃道の一つに木村のベンツがあった。発見者は富士宮道路をパトロール中の富士警察署員であった。尿意を催して脇道に入り、そこに駐まっているベンツを何気なく覗き込んで、死体を発見したというものだ。

富士署では最初、自殺のセンを疑ったのだそうだ。たしかに、木村が自分でその場所まで車を運転して行って、自ら毒入りジュースを飲んだのだとすれば、これは自殺ということになる。ところが、たまたまパトカーと県警の指令室との交信を沼津署員が傍受していた。その警察官は「木村達男」の名前と住所に記憶があったので、もしかすると何かこつちの事件に関係があるのではないか――と、捜査本部に報告した。

報告を受けて、畑山はすぐに殺人事件の疑いが濃いと判断して捜査員を走らせた。

早朝から木村の家族や、取引き先、銀行など、関係者に対して調べを進めた結果、昨日、銀行を出る時まで、木村は終始、陽気で、話し方や態度はいつもどおりか、むしろいつもよりエネルギッシュであったという。

銀行を出てからの木村の足取りについては情報が乏しかった。わずかに、木村らしい人物の乗ったベンツが国道一号線（東海道）を西へ向かっていたという目撃者があるにはあるけれど、いまどき、ベンツなんか掃《は》いて捨てるほど走っているのだから、ベンツに乗っていたからといって、その人物がはたしてまちがいなく木村だったかどうか、確かなことは言えない。

はじめ、この事件は富士警察署で扱われていた。しかし、まもなく、木村の死が漆原宏の事件に関係があるのではないか――という畑山警部の判断で、沼津署の捜査本部と連繋して捜査を進める方針になった。

畑山から状況説明を聞き終えると、浅見は長い溜息をついた。

「やっぱり、漆原宏君の事件を事故で片づけたのは、警察のミスだったのですよ」

浅見は言っても詮《せん》ないことと承知の上で、あえてその点を指摘しないではいられなかった。

「もっと早く殺人事件として捜査を進めていれば、当然、あのボートの持ち主である木村さんに対しても、調べようがあったはずなのです。漆原肇子さんも、はっきり兄さんが自殺や事故死をするような人間ではないと主張していたのだそうじゃありませんか。やはり彼女の判断が正しかったのです」

「それは私も否定しません」

畑山はあっさり非を認めた。漆原宏の事件に関しては、畑山はまだ捜査に関与していない段階のことだから、それほど責任を痛感しないですむ。それに、たしかに浅見の言うとおり、その点は警察の初動捜査のミスだと思うしかないのだ。漆原宏の人となりを知っている者に言わせれば、彼が他人のボートを勝手に乗り出すような真似をするはずがないことは自明の理にすぎない。それに対して、警察は大抵の場合、こういうケースを一般論や常識で片づけてしまう。ことに無職で半年ものあいだゴロゴロしているような人間に対しては、最初からそういうことをやらかしそうな人物——という色眼鏡で見がちなのだ。

「しかし、いまとなっては後悔していても始まりません。遅まきながら、木村氏の事件をきっかけに、捜査が新たに進展することを期するしかないでしょう」

畑山は事務的に言った。その辺の切り換えがこの男の長所なのだろう。要するに警察官らしい冷徹さの持ち主ということだ。

「そこで浅見さんに訊きたいのですが、木村氏を訪問した際の感触はどうだったのです？　何か今度の事件に繫がりそうな気配でも感じたのではないですか？」

「いや、そういうことはとくに感じませんでしたが」

「そんなことはないでしょう。店の者に言わせると、一昨日の晩、不審な人物——つまり浅見さんのことですな——が来てから、木村社長の様子がちょっとおかしかったということなのです。いったい浅見さんは木村氏に何を言ったのですか？」

「大したことではありませんよ。ただ、あの夜にかぎって、ボートを陸に引き上げないで放置しておいたのはなぜか——と、そのことを訊いただけです」

浅見はその時の会話の内容を、思い出しながら話して聞かせた。

「なるほど、それだけだったら、警察の調べがすんでいるし、べつにこと新しくもなんともありませんなあ」

畑山は腕を組んで黙った。浅見の口から何か捜査の参考になるようなことを聞けるかと思っていたのが、期待外れだったようだ。

「しかし、ともかく木村氏を殺さなければならなくなったということは、犯人側もかなり切羽つまった状況にあると言っていいのではないでしょうか」

浅見は畑山を慰めるように、言った。

「それだけに、死に物狂いで何をやるか分からない怖さはありますけれどね」

「つまりそれは、われわれの捜査が犯人を追い詰めつつある——という意味ですか？」

「ええ、たぶんそうだと思います」

「しかし、正直なところ、そうは思えないのですがなあ。われわれには犯人の影すら見えていないのが実情なのだから。それとも、ひょっとして……」

畑山はふいに思いついて、上目遣いに浅見の顔を睨んだ。

「浅見さん、あなたが動いたことが、何か犯人の殺意を触発する原因になったのではないですかねえ。いや、だからと言って、べつに浅見さんに責任があるとは言いませんがね、あなたと漆原肇子さんは、新潟へ出掛けたりして、警察よりだいぶ先走って動き回っているようですからな」

「かもしれません」

浅見はあっさり認めた。そのことは浅見自身、うすうす勘づいていた。

「ここにきて木村さんが殺されたというのは、いかにも唐突ですよね。警察が犯人を追い詰めた事実がないというのなら、たしかに僕や肇子さんが動き回ったせいとしか考えられませんからね」

「それはわれわれ捜査陣に対するいやみですか？」

畑山は苦笑したが、抗議はしなかった。

「犯人が焦っていることは間違いないと思いますよ」

と浅見は言った。

「連中は漆原睦子さんを殺してまで探しながら、目的の秘密のメッセージを探しあぐねているのですからね」

「ん？」

畑山警部は敏感に反応した。

「目的のメッセージと言いましたが、それは例の『妻有』なんとかいう文章とは違うものなのですか？」

「ええ、違います」

「ということは、浅見さんはその秘密のメッセージなるものの正体を知っているような口振りですが」

「知っていますよ」

「ふーん、驚きましたなあ……」

畑山は不満そうに頰を膨らませた。

「知っていて黙っているというのは、刑事局長さんの弟さんとしては、いささか問題となる性質の行為だと思いますがねえ」

「いや、僕がそのことを知ったのは、ほんの昨夜のことですよ。だからこうして早速、捜査本部に顔を出したじゃないですか」

「なるほど、そういうことなら構いませんがね。で、そのメッセージというのはどのようなものです？　第一、浅見さんはいったい、どこで発見したのです？」

「あのワープロの中にありましたよ」

「え？　しかし、あれには何も残っていなかったはずじゃありませんか？」

「ところがまだ残っていたのですね。まあそのことはともかく、秘密のメッセージをお見せしましょう」

浅見は例の数字の羅列を書いたメモを机の上に置いた。

「何ですか、これ？……」

畑山はいったん数字の上に釘づけされた視線を、諦めたように浅見の顔に戻した。

「分かりません。何かの暗号かもしれませんし、そうじゃなくて、この数字のまま意味があるのかもしれません。僕は後者のほうだと思います。なぜかと言うと、これは漆原君が僕宛てに何かを伝えようとして残したメッセージなのです。だから、暗号にする必要がないのだし、もし暗号が解けないようなことにでもなれば、漆原君としても目的を達することができない結果を招きますからね」

浅見は微笑して、きっぱりと断言した。

「そうすると、犯人が盗んだと思われる、あの『妻有』なんとかいう文章は、じつは何の意味もないということですか？」

「いや、必ずしもそうとは言えないと思います。もし何の意味もないのなら、何だっていいわけで、苦労して、あんな古風な文章を打ち込む必要はありませんからね。僕はあれは秘密のメッセージを隠すためのカムフラージュだったのではないかと思うんです。あの文章が新潟県の妻有地方のことを書いたものであることは、ひと目見ただけで分かりますよね。もし、漆原家が新潟県にゆかりのあることを知っている者が犯人なら、あの文章に秘密が隠されていると疑う可能性は十分、あります。漆原君はそれを狙ったのじゃないでしょうか。そして犯人はまんまとその仕掛けに引っ掛かって、意気揚々、ワープロの文書を丸々盗んでいった。つまり、あの文章は秘密のメッセージを隠す防波堤のような働きをしたというわけです」

「ふーん、そういうことですか。事実、漆原睦子さんの両親は、もともとは新潟の出だったようですからな、たしかに浅見さんの言うとおりかもしれない。そうすると、浅見さんの新潟行きは、やはりそこへ？」

「ええそうです、津南という町です。あ、そうそう、その住所はこちらの刑事さんに教えて貰ったのですが、僕が無理に頼んだので、刑事さんには何の落ち度もありませんから……」

「ああ、それだったら刑事の報告を聞きましたよ。しかし、そのことはいいのです」

畑山は苦笑した。

「そんなことより、新潟行きの結果はどうでした？　収穫はありましたか？」

「はっきり収穫と言えるかどうかは分かりませんが、例のダイイングメッセージにあった『シシ』とか『ハマダ』とかいうのに該当しそうなことを見つけました」

浅見が角兵衛獅子の話や、浜田という人物が存在したことを話すと、畑山は身を乗り出すようにして聞き入った。

「なるほど、獅子に浜田、ですか。しかし、四十年も半世紀も昔の話でしょう？　それが本事件にいったいどういう風に結びつくのですかなあ」

畑山の言い方は明らかに反語で、そんなものが事件に結びつくとは考えられない――という意味である。たしかにそのとおりなのであって、とにかく曾根巡査夫妻が「浜田」なる人物と接点があったのは、四十年から半世紀も昔の話だ。人間というのは、ふつう、まだ生まれてもいない当時の出来事など、あたかも有史以前のことのように、どうしても実感することができない。

「ええ、たしかに僕も、いま警部さんが言ったのと同じ考えでした」

浅見は頬を引き締めて、言った。

「しかし、中国残留孤児の肉親探しを見ていると、四十年でも五十年でも、いまという時間に繋がっているという点で、つまりは昨日の延長でしかないんだなって、そう思えてくるのですよ。もしかすると、漆原睦子さんや睦子さんの親御さんである曾根さんの場合にも、何かしらそういう昔の古傷のようなものがあったのかもしれない――。それが事件と何らかの関わりをもっているのじゃないか――と、そんな気もするのです」

「じゃあ、浅見さんは睦子さん殺しの犯人は、その角兵衛獅子の浜田とかいう人物だと言うんですか?」

「いや、角兵衛獅子の浜田自身は生きていれば九十歳ぐらいの老人のはずですから、犯人である可能性はないと思います。もし犯人が『浜田』だとしても、その息子のほうでしょうね」

「しかし、それにしたってかなりの年齢でしょうが」

「ええ、たぶん六十歳を越えているでしょうねえ」

「だったら犯人ではありませんね。漆原肇子さんが目撃した犯人らしい男は、若い男だったということですよ」

「いや、彼女は犯人をはっきり見たわけではないでしょう。身軽に塀を飛び越えたことから、たぶん若い男ではないか——と思っただけで、六十歳の老人でも、もしそれなりに鍛えていれば、あの程度の塀を飛び越えるのは造作もないことかもしれません。たとえば角兵衛獅子の訓練というのはかなりきびしいものだそうですから」

「なるほど、しかしまあ、かりにそうだとして、犯人が盗み出そうとしたものは何なのですかねえ？　この妙ちくりんな数字がその目的物だとすると、これはよほどの宝物の隠し場所を示したものかもしれない」

畑山は半分、冗談のつもりで言ったのだが、浅見は少しも笑わなかった。

3

「ところで」と浅見は言った。

「木村さんが殺されるまでの足取りについては、もう調べは完了したのですか？」

「いや、夕方の四時以降については、まだはっきりしていません」

畑山は渋い顔で、これまでの捜査状況を解説した。木村達男の昨日の行動は、いぜんとして銀行を出た以後の足取りについて掴めないでいる。

「えっ？　木村さんが行った銀行というのは、中部銀行ですか？……」

浅見は畑山の話の腰を折った。

「ええ、中部銀行沼津支店です。木村氏の取引銀行は、ここともとは信用金庫です」

当然のことながら、畑山はべつに怪しんでいないが、浅見には大いに気になった。

「銀行を出たのは午後四時頃だったそうですが、銀行の営業時間はふつう三時までじゃないのですか？」

「それは一般の客に対してはそうですが、融資なんかの話は、それ以後の時間でも行われるのだそうですよ」

「木村さんは銀行の誰と会ったのですか？」

「支店長です」

「支店長……、矢野さんですか」

「えっ？　驚いたなあ、浅見さんは支店長を知っているのですか？」

「いえ、そうじゃないのですが……」

浅見は胸騒ぎのように、心穏やかでないものを感じた。

「それで、木村さんは支店長と何を話したのですか？」

「融資の話だそうです。新しい店を出すにあたって、以前から、かなり大口の融資を求めてきていたとか言ってました。しかし、支店長はあまり色好《いろよ》い返事はしなかったようです。木村時計店の経営状態は芳《かんば》しくないというのが、銀行側の判断で、担保物件も融資希望額に見合うほどには期待できなかったという話です。それより、むしろ銀行としては、融資金がその場凌《しの》ぎの運転資金に流用されるのを警戒したようですな。じつは、あからさまには言わなかったが、矢野支店長は、金繰りがうまくいかなかったことが、木村氏の自殺の原因ではないかと見ているらしい」

「すると、警察は木村さんが自殺したというふうに話したのですか？」

「いや、事情聴取の段階では、他殺とも自殺とも断定していなかったのですがね」

「支店長は何か、木村さんに自殺するような兆候があったとでも？」

「いや、そうは言ってないが、まあ、常識的に言って、自殺するような原因があるとすれば、融資話が不調に終わったことしか考えられないということでしょうな」

「他殺であるという仮定では話さなかったのですか？」

「もちろん、捜査員は他殺を想定しても話を聞いていますよ。しかし、その点については木村氏が殺されるような状況は、まったく考えられないと言っている程度です。いや、これは銀行だけでなく、木村氏の関係者は一様にそう言っているわけでして」

「ひとつ、確認してみていただけませんか」

浅見は言った。

「漆原宏君が死んだ夜、木村さんはボートに客を乗せることになっていたそうですが、その客というのは誰だったのか」

「ほう、これはまた妙なことを……」

畑山は笑おうとしたが、浅見のきびしい表情を見てすぐに部下にその作業を命じた。

「どうやら、浅見さんにはその客が何者か見当がついているようですな」

「ええ、たぶん矢野支店長か、あるいはその周辺の人物だと思いますよ」

そのとおりの報告が、まもなくもたらされた。木村達男の家族が語ったところによると、あの日、木村は矢野支店長と木村時計店を担当している秋山という行員を乗せて大瀬《おせ》崎《ざき》まで行ったあと、さらに同じメンバーで夜釣りに出る予定で、いったん陸に上がったということだ。

「驚きましたなあ」

畑山は感嘆と疑惑のないまざった目で、浅見を見つめた。

「浅見さんはどうしてそんなことを知っているんです？」

「いや、知っていたわけではありません。ただ、あの木村さんが、大事なボートを海に放置しておいたというのは、ちょっと普通じゃないでしょう。僕が訊いた時、木村さんはお客に急《せ》かされて、心ならずも言いなりになったことを、ひどく後悔していましたが、そうしなければならなかったのは、よほど負目のある相手がお客だったにちがいない——と、そう考えただけです。それに該当する人物といえば、目下のところ融資を申し込んでいる中部銀行ぐらいしか思いつかないじゃないですか」

「なるほど、そう言われてみれば当然みたいな気もしてきますなあ」

畑山は、浅見の推理が割と常識の範囲を出ていなかったことに、いくぶん安心した様子だ。

『コロンブスの卵』は永遠の真理なのである。

「昨日、木村さんと会ったあとの矢野支店長のアリバイはどうなっているのですか？」

浅見がふいにそう言うと、畑山はギョッとなった。

「えっ？　支店長のアリバイ？　そりゃまたどういうことです？」

「べつに大した理由はありません。矢野支店長も事件の関係者のひとりではないかと思ったものですから」

「そりゃ関係者には違いはないですがね、しかし、あの支店長が犯人ということはあり得ないでしょう」

「どうしてですか？」

「どうしてって……、銀行の、それも支店長ですよ。しかも重役でしょうが」

「銀行の重役なら殺人を犯さないという道理はないと思いますが」

「そうかもしれませんがね、しかし、動機がないじゃないですか。これが逆なら——、つまり、金を貸してくれないのを恨んで、木村氏が支店長を殺したというのなら分かりますけどね」

「それはそのとおりですが、しかし、一応、アリバイということでなくても、昨日の行動を確認してみていただけませんか。そうそう、もう一人の秋山とかいう人のも調べるべきだと思います」

「そりゃあね、やらないことはないが、無駄でしょうなあ」

ぼやきながらも、畑山は部下を二名、呼んだ。

「もし差支えなければ、僕もご一緒したいのですが」

浅見は言ったが、畑山はそれはやんわりと拒絶した。いくら刑事局長の弟だからといって、そんな越権行為は認めることができない——と言いたいにちがいない。

「では僕はこれで失礼します」

浅見はしらけた顔を見せて、言った。

「まあまあ、もう少し待っていてくれませんか。なに、一時間もあれば戻ってきますよ」

畑山も多少は気がさすのか、下手に出て引き止めた。

「いいえ、その結果はあとで電話でお聞きします。昨日から東京に戻っていないので、急がないと具合の悪いことがあるのです」

そうは言ったが、浅見は東京へは向かわずに、漆原家に戻った。

「どうでした？　何だったんですか？」

肇子は警察からの呼び出しがよほど気掛りだったらしく、ドアから飛び出るようにして浅見を迎えた。浅見が木村の死を告げると、顔面から血の気が失《う》せるほど脅《おび》えた。

「じゃあ、兄の事件はやっぱり事故や自殺なんかじゃなかったんですね。だからあれほど私が言ったのに……」

「そのことはしっかり言ってやりました。警察は肇子さんが言ったことを信じて、もっとしっかり捜査を進めていれば、事件は早くに解決したかもしれないとね」

「そうですよね。でも、その木村さんとかいう人、なぜ殺されなければならなかったのかしら？」

「たぶん、お兄さんの事件のことで、何かを思い出したのでしょう。それで動いたとたんに殺された……。犯人は悪魔のように冷酷な人物ですね。おそらく、ちょっとでも危険な兆候が見えると、その原因になる人間をすべて消すつもりですよ」

「だったら浅見さんなんか、いちばん危ないんじゃありませんか？」

「そうかもしれない。しかし、僕よりもむしろ心配なのは肇子さんです。どっちにしてもここに独りきりでいるのはまずい。僕と一緒にここを出ましょう。横浜の伯父さんのお宅に、ひとまず身を潜《ひそ》めていてください」

肇子は一瞬、逡巡《しゅんじゅん》したが、すぐに諦めたように、身の周りのものを集めて、サムソナイトに詰め始めた。

「身を潜めているって、どのくらいかかるんですか？」

「さあ、どのくらいか、一週間か、十日か……、いずれにしても、そう長くないと思いますよ」

「えっ？　そんなに早く片づくんですか？」

「いや、本来ならもっと早く片づけないといけないのです。これ以上、犠牲者を出さないためにはね」

「でも、警察の捜査はそんなに進んでいないのでしょう？」

「警察に任せておいちゃだめです。警察も動かすけれど、犯人も動かさないとね」

「動かすって、浅見さんが動かすんですか？　そんなこと、出来るんですか？」

「やってみないと分かりませんがね。役者は揃っているのだから、シナリオしだいでは、面白いドラマが見られそうですよ」

「…………」

　肇子は呆れたように、目を大きく開けて浅見を見つめた。

（いったいこの人はどういう性格をしているのだろう？――）

　坊ちゃんみたいな顔にはまったく似つかわしくない大口を叩いて、さりとてべつにハッタリを言っている様子にも見えない。かと思うと、若い女性と二人きりで一つ屋根の下に寝たことを気に病むようなナイーブなところもある。刑事が見せた慇懃《いんぎん》な態度といい、神出鬼没みたいにあちこちに現れたりすることといい、肇子がいままでに出会った誰よりも、理解しがたい人物であった。

　家の中をきちんと整理して、必要な荷物を纏《まと》めると、肇子は横浜の伯父の家に電話をかけた。伯父はいなかったが、これからご厄介になりに行きますと言うと、伯母は「大歓迎よ」と言ってくれた。

　最後に、浅見は漆原のワープロから問題の辞書フロッピーを抜き取って、ケースに収め、自分のバッグの底に仕舞った。

時計を見て、浅見は沼津署に電話を入れた。案の定、銀行でのアリバイ調べは成果がなかった。矢野支店長も秋山も、昨日は午後六時過ぎまで銀行にいて、そのあと得意先を招待して沼津市内の料亭で食事、さらにクラブを二軒はしごして、十一時頃、ハイヤーを呼んで帰宅している。

「ウラは取れたのでしょうか？」

浅見が質問すると、気を悪くしたのか、畑山は「あなたねえ……」と言った。

「警察はプロですよプロ。支店長は三軒の店を回るあいだ、ずっとお得意さんとベッタリでした」

（どうかな――）と浅見は思った。それにしては、結果が出るのが少し早すぎはしないだろうか。ハイヤー会社には確認を取れたかもしれないが、たとえばクラブの従業員に詳細な訊問《じんもん》が出来たとは考えられない。おそらく警察は銀行の重役支店長という肩書に、少なからぬ遠慮をしたにちがいない。

しかし、それはそれとして、支店長たちのアリバイはたぶん疑いのないものだろう。それよりも、むしろ完璧すぎるアリバイのほうに問題があるのだ。銀行の顧客サービスがどんなものかは知らないけれど、食事を御馳走して、さらにクラブを二軒もはしごするほど潤沢な予算があるとは思えない。もしその晩にかぎってそうしたのだとすれば、きわめて不自然なことだ。

肇子が荷物と一緒に車に乗り込むと、浅見はいったん東京へ向かいかけたのをUターンして、木村のボートがあるヨットハーバーに寄ってみた。

ヨットハーバーは我入道のすぐ隣のような場所だ。入江というより、小さな川の河口を巧みに利用して岸壁を作っている。あの事件以後、管理人が常駐するようになったとかで、五十がらみの痩せた男が、小屋の中から浅見と肇子を胡散《うさん》臭い目で眺めている。

浅見は正直に自己紹介をして、漆原宏が奇禍《きか》に遭った問題のボートを見せてもらった。

「そうですか、あんたが妹さんですか」

管理人は肇子を痛ましそうに見て、片隅のほうにあるボートまで連れて行ってくれた。ボートは思ったより大きくなく、船外機を外してあるせいか、やけに安っぽくみえる。

「あれからもう、ぜんぜん使っていなかったみたいですよ。おまけにオーナーの木村さんまであんなことになってしまったのだから、たぶんこのボートは誰も引き取り手がないでしょうなあ」

海の連中は縁起をかつぐ者が多いのだそうだ。呪われたボートは廃船の運命にあるということか。

浅見はボートを見つめながら、その夜、この船上で起きた「惨劇」を想像していた。暗い海に漂うボートの上で何があったのか——。

浅見の脳裏にはまだ見たことのない男の顔が二つ、三つと浮かんだ。それはおぼろげながら、四天王の足下に踏まれた邪鬼《じやき》の顔を彷彿《ほうふつ》させた。

4

肇子を横浜に送って、浅見が自宅に帰り着いたのは午後八時過ぎであった。

「坊ちゃま、どこへ行ってたんです？　ぜんぜん連絡もしないで」

玄関先で、いきなり須美子に叱られた。そういえば、昨日からずっと家のことは忘れていた。

「電話か何かあったのかい？」

「ありましたよ、雑誌社から二つと、それから名前を言わない人からと」

「名前を言わない？　男？　女？」

「残念ですね、男の人ですよ」

「誰かな、どういう感じだった？」

「なんだか感じ悪いの、浅見光彦というのはお宅にいるかって。借金取りか何かじゃないかしら。それともヤクザかな？」

（誰だろう？――）

浅見は思い当たるものがなかった。もしかすると、十日町で会った谷山元治か、あるいはその一味かもしれない。こっちの素性を探り当てたとしても、それほど意外なことではない。

「坊ちゃま、何かやらかしたんじゃありません？」

須美子は疑わしそうに言った。

「ああ、ちょっとね、ヤクザの女にチョッカイを出して、ヤバイことになっている」

「嘘ばっかし、そんなことが出来るひとじゃないんだから」

須美子はよく分かっている。浅見が苦笑いして自室へ入ろうとすると、

「あ、そうそう、旦那さまが探しておいでしたよ」

「兄さんが？　もう帰っているの？」

「ええ、書斎にいるから、坊ちゃまが戻られたら、すぐに声をかけるようにって」

「そうか、ちょうどよかった、僕のほうも用事があるんだ」

浅見は踵《きびす》を返しかけて「須美ちゃん」と呼び止めた。

「須美ちゃんは新潟県人だから知ってると思うんだけど、角兵衛獅子とか瞽女《ごぜ》さんとか、そういう流れ芸人のこと」

「やあだ、そんなの知りませんよ。昔、そういう人たちがいたことは知ってますけどね」

「しかし話を聞いたことはあるのだろう？」

「そりゃ、ありますけど」

「どうなんだろう、そういう人たちというのは、独特なものの考え方をするとか、そういうことはないのかな」

「そんなむずかしいことは知りませんけど、瞽女さん殺せば七代祟《たた》るって言いますよね」

「それは、坊さん殺せば——というのと同じかな」

「そうでなくて、あの人たちの仲間はまとまっているから、もし瞽女さんをいじめたりしたら、仲間が仕返しをするっていう意味だそうですよ。だから、越後のものは瞽女さんや角兵衛獅子を大切にしたとかいう話です」

「なるほど、つまり結束が固いっていうことか……」

浅見は「ありがとう」と須美子の肩を叩いて陽一郎の書斎に向かった。刑事局長は和服姿で机に向かって何か調べものをしていたが、浅見の顔を見ると、「沼津に行っていたのか？」と訊いた。

「ええ、よく分かりますね」

「昨日、うちの課長がそんなことを言っていた。沼津署長から、それとなく伝言があったらしい。弟さんがだいぶご活躍のようで、とか言っていたよ」

「すみません、余計なことをして」

「ははは、まあいいさ。沼津じゃ喜んでいたらしいから。ところで、昨夜、また殺人事件があったようだが、それは知っているのだろう？」

「ええ、知っています」

「それでどうなんだ、前の事件と、一連のものなのか？」

「おそらくまちがいありません。今回の事件の被害者は木村という、漆原宏の事件で使われたボートの持ち主です」

浅見は事件の状況をかいつまんで話した。

「犯人はかなり過激だな」

陽一郎は眉を曇らせた。

「捜査本部の畑山という警部は、僕が犯人を追い詰めたせいだと言っています」

「ほう、追い詰めたのか？」

「それは分かりませんが、木村氏が動いたとたんに消されたやり口を見ても、かなり焦《あせ》っていることは確かです」

「なぜ焦るのだ？」

「連中は漆原宏を殺したことで、秘密を解く鍵を失ってしまったのだと思います」

「秘密とは何のことだ？」

「おそらく、保全投資協会が隠匿《いんとく》した資金ではないかと」

「ほんとかね、それは」

「漆原が保全投資協会を抜けて沼津に引っ込んだのは、内海会長に命じられて、膨大な資金を隠匿する役目を負ったからではないかと考えられます。漆原は内海会長の五人の腹心の中に含まれていませんから、関係当局の目の及ばない、比較的、自由に動くことができる立場にあったわけで、隠匿を託すにはうってつけの人物だったのでしょう」

「しかし、内海が漆原をそこまで信用するものだろうか？」

「信用するには、それなりの理由があったのだと思います」

「その理由とは？」
「その前に、内海の腹心といわれる五人の名前と出身地を教えてくれませんか」
「いいだろう」
陽一郎は机の上のファイルを広げた。
　松木健司　新潟県十日町市
　原田新太郎　新潟県中魚沼郡川西町
　谷山元治　新潟県西蒲原郡月潟村
　久保田良雄　新潟県刈羽《かりわ》郡刈羽村
　沢井彰男　新潟県白根市
「やっぱり、全員が新潟県ですね……」
浅見はある種の感動を覚えて、呻《うめ》くように言った。
「そうなんだ、全員が新潟県だ。彼等の結束の固さは、おそらく同郷人であることと無縁ではないだろうな」
「もしかすると、それだけではないかもしれませんよ」
「ん？　というと？」
「出来れば、この連中の過去を調べてもらいたいのです。両親か、あるいは祖父母の職業などについても詳細に」
「それは難しいだろうな。あまり突っ込んだ調査は人権問題に抵触する危険性がある。まあ、せいぜい彼等を確保した時点で、訊き出すのが精一杯だ。しかし、目下のところ五人が五人とも、まったく所在不明だよ」

「この谷山という男には会いました」

浅見は谷山元治の文字の上に指を置いて、言った。

「ほんとか？　どこで会った？」

「新潟の十日町です。汚い労務者風の恰好をしていました」

「そうか、すると故郷に舞い戻っていたというわけか。ほかの連中もそうかな？」

「いやそれはどうか分かりません。谷山にしたって、月潟村にしばらくいたものの、すぐに動くつもりのようでしたから、現在はどこにいるか分かりません。ただし、連絡はつくことになっています」

「連絡がつく？　どういうことだい？」

「やつに、僕が漆原から秘密を聞いたようなことを匂わせてやったのです。効果はてきめんでした。情報の信憑性《しんぴょうせい》はともかく、連中は資金の行方を求めて必死なのです」

「それで、きみはほんとうにその秘密を握っているのか？」

「ええ」

「驚いたなあ……」

常に冷静なはずの刑事局長が、ほとんど素人のような間の抜けた顔になった。

「これがその秘密のメッセージです」

浅見は例の数字を羅列したメモを見せた。

0165－520－412－210－321－221－215－425－314－219－220－330－510

陽一郎はしげしげと眺めてから、諦めたように首を振った。

「何だい、これは？　暗号か？」

「暗号ではないと思います。何かは分かりませんが、ストレートに解釈していいような、何かの数字でしょう」

「ストレートって言ったって、どう解釈しようがあるんだい？」

「それはいずれ分かることです。どっちみち、早急にやるべきことは宝探しではなく、犯人逮捕なのですから」

「それはまあ、そのとおりだがね……、そうそう、さっき聞こうとしていたこと、漆原を内海が信用したであろう理由は何か、その答えを聞かせてもらおうか。漆原は新潟の出身ではないようだし、両親の本籍地も新潟ではなかったはずだ」

「いや、母方の本籍は新潟県の津南という町ですよ。昨日の時点で、沼津の捜査本部もその事実を確認しています」

「ふーむ……、やはり同郷人の誼《よしみ》か」

「いいえ、漆原の場合はちょっと事情が異なるのです。ある意味ではもっと緊密な関係といっていいのかもしれません」

「何だね、それは？」

「まだはっきり分かっているわけではないのです。しかし、何かが彼等を宿命的に結びつけたとしか考えられません。そうでもなければ、漆原のような真直ぐな男が、内海の保全投資協会に肩入れするはずがないのです。漆原は保全投資協会の正体を知って悩んだことでしょう。被害者の多くが老人であることなど、彼には耐えられなかったにちがいない。しかし漆原は内海を裏切ることが出来なかった。そこにはそれなりの理由があったということです」

浅見は話しているうちに、険《けわ》しい顔になっていた。漆原宏を追い詰め、殺し、母親までも殺した邪鬼たちへの憎悪が、彼の白皙《はくせき》の額の辺りにはっきりと刻まれた。

「どうもよく分からないな。肝心の内海はとうに警視庁に出頭して、外部とコンタクト出来るような状態ではないのだ。これはどう理解すればいいのだろう？」

「内海は卑怯《ひきょう》な男だということでしょう。やつは警察に保護を求めたのですね。それと同時に、それ以後の殺人事件には無関係であることをはっきりさせている。もっとも、これは内海ひとりの才覚ではないのかもしれませんよ。五人の腹心の総意か、それとも、べつの人物の意志か……」

「べつの人物？　とは、何者だい？　五人のほかにもまだ仲間がいるのか？」

「内海英光は言ってみれば源義経のようなものですよね。それを担《かつ》ぐ男どもが何人いるのか……。ここに名前のある連中のほかに、ひょっとすると弁慶のような大物が潜んでいるのかもしれません」

真面目とも冗談とも受け取れる浅見の言葉だった。陽一郎はその真意を量《はか》りかねて、黙って弟の顔に見入った。

「僕に警察のスタッフを何人か貸していただけませんか」

浅見は形を正して言った。

「貸す？　どういうことだ？」

「谷山を誘い出します」

「さっきの、秘密をちらつかせるというわけか。しかし、それは危険だろう。連中は一筋縄でいかないやつらだ」

「だからスタッフをと」

「うーん……、しかし、いくらきみでも、民間人にそういう真似はねえ……」

「それでは、僕単独でやります。これ以上放置していては、次の殺人が起こらないともかぎりませんから」

「おい、刑事局長を脅迫する気か」

「やむを得ません、この次に狙われるのは、いずれにしてもこの僕なのですから。もし僕が死ねば、警察も本気で動くでしょう」

「分かったよ、きみの言うとおりにしよう。極秘扱いで警視庁の腕ききを出そう。きみの指揮下に入るよう、手配する」

「ありがとうございます」

浅見は兄に向かって最敬礼した。

「では手筈《てはず》が整いしだい連絡します。二、三日中には計画を実行するつもりです」

「くれぐれも言っておくが、危険な真似はするなよ。連中の過激なことは、きみがよく知っているはずだ」

「分かっています」

翌日、浅見は月潟村の「駅前食堂」に電話をかけた。谷山元治への伝言を——と言うとおばさんはすでに聞いているらしく、すぐに分かった。

「あんた、正義の騎士とかいう人かね?」

「え? ああ、そうですそうです」

浅見はおかしいのを我慢して言った。

「それだったらよ、モトさんから頼まれているんだけっど、新宿の白十字とかいう店さおってくれとよ。あんたの都合のいい時間を教えておいてくれと」

浅見は明日の午前十時から十一時のあいだ——と言った。谷山が賑《にぎ》やかな場所を指定してきたのに、いくぶんほっとした。

(今回は殺すつもりはないらしい——)

谷山元治をはじめとする五人の邪鬼と、もう一人の人物——「弁慶」が、どこかでじっとこっちを窺《うかが》っている姿を想像すると、さすがに恐怖感が押し寄せてくる。

浅見は陽一郎に電話した。

「いよいよか？」

刑事局長は新米の刑事のように声を弾ませた。

「いえ、今回のはまだ序の口です。先方は直接には現れないでしょう。電話の逆探知をやって欲しいのです」

「分かった、とにかく警視庁の人間をそっちへやるから、打ち合わせしてくれ」

警視庁からは三人の私服がやってきた。一人は時岡という、警視の肩書を持つ見るからに逞《たくま》しそうな男だが、あとの二人は大学院の学生然とした若い男だ。この二人が逆探知の専門家だった。

翌朝、浅見はちょうど十時に白十字に行っている。白十字は新宿三越の裏手にある喫茶店である。戦後まもない頃からずっと、ほとんど変わらない店構えで営業をしている。浅見も学生時代に母校の野球を応援した流れで、いちど来たことがある。

そういえば、あの応援合戦を指揮した漆原宏はもうこの世に存在しないのだ——。そう思うと、身内から怒りが込み上げてくる。

まだ朝のうちだというのに、店内は若いカップルや商談をしているらしい客たちで、かなり混んでいた。

浅見はひとわたり店の中を巡って、谷山の姿を求めたが、谷山はもちろん、五人の邪鬼と思われる人物も見当たらなかった。

十時三十五分、コーヒーを飲み終えたところに、店の従業員が浅見を呼びにきた。緊張しているのか、「お電話です」という声が震えた。

客用に設置している四台のピンク電話のすべてに逆探知の装置を接続してある。警視庁の二人は電話のある壁とは背中合わせになっている事務室の中で、機械の操作を行なっているはずであった。

「もしもし、谷山さんですか？」

浅見は訊いた。

「ああ、あんた、正義の騎士さんだね」

谷山は笑いを含んだ声で言った。

「ええ、浅見です。家のほうにお電話をいただいたそうですね。僕の名前、よく分かりましたね」

「そりゃね、蛇の道はヘビっていうだろう。まあしかし前置きは省こう。あんたのほうから用件を言ってくれ」

「分かりました。先日、ちょっとお話しした漆原宏君から預かった秘密の資料、買ってもらいたいのですが」

「ああ、ものによっちゃ話に乗らんこともないがね。いちど見せてもらおうか」

「いいですよ、それで、場所はどこにしましょうか？」

「そうだな、ちょっと待ってくれ、いったん電話を切って、かけ直す。あまり長時間喋っていると、ロクなことにならんからね」

言うなり、ガチャッと電話は切れた。

浅見は苦笑した。逆探知を警戒しているのだ。テキもさるものではある。事務室から時岡警視が現れて、苦い顔でかぶりを振った。

とたんに電話がかかった。浅見が受話器を取る。「もしもし、白十字ですか?」という男の声は谷山ではなかった。ほかの客の呼び出しかと思った時、「浅見という客を呼んでください」と言った。

「僕が浅見ですが」

「ん? そうか、あんたか。おれは谷山の友人だが、話の続きをやる。あんたの持っている資料というのはどういうものだ?」

「数字ですよ」

「どういう数字だ」

「三ケタの数字の羅列です」

「三ケタ?」

「一つだけ、最初の部分は四ケタになっていますがね」

「どういうものか、ちょっとだけ教えてくれないか」

「そうですね……」

浅見は躊躇《ためら》った。

「いいでしょう、それではいまメモを取ってきますから、このまま待っていてください」

「いや、だめだ、いったん電話を切る。そのあいだにメモを持ってきてくれ」

電話は容赦なく切られた。浅見の引き伸ばし策は通じなかった。また数分の間を置いて、別の男から電話がかかった。どうやら五人の邪鬼が代わるがわるリレー式に電話をかける手筈になっているらしい。おそらく、いる場所もまったくかけ離れた地点なのだろう。その用心深さとチームワークのよさには感心させられる。

「数字を教えてくれるそうですね」

これまでの二人と違って、やや若い感じの丁寧な言葉遣いだった。しかし、共通して、どこかに新潟の訛《なま》りを感じさせる。

「じゃあ数字を言いますよ、いいですか、0165‐520、0165‐520です。これは最初の部分だけですがね」

「分かりました、0165‐520ですね。ここにあるというわけですね？」

「ん？……」

浅見は面食らった。とっさに、「ええ、まあそういうことです」と言ったが、相手の言葉の意味を理解したわけではない。そのニュアンスが伝わったのか、相手はやや狼狽《ろうばい》ぎみに電話を切った。

それっきり、電話はかかってこなかった。次にベルが鳴ったのは、関係のない別のお客へのものであった。

浅見は事務室に入った。やはり三回の電話のいずれもが、逆探知に必要な時間以内で切られていた。

「どうも、かなり長距離らしいですなあ」

時岡警視は言った。

「最初のやつが静岡県内だというところまでは分かったのだが、あとの二つはぜんぜんだめでした」

「そうですか、ご苦労さまでした」

浅見は笑顔で三人の労をねぎらった。気持ちはさっきの若い男が不用意に洩《も》らしたらしいひと言に囚《とら》われていた。

――ここにあるというわけですね？――

男はそう言ったのだ。だとすると、「0165－520」という数字は、どこかの場所を示すものということか。

浅見はまずコインロッカーのようなものを思い浮かべた。しかし、コインロッカーなら当然、鍵がなければならないはずだ。それに、全国の駅に無数といっていいほどのロッカーがある、そのどれを示すものかも、たったこれだけの数字では摑むことは出来まい。

あの男は、なんでもないような口振りで、「ここにあるのですね」と言ったのだ。その「ここ」がどこなのか、あの男にはおおよその見当がついている様子だった。

白十字でさらに二時間待機したが、連絡はなかった。浅見はなんだか連中にしてやられたような敗北感を抱いて、ともかくも帰宅した。いずれ谷山元治からの連絡があるにちがいない。今日の試みがはたして吉と出るか凶と出るか——、不安と期待がこもごも襲ってくる。

5

午後三時、谷山から電話が入った。

「あの変な男の人の声です」

呼びにきた須美子が言った。

浅見が受話器を耳に当てるか当てないかのうちに、谷山は上機嫌で「ありがとうよ」と言った。

「あんたの言ったとおり、秘密の資料は嘘じゃなかった」

「それじゃ、そこに例のものはあったのですね？」

浅見はカマをかけて訊いた。

「ああ、あったよ」

「それじゃ、取引きに応じてくれますね？」

「ああ、もちろんだ」

「いつ、どこで会いますか？」

「そうだな、しばらく考えてから返事をしよう。それまで下手に動かないほうが、あんたの身のためだよ。いや、あんたばかりじゃない、漆原の妹も、それに、お宅の家族にも何が起こるか知れんからな」

言うだけ言うと、電話を切った。やはり逆探知を気にしているのだろう。

浅見はしだいに焦燥に駆られた。何か重大なミスを犯した気がしてきた。たったあれだけの数字で、彼等には十分、意味が通じたのだ。しかも満足すべき成果を上げたらしい。つまり、あの数字で示された場所に隠匿した資金があったということだ。

そのことはいいとして、浅見には、彼等がさらにその続きの数字を訊いてこないことが気掛りであった。彼等のこれまでの焦り方からすれば、当然、他の数字も即刻、知りたがるにちがいないと確信していた。

（どういうことだろう？――）

もはや他の数字を知る必要がなくなったのではないかという不安が、浅見を落ち着かない気分にさせている。

受話器を置いて、ダイニングルームのテーブルにつくと、家計簿の整理をしている兄嫁が心配そうに声をかけた。

「顔色悪いみたいですよ、どこか具合でも悪いの？」

「いえ、そうじゃないのです。ちょっと気になることがあって」

「恋人でも出来たの？」

「そんなならいいんですけどね」

浅見は苦笑した。しかし、漆原肇子の身の上が気にならないでもなかった。連中のこれまでのやり口からいうと、単なる脅しだけではないと思わなければならない。

「義姉《ねえ》さん、このところ物騒な事件が続発してますから、外へ出る時など、ちょっと注意したほうがいいですね」

「あら、ほんと？……」

兄嫁はびっくりして、浅見の顔を見つめた。目の大きな美人である。妃殿下と同じ学校を出た才媛《さいえん》だが、育ちがいいだけに屈託がない。愚弟の浅見の目にもあぶなっかしく見えるところがあった。

「この近所で、何かそういう事件でもあったのかしら？」

「いえ、この近所でというわけじゃないですけど、そろそろ年末ですから、いろいろとあると思うんです」

「それはそうかもしれないけど……」

兄嫁はテーブルの上の家計簿に視線を戻した。

「でも、私なんか狙ったって、大した収穫はないと思いますよ」

預金通帳を摘んで、いかにも軽そうにヒラヒラと振って見せた。

「ははは、そんなこと、連中には分かりませんよ。義姉さんはきれいだから、外見はすごいブルジョアに見えます」

「だめですよ、煽《おだ》てたって何も出るようなゆとりはないんですから」

「呑気《のんき》なことを言ってる場合じゃないんですけどねえ……」

浅見は苦笑しながら、兄嫁の手にある通帳を見ていて、ギョッとなった。

「ちょっと、その通帳、見せてください」

「あら、だめよ、空っぽみたいなもんなのだから」

「そうじゃないんです、中身は見ません、表紙が見たいのです」

浅見はほとんどひったくるようにして通帳を手に取った。表紙には普通預金口座の番号が書いてある。

―― 226－189725 ――

「義姉さん、この数字ですが……」

浅見は気負い込んで訊いた。

「この最初の三ケタはたしか銀行の支店名を示しているんでしたね」

「ええ、そうみたいですよ」

「次の六ケタが預金者の個人番号ですよね」

「でしょう……でも、それがどうかしたの？」

浅見は背筋が寒くなった。

「だとすると、当然、銀行名を表わす数字があるはずじゃないですかね」

「さあ、そんなの見たことないけど」

「もしかすると……」

浅見は取引銀行に電話をかけた。

「つかぬことを訊きますが、銀行名を示す番号というのは、何ケタですか？」

いきなり質問された相手は躊躇《とまど》ったが、浅見の質問の意味を理解すると、『ああ、それなら四ケタですよ』とあっさり答えた。

「しまった！……」

浅見は思わず叫んだ。谷山がほかの数字について関心を示さなかった理由が分かった。それはつまり必要がなかったのだ。銀行名さえ分かってしまえば、あとはその銀行の支店を片っ端から調べればいい。浅見が「最初の数字だけが四ケタ——」とうっかり教えたのが、思いがけない重要なヒントを与える結果になった。

（しかし——）

浅見にはまだ完全に事態が把握出来たわけではなかった。銀行名と支店名が分かっただけで、それでどうなるというのだろう？　通帳の個人番号が分からなければ、預金を引き出すことが出来ないではないか——。

それにもかかわらず、浅見が伝えた数字だけで、連中はそこにあった「モノ」を確認したらしい。いったいそれだけで預金を引き出せるシステムなどというものがあるのだろうか？——。

浅見は頭脳をフル回転させたが、もともと金銭だの経済だのに縁がない男だ、さっぱりいい知恵が浮かばない。こういう場合には専門家に聞くにかぎる。浅見は走るようにして、近くにある銀行へ向かった。

すでに閉店後だったが、銀行にとって浅見家は古くからの顧客だから、裏口から店内に入れてくれた。応対した女性に用件を言ったがさっぱり要領を得ない。浅見自身、よく分かっていないことだ、若い女性には通じるわけがない。まもなく支店長代理という肩書の若林という中年男が代わった。慇懃《いんぎん》な物腰で応接室に案内してくれたが、迷惑がっているのはひと目みれば分かる。

「銀行名と支店名だけで、そこに特定の方が預金されているかどうかを確認できるか――と、そういうご質問ですね？」

支店長代理はしかつめらしく考えるポーズを取ってから、あっさり、「それは不可能ですね」と言った。

「そういうお問い合わせがあっても、銀行では一切、お答えいたしません。もしそれが可能だとすれば、第三者がその銀行に電話して、お客さまの預金残高を訊き出すことが可能だということになりますからね」

「本人であればいいのですか？」

「もちろんご本人であれば問題はありませんが、しかし、その場合にはご本人であることの証明が必要です。実際には預金通帳を持っていらっしゃるのですから、その通帳番号をおっしゃればよいわけですね」

「そうか、このケースでは通帳がないのだから、それも出来ないということになるわけですよね」

だが、連中は銀行名と支店名を知り得ただけで、「そこ」に隠匿された金を確かめ、ひょっとすると引き出すことも出来たらしい。

「お客が、銀行名と支店名だけを知っていれば、預金を引き出せる——というのはまったくあり得ないのですね？」

浅見は執拗《しつよう》に食い下がった。

「あり得ません」

支店長代理は怒りもせず、さりとて愛想よくもなく、能面のような顔で答えた。

「銀行は、お客さまが払い戻し請求用紙に、通帳の番号と、ご住所、お名前、金額をお書きになり、捺印《なついん》をなさってくださらなければ、お支払をいたしかねるわけでして。キャッシュカードといえども、単にその作業を自動化・機械化したにすぎないのです」

万策尽きた。

「すみません、ちょっと電話を拝借」

浅見は陽一郎に事態を報告した。

「どうやら、僕は何か重大なミスをやらかしたらしいのです」

「分かった、ともかくその番号の銀行支店がどこなのか、銀行協会へ連絡して至急に調べてみよう。きみはしばらくそこに待機していてくれ」

陽一郎はそれからものの五分と経たないうちに電話してきたが、そのあいだ中、支店長代理の指は、神経質そうにテーブルの上を叩きつづけていた。

「その番号は、××銀行の宇都宮支店だそうだ」

電話の向うで陽一郎は言った。

「××銀行ですか……。そこに漆原宏名義の口座がないか確かめられませんか？」

「よし、やってみよう」

すでに五時が近づいていた。銀行の業務が終了する前に確認が出来るかどうか、浅見は気が気ではなかった。

陽一郎からの連絡は、今度はさすがに時間がかかった。

「銀行側はなかなか渋ってね、警察といえども預金者の秘密を洩らすわけにはいかないというのだ。しかし無理に訊き出した。たしかに漆原宏の口座はあったよ。一年ものの定期預金で一千万円だ」

「一千万……。それで、その預金は引き出されたのですか？」

「いや、それがまったく手つかずになっているそうだ。その件についての問い合わせも、べつになかったと言っている」

「そんなばかな……」

浅見は何がなんだか分からなくなってきた。さっきの電話で、谷山は間違いなく「そこにある」ことを確認したような口振りだったのだ。

（そこに、ある——）

浅見はふと、頭の中でその言葉を反芻《はんすう》してみた。「ある」という表現が、なんとなく物体を連想させた。「預金」という、いわば形の無いものとは、いくぶんニュアンスが異なる言い方のように思えた。

その瞬間、浅見はようやく閃《ひらめ》いた。

「兄さん分かった！」

思わず叫んだ。

「分かったって、何が分かったんだ？」

おそらく鼓膜が痛かったのだろう、陽一郎はやや不機嫌な口調で言った。

「ちょっとそのまま待っていてください、銀行の人に確かめてみますから」

浅見は傍《かたわ》らで迷惑そうにしている支店長代理を振り返った。

「お訊きしますが、こちらの銀行には貸し金庫はありますか？」

「ええ、ありますよ」

「その金庫を借りる場合は、どういう手続きが必要なのですか？」

「べつに難しい手続きはありません。申し込んでいただいて、年間の使用料四千円をお支払いいただくだけです」

「誰でも借りられるのですか？」

「誰でもというわけには参りません。当店のお客さまで、信用のおける方でなければお貸し出来ませんですね」

「信用がおける、というのは、具体的にはどういうことですか？」

「それはまあ、身元がはっきりしていらっしゃるとか」

「大口の預金者ならどうですか？　たとえば一千万円の定期預金をしているとか」

「もちろん、そういうお客さまなら問題ありません」

「それで、その金庫を借りた人が、金庫から物を出す時はどうすればいいのですか？」

「手続きは簡単です。所定の用紙に住所、お名前とご印鑑をいただければ、それでご利用になれます」

「やっぱりそうでしたか……」

浅見は溜息をついて、ふたたび受話器に向かった。

「兄さん、貸し金庫ですよ。漆原は銀行の貸し金庫に何かを隠匿したのです。宇都宮の××銀行に確認してください。おそらく今日の昼頃、漆原を名乗った男が貸し金庫に入っているはずです」

「よし分かった」

「それと、××銀行の各支店に連絡して、以後の、漆原宏名義での貸し金庫利用を封鎖するように指示してください。もっとも、銀行の営業時間を過ぎていますから、たぶん大丈夫だとは思いますが」

その点だけが、わずかに救いであった。五人の邪鬼たちが全国に分散しているといっても、すべての支店に飛ぶことは不可能にちがいない。たまたま宇都宮付近に誰かが潜伏していたために、そこは確認できたということだろう。谷山が「しばらく動くな」と脅迫めいたことを言ったのは、時間稼ぎをするためなのだ。

陽一郎からの連絡を待って、浅見は銀行の応接室にじっと動かないでいた。

「そろそろ時間ですので、お引き取りいただきたいのですが」

支店長代理は浅見のただならぬ様子に驚いて、帰れと言い出しかねていたのだが、とうとう我慢しきれなくなったらしく、オズオズと言った。

「もう少し待ってください。もし必要なら、大蔵省の銀行局に頼んで、協力をお願いしてもいいのです」

「銀行局……」

支店長代理は顔色が変わった。

「いや、そこまでなさらなくても、結構ですが……。しかし、いったい何事があったのですか？　××銀行さんで何か事件でもあったのでしょうか？」

「いえ、そういうわけではありません。申し訳ありませんが、このことはちょっと内密にしてください」

まもなく、陽一郎の電話が入った。

「きみの言ったとおり、『漆原宏』を名乗る男が貸し金庫を利用しにやってきたそうだ。

住所は沼津市我入道の漆原のものだが、印鑑を忘れたために、利用出来ずにそのまま引き上げた。おそらく貸し金庫の存在を確かめにきたものと考えられる」

「宇都宮の所轄から人をやって、その金庫の中を確認してもらってください」

「いや、それはだめだ。銀行の貸し金庫は、利用者以外、たとえ警察といえども絶対に見せない建前になっているのだそうだ。銀行の内部の人間ですら、利用者が何を入れているのか、まったく知らないらしい」

「それは建前でしょう。捜査上、必要ということなら、例外を認めてくれるのではありませんか？」

「いよいよとなればそうだろうがね、いまの段階では、あちらさんはガンとして譲らないらしい」

「分かりました、それでは僕は家に戻ります。明日が勝負になると思いますので、これからその作戦を練ることにします。兄さんはしばらくそこにいてください」

「ははは、刑事局長に残業を命令するのは、長官かきみぐらいのものだよ」

「すみません」

「まあいいだろう、野暮用が一つあるのだが、そっちは断ることにする。警視庁の例のスタッフにも待機させておこう」

支店長代理に礼を言って、浅見は自宅へ向かった。歩きながらこれからの展開にあれこれ思いを巡らせた。体の中にふつふつと闘志が湧くのを覚える。ただし、テキは危険で過激な連中であることを警戒しなければならない。谷山の警告は単なる脅しではないと思わなければなるまい。漆原肇子と浅見家の者たちにはボディーガードをつける必要がありそうだ。

自宅から陽一郎に連絡を取って、漆原が残した「メッセージ」の数字に該当する、××銀行の支店をリストアップした。その数は十二。宇都宮をはじめ、前橋、浦和、大宮、横浜等々、地方の大型都市にある有力支店ばかりであった。

十二店にそれぞれ一千万の預金をしてあるとすると、トータル一億二千万円にのぼる。しかし、この程度の額では、内海の保全投資協会にとっては、ほんのスズメの涙でしかないのだろう。そのことだけでも、貸し金庫に隠匿されてある「モノ」の巨額さかげんが想像出来る。いったい何がどのくらい隠されているのだろう？　現金か？　貴金属か？　それとも金の延べ板か？

何百億とも何千億ともいわれる保全投資協会の隠し財産の行方が、いままさに白日のもとに曝《さら》されようとしている。

第六章　消えそこなった幽霊

1

「五人の邪鬼」はすぐには動かなかった。作戦には警視庁の一課と二課から合計三十人の捜査員が参加して、××銀行の十二の支店に終日、張り込んでいる。リストアップされたもの以外の支店にも、念のために各県警から優秀な捜査員が派遣されている。

といっても、内海英光会長を除けば、保全投資協会の社員には、現在までのところ逮捕状は出されていない。したがって、連中が現れたからといって、即刻、しょっぴくというわけにはいかないのだ。捜査員にとってはそこのところがやりにくい。

十一月五日、××銀行前橋支店に「漆原宏」が現れた。窓口で貸し金庫を使いたいと言い、係の者が所定の用紙を渡すと、スラスラと静岡県沼津市我入道の住所を書き、届け出てある印鑑を捺《お》した。

係の案内で地階にある貸し金庫室へ降りる。規模の小さい支店では貸し金庫室がなく、大金庫の中にロッカーのような貸しケースが入れてあって、利用者は係員が金庫から出してきた貸しケースを、応接室でひろげるという方法を用いているが、この前橋支店では、直接貸し金庫室に入ることが出来る。

「漆原」は金庫室に入り、係員から借りた鍵で自分のケースを開いた。その時、係員は金庫室の外にいて、客の作業にはまったくノータッチである。

十数分後、「漆原」は大型のアタッシェケースを重そうに提げて金庫室から現れ、係員に鍵を返して銀行を出ると、銀行の駐車場に待たせてあったハイヤーに乗った。

この時点ですでに三人の捜査員が二台の車に分乗して、「漆原」の乗ったハイヤーを追尾している。

「漆原」は前橋駅で車を降り、腕時計を見てしばらく考えてから、駅構内に入り、コインロッカーの並ぶコーナーへ向かった。

ここまではほとんど尾行を警戒している様子を見せなかったが、コインロッカーの前ではじめて、「漆原」は周囲に注意を払った。

それから屈み込み、コインロッカーにアタッシェケースを仕舞った。

立ち上がり、ふたたび時計を確かめる。

またしばらく考えてから歩きだし、改札口の上にある大きな時刻表を眺めた。

捜査員は三人ともそれぞれの位置で「漆原」の動きを見ている。「漆原」が急に逃げだすような挙に出ないかぎり、泳がせておく、というのが捜査方針であった。目標は彼等のアジトと指揮者の確保にある。五人の腹心の一人を捕らえたところで、残る四人と、浅見光彦がその存在を主張している「首魁《しゆかい》」をとり逃がしては意味がないのだ。

「漆原」は帰りの列車をどれにするか決めた様子だ。駅を出て街をのんびり歩いていって、ビルの一階にある喫茶店に入った。

捜査員は二人が「漆原」を尾行、一人がコインロッカー前に残った。

「漆原」は十分ばかりコーヒーを飲んだり、煙草を吸ったりして過ごし、時計を見て立ち上がり、トイレへ行った。

トイレから出ると席へ戻ったが坐らずに、そのままテーブルの上の伝票を拾ってレジで勘定をすませた。

例によってべつに急ぐでもなくブラブラ歩いて駅へ戻る。コインロッカーの前では、また周囲に気を配り、屈み込んでアタッシェケースを取り出した。

それからの行動が怪しかった。「漆原」はアタッシェケースを提《さ》げ、駅のトイレに入ったのである。たったいま、喫茶店でトイレをすませたばかりだ。捜査員は緊張した。

数分後、「漆原」はトイレから出てきたが、アタッシェケースは持っていない。忘れたという感じでもなく、まっすぐ改札口へ向かった。

三人の捜査員は混乱した。とっさに一人が「漆原」を追尾し、残る二人がトイレの前に張りついた。

「どうする?」と二人が同時に声をかけた。当然、第二の男がトイレにやってきて、「漆原」が置いていったアタッシェケースを運び去る作戦が想定された。ひょっとすると、あの「漆原」はダミーなのかもしれない。

肝心の「ブツ」がトイレの中にある以上、第二の男のほうが重要人物である。

「あっちは彼に任せよう」

二人の意見は一致した。すぐに左右に分かれてトイレを監視する。念のために、一人がトイレに入りアタッシェケースが棚の上にあるのを確認した。

トイレにはその後、何人かの男が出入りしたが、八人まで、アタッシェケースの忘れ物を持ち出す者はいなかった。九人目にようやくアタッシェケースを手に提げた男が出てきた。小柄で労務者風の男だ。

男はキョロキョロと胡散臭《うさんくさ》い様子で左右を見てから、「忘れ物」を届ける気配も見せずに駅を出て行く。

二人の捜査員は直ちに尾行に移った。男は街を小走りに歩き、駅から三百メートルばかり離れたところにある、ガラス張りの公衆電話ボックスに入った。中で電話をかけるふりを装いながら、さりげなくケースを開けている。中身を見て失望したのが、明らかに分かった。おそらく「チェッ」と悪態をついたにちがいない素振りを見せて、ケースを放り出した。

「おかしい……」

捜査員の一人が言った。

「確保するか」

「そうだな」

男が出てくるのを二人の捜査員が駆け寄って両腕を抑えた。

「警察です、ちょっと訊きたいことがある」

男はギクリとしながらも虚勢を張って怒鳴った。

「なんだよ、何をするんだよ」

「あんた、駅のトイレにあったアタッシェケースを持ち逃げしたね」

「え？　ああ、持ってきたけどよ、それがどうしたってんだよ。何か大事な物だったら届けんべえと思ったけんどよ、こんなもんじゃしょうがなかっぺ」

捜査員は男を確保しながら電話ボックスのドアを開けて、床に落ちていたケースを拾った。蓋を開けると、中はレンガであった。赤いレンガが二つ、剝《む》き出しで詰めてあった。

「これはなんだ？」

一人が男を怒鳴った。

「なんだって、見りゃ分かるっぺよ。そういうのはよ、おらっちはレンガって言うだ」

男は刑事と一緒に自分をもあざ笑うように言った。

その報告を浅見は兄からの連絡で知った。

「どういうことだい、これは？　貸し金庫にはレンガが入っていたのか？」

刑事局長にはこの簡単な手品の仕掛けが分からない。スタンダードに育った優等生は、あまりにもばかばかしい発想には知恵が回らないらしい。

「コインロッカーですよ」

浅見は情けなさそうに言った。

「最初、その男がコインロッカーに入れたアタッシェケースには、おそらく銀行の貸し金庫にあった貴金属か何かがゴッソリ入っていたはずです。それから喫茶店へ行って、トイレでロッカーの鍵を仲間に受け渡す。二度めにコインロッカーに行った時には、隣のボックスにあらかじめ入れてあったアタッシェケースを持ち出した——と、こういう手口だと思いますよ。刑事は男が二度めに開けたのが隣のボックスであることに気付かなかったのでしょう。おまけに、もう一度トイレに入って、わざとケースを忘れてくる。刑事はどうしたってそっちのほうに重点を置きたくなりますからね。そんな調子だと、たぶん最初の男には逃げられたんじゃないですか？」

「うん、きみの言うとおりだ」

刑事局長は憮然《ぶぜん》として言った。男を尾行した刑事は上野駅で男を見失った。元来、単独で尾行するというのは難しいものなのだ。

「まだ十二分の一をやられただけですから」

浅見は兄を慰めるつもりで言ったのだが、捜査陣の大きな失態は、刑事局長としても責任問題だ。ことに、今回の作戦については、保全投資協会事件を追っている東京地検特捜部が、なみなみならぬ関心を寄せて見守っている。さらに、もしこの事実がマスコミにキヤッチされたら、全国被害者同盟の人々も黙ってはいないだろう。

弟の電話を切ると、陽一郎はすぐに警視庁に電話して刑事部長を呼び出した。

「困るじゃないですか、そういう簡単なトリックに引っ掛かるようじゃ。子供だましの手品ですよ」

おそらく刑事部長も捜査一課長に同じ説教をしたにちがいない。

(まだ十一回のチャンスがある——)

捜査当局者は一様にそう思って、自らを慰めた。それと同時に方針を切り換えることになった。「即刻確保」が新たに打ち出された方針である。「漆原」が現れたら、銀行を出た直後に捜査員が接触し、最寄りの所轄に連行する——というものだ。一応、任意同行を求めるという建前だが、抵抗があれば公務執行妨害容疑で緊急逮捕もあり得るという、かなり強引な方針であった。

ところが、それっきり「漆原」の動きは途絶えた。当局の方針転換を察知したかのような逼塞《ひっそく》ぶりであった。

「弁慶は頭のいいヤツなのです」

久し振りに夕食を共にした時、浅見は兄に言った。

「ほんとうに弁慶が存在するのかね」

陽一郎はうんざりしたように言った。近頃は食欲も減退ぎみだ。

「ほんとうにいますよ。棒《タクト》を振っているのは弁慶にまちがいないです。いや、弁慶だから薙刀《なぎなた》ですかね」

「きみは気楽でいいな」

陽一郎は苦笑した。

「こっちは首が危ないというのにね」

「ひとつ、方針転換なら、方針を転換しませんか」

「いえ、根本的に、もうやってるじゃないか」

「どう転換する?」

「ターゲットを切り換えるのです」

「どこに切り換えるんだい?」

「中部銀行です」

「中部銀行? それがどうした?」

「僕は素人だから、詳しいことは分かりませんが、中部銀行がおかしいのではないかと思うんですよね。今度の事件で保全投資協会に関係する資料をいろいろ調べてみて、保全投資協会を支えていたのが巨大なアングラマネーであることを知りました。新聞やテレビで大衆向けに報道されているところによれば、保全投資協会の資金のかなりの部分は一般投資家から詐欺同然に吸い上げたものだそうですが、実際には金融機関から流入した、いわゆるアングラマネーといわれる資金が相当な額にのぼるのじゃないですか? 一般投資家と違って、金融機関は敏感ですから、保全投資協会が危なくなったと察知するといっせいに資金の回収に走ったはずで、割を食ったのが一般投資家であるとも言えますよね。しかし、中には金融機関でも出資金を回収しそこなった——つまりババを掴まされたところもあったにちがいないと……」

「なるほど、それが中部銀行だというわけだね？」

「そうです。じつは、漆原宏が殺される直前、漆原の妹さんに中部銀行沼津支店の支店長から縁談が持ち込まれたんです。それがそもそも、今回の事件の発端じゃないかという気がするのです」

浅見は肇子に持ち込まれた、いかにも作為的で不釣り合いな縁談のことを話した。

「漆原宏が内海会長に保全投資協会の膨大な財産の隠匿を指示されたことはもはや疑いのないところです。中部銀行が独自の調査でその事実をキャッチしたのか、あるいは、内海に出資金の返済を迫った際に、返済不能の弁解として聞かされたのかは分かりませんが、ともかく漆原がその隠し財産の管理者であることを嗅ぎつけた。そう仮定すると、中部銀行が漆原の妹さんとの政略結婚を企図した理由は説明出来ます」

「ちょっと待ってくれよ。漆原が内海の特命を受けて財産を隠匿したとしてだね、彼はなぜ殺されなければならなかったのだ？　まさか財産を独り占めしようとしたわけじゃないのだろう？」

「漆原は保全投資協会の犯罪に、ある時期まで加担した形になっていたと思います。あの真直ぐを絵にかいたような男が、悪と承知の上で一味に加わったのには、何かそれなりの理由があったためなのでしょうが、そのことはひとまず措《お》くとして、ある時点を境に、漆原は保全投資協会に離反する決意を固めたのだと思います。そして、隠匿した財産の在りかを内海一派にも秘密にした。それはもちろん、独り占めにしようなどというのではなく、いずれ被害に遭った人々に返済するつもりでいたのでしょう。ただし、すぐには動くわけにいかなかった。もし下手に動けば、母親と妹に対して、内海一派——というより『弁慶』なのかもしれません——が何をするか分からないという恐怖感があったにちがいないのです。逆に内海側も漆原の裏切りに怒り狂ったものの、下手な手出しを出来ない状態だった。何しろ漆原は彼等の財産を握っているのですからね。そういう意味では両方がガップリ四つに組んだ状態といってよかったのです。

ところが、中部銀行としてはいつまでも手を拱《こまぬ》いて眺めていられない事情があった。保全投資協会に対する不当融資が明るみに出れば、社会的な大問題になることは分かりきっています。中部銀行から保全投資協会へ融資された金額がどれくらいのものか、僕には想像もつきませんが、おそらく何百億というオーダーでしょう。中部銀行としてはその全部とはいかないまでも、出来るだけ多くを回収しなければえらいことです。そこでまず、漆原家に接触する方針を樹《た》てたのだと思います。漆原家に入り込めば、隠匿場所についての情報を摑むことは容易だと考えたのでしょう。そして漆原の住所地である沼津支店の矢野支店長に白羽の矢が立った。矢野が本気で婚姻を結ぶ気があったのかどうかはともかく、あの縁談では支店長が必死になって策動した印象があるんですよね。おそらく、本店の幹部に因果を含められて、息子を漆原家に送り込むつもりだったのでしょう。

　当然、漆原はこの唐突な縁談に疑問を抱いた。中部銀行と保全投資協会の関係を知っている彼は、妹が自分たちの醜い争いの犠牲にされようとしているのを放置出来なかった。そして矢野支店長に真意を確かめたと思います。ことによると、中部銀行に対して隠匿財産のかなりの部分を返還してもいいと、申し出たのかもしれません」

　浅見は言葉を切って、吐息をついた。

「正直言うと、そこから先、何が起こったのか、僕にはまだ分からないのです。ただ、言えることは、漆原が隠匿財産の一部を中部銀行か保全投資協会に渡したことは確かなような気がします。それは、漆原の印鑑が彼等の手に渡っていることと、漆原が殺された事実が証明しています。つまり、漆原はもはや利用価値がないと判断され、同時に裏切り者として消されたのです」

「ん？　それはどういうことだ？　現に漆原は隠匿場所の秘密を握っていたじゃないか」

「ええ、じつはそうだったのですが、おそらく彼等は漆原が明かした秘密を、隠匿場所を示すすべてだと思い込んだのでしょう。それを知ってしまえば漆原を生かしておく必要はないわけですからね」

「しかし、あのしたたかな連中が、そんなインチキな情報を明かされて、簡単に信じるものかねえ」

「かならずしもインチキではなかったのじゃないでしょうか。実際にその情報にしたがって確かめたら、漆原の言ったとおり、その場所にちゃんと隠匿財産があった。ただしそれがほんの一部であったことを、漆原を殺した後で知って、大いに慌てたことでしょうけれどね」

「うーん、なるほど、考えられないこともないねえ」

刑事局長は腕組みをして唸《うな》った。

「きみの想像が当たっているとしてだよ、いったい、漆原宏を殺したのは何者なのだ？」

「それがよく分からないのです。少なくとも中部銀行の矢野支店長が木村達男を利用したことにひと役かっていたことは確かだと思いますが、漆原を海へ誘い出し、駿河湾に放り込んだのが誰かは不明です。内海か五人の腹心のうちの誰かか、あるいは……」

「また弁慶かね？」

陽一郎はややからかいぎみに言ったが、浅見は真面目くさった顔で「そうです」と頷いた。

「しかし、中部銀行をやるとして、差し当たってどうすればいいかな。中部銀行といえば地方銀行の中ではトップクラスだ。あそこが何百億もの不良債権を抱えていることが明るみに出れば、ちょっとしたパニック状態にならないともかぎらない」

刑事局長は憂鬱そうに言った。それればかりではない、どうせこの不当融資には政治家がからんでいることは目に見えている。もともと、保全投資協会が行き着くところまで行ってしまったのは、一つには政治家の圧力が大蔵省の監査や捜査当局の動きにブレーキをかけていたためでもあるのだ。まして一流銀行がアングラマネーを保全投資協会に投入していた陰に、政治家が介在していたとなると、捜査に当たる者は相当な制約を覚悟しなければならない。

正義を貫くことに忠実であるといっても、国家の秩序を揺るがしたり、社会不安を惹起《じやっき》したりするのは、国家機関である捜査当局として取るべき態度ではないとされる。かつて数多《あまた》の疑獄事件が、捜査では核心を衝《つ》いていながら、最終的にウヤムヤになったのは、すべてそういう論理によっている。そのつど、捜査の責任者はジレンマに陥り、苦悩を強いられることになるのだ。

浅見には兄のそういう苦衷《くちゅう》がよく分かる。分かるけれど、浅見は自由人である。兄の立場を勘案しなければならないとなれば、これまたある種のジレンマでないこともない。

「僕は保全投資協会や中部銀行がどうなろうと、本来は知ったことではないのです。ただ、漆原やおふくろさん、それに木村氏を殺した犯人が許せないと……、とくにおふくろさんまでを殺した非道はまさに鬼としか言いようがないですからね」

吐き捨てるように言う弟を、刑事局長は気掛りそうに見つめながら、言った。

「どうも、きみも連中に負けない、過激なところがあるようだな。正義感もいいが、暴走だけはしないようにしてくれよ」

「ええ、分かっています」

と言ったものの、浅見は兄のそういう部分だけは、どうしても好きになれない。ほかはすべての点において、一目も二目も置いている兄だが、体制側に依《よ》って立つあまり、庶民的感覚とのズレは修復しがたいものがある。それは人間としてもっとも大切なものを犠牲にしているともいえ、ある意味では気の毒なことでもあった。

「警察の力で、ある一人の男の所在をクリアにしてもらいたいのですが」

浅見は気を取り直して言った。

「弁慶か？」

刑事局長は明敏に察した。

「そうです、おそらく弁慶の正体がそれだと思うのですが、その男は昭和二十年当時、新潟県で浜田という人物と、おそらく親子として一緒に生活し行動していた者です」

「昭和二十年か、おそろしく古い話だな」

「ええ、しかし、この事件のルーツを辿《たど》ると、どうやらそこに行き着くような気がしてならないんですよね」

浅見は「獅子の浜田」と呼ばれた人物のことと、漆原睦子の両親との結びつきを、知り得たかぎり話した。

「遠い昔に何かがあって、その因縁が漆原親子を事件の渦中に巻き込んだとしか、僕には考えられません。漆原宏はその人物から過去のことを聞かされ、負目に感じていたのじゃないかと思うんです」

「そいつは浜田という名前ではないのか？」

「分からないけど、たぶん違うと思います。はじめは、もしかすると内海の父親かと思ったのだけれど、そうでもないらしい」

「そうだな、内海も新潟の出身だが、彼の出自ははっきりしている。やつは上越市の出身で、祖母にあたる女性は流しの三味線語り、いうところの瞽女《ごぜ》さんだそうだ」

「えっ？　そんなこと、調べたのですか？」

「うん、ちょっと面目《めんぼく》ないがね、じつは、このあいだきみに言われて、その時は否定的なことを言ったのだが、その後、保全投資協会の幹部連中の過去を洗ってみた。その結果、興味深い事情が明らかになったよ。なんと、五人の腹心の親か祖父母の誰かが、いわゆる流しの芸人ぐらしをしていたことがあるという事実が分かってね」

「やはりそうでしたか……」

浅見は何か厳粛な事実を目の辺りにするような気持ちだった。彼等の結束の固さは、そういうルーツを背負った者たち同士の、ある種の優しさの表れなのかもしれない。たまたま「弁慶」の指揮下に統率されたことによって、社会的には悪の象徴のように悪様《あしざま》に言われる結果を招いたとはいえ、それが彼等の本意であったとは思えなかったし、思いたくもなかった。

たとえば、かの悪名高い「元総理」のことにしたってそうだ。新潟県民が選挙のたびに示す、あの圧倒的な支持率は、ほかの地方の庶民の目にはそれこそ地元エゴの象徴のように思われているけれど、支持者にしてみれば、あの人物こそ、雪深い「こしの国」に光と繁栄をもたらした偉人であり恩人にほかならないのだ。指弾されればされるほど結束を固め、外に向かって反発する彼等の心情は、彼等が先祖代々、何百年と負ってきた忍従と苦難の歴史を知らない者には、到底理解できるものではない。

内海をはじめ五人の腹心が、それこそ邪鬼を演じる傀儡《かいらい》のように踊らされていることについては、浅見はむしろ悲しいような想いしか湧いてこない。浅見の怒りと憎悪は、ただ一人、彼等を操った「弁慶」に向けたものであった。「弁慶」こそは、かつて津南町で、炭鉱を舞台に暗躍した浜田という男と同質の、骨の髄まで悪に染まった邪鬼の化身にちがいないのだ。

2

十一月十六日、日本列島を西から東へと、寒冷前線がゆっくり通過中であった。気候温暖の地・沼津でも今年はじめて、忍び寄る冬の気配を感じた。

矢野支店長はくつろいだ和服姿で応接室に現れた。中肉中背、上品な白髪で、銀縁の遠近両用眼鏡の奥にある目は柔和な光を湛《たた》えて笑っている。

「浅見さんといわれるのですな」

矢野は肩書のない名刺を眺めて言った。

「東京からお越しだそうで、ご苦労さまなことですなあ」

「お休みのところ突然お邪魔して、申し訳ありません」

「いや、まあ正直なところ、休日ぐらいはのんびりさせていただきたいと思ってはおるのですがね。しかし、わざわざ東京から見えたとあっては、いたしかたありません。で、ご用件というのは？」

「じつは、保全投資協会の隠し財産のことでご相談をと思いまして」

「ん？……」

　単刀直入の浅見の言葉は、さすがに効果満点、矢野はいっぺんに表情を変えた。油断のならない鋭い眼が浅見を睨《にら》んだ。

「どういうことですかな、それは？」

「申し上げたとおりです。中部銀行から保全投資協会へ融資した資金の回収に苦慮なさっていらっしゃるのではありませんか？」

「失礼だが、あなた、どういう筋の人ですか？」

「どういう筋も何もありません。名刺のとおり、肩書のない人間です。職業はフリーのルポライターとご理解ください」

「ほう、ルポライターですか。なるほど、いわばトップ屋さんといったところですな。それで、何かわが社のことを中傷する記事ネタでも拾いに来たというわけですか。そういう用件ならお引き取り願いますよ」

「いえ、今回は仕事とは無関係にお邪魔したのです。そうではなくて、こちらさんのお役に立つことができれば、というのがお伺いした趣旨です」

「しかし、何の役に立っていただけるというのです？　当方は目下のところ、まったく困った状態にもないし、ましてや、あなたのような見ず知らずの方にお助けいただく必要など、ぜんぜんありませんよ」

「お隠しになりたい気持ちはよく分かります。しかし、このままではまもなく大蔵省の監査が行われますし、検察も放ってはおかないでしょう。大至急手当てをしなければ、中部銀行はＨ相互銀行の二の舞になってしまうのではありませんか？」

Ｈ相互銀行が大量の不良債権が焦げつき、ついにＳ銀行に吸収合併される羽目に陥った事件は記憶に新しい。

「…………」

矢野は黙って、じっと浅見の目の奥を覗き込んだ。この若い男がどれほどの資質の持ち主であるかを鑑定するような、落着きのある深い目の色であった。

浅見は意外な気がした。漆原肇子の縁談の話を聞いた時、矢野支店長父子に抱いたイメージは浅薄で小心な人物——というものだった。たとえ上役の命令とはいえ、戦国時代でもあるまいし、息子の結婚を保身の術に使うなどという、その一事だけでも、唾棄《だき》したいほど軽侮《けいぶ》に値すると思った。その先入観が間違っていたことを思わせる、矢野の態度であった。

「浅見さんは、何をどこまでご存じなのかな？」

矢野はおもむろに言った。脅しに屈したという感じではない。ごくふつうに、相手の持ち札を探ろうという以外、他意はないような訊き方だった。

「漆原宏さん名義で、ある銀行の貸し金庫に隠し財産が眠っていることを知っています。貸し金庫は十二の支店のものを使用していますが、そのうちの一つについては、先頃、保全投資協会の幹部社員であった人物が回収しています」

「なるほど、お話を伺っていると、まんざら出鱈目《でたらめ》をおっしゃっているようには思えませんが、さりとて、私どもの銀行にはそういった不良債権に属するものはまったくありませんでねえ。どこか他の銀行とお間違いではありませんかな」

「支店長さん、あなたは保全投資協会の連中に脅迫されているのではありませんか？」

浅見は無意識のうちに、声が上擦《うわず》った。

「僕は何も、あなたの銀行のスキャンダルを暴《あば》くつもりはないのです。むしろ、おたくがピンチを切り抜けることができるよう、手助けをしたいと思っているのです」

「弱りましたなあ……」

矢野は苦笑した。

「どうも、あなたは勘違いしておいでのようだが、それではいったい、浅見さんはわれわれにどうしろとおっしゃりたいのです？」

「恐喝者を告発していただきたいのです」

「恐喝者？　とはまた、穏やかではありませんね。それは誰のことなのです？」

「ここに至って、おとぼけにならないでください。保全投資協会の内海会長をはじめ、幹部社員を操っている首魁《しゅかい》を、あなたはご存じなのでしょう？」

「首魁？……ますますギャング映画もどきになってきましたなあ。話としては面白いが、何のことやらさっぱり分かりません」

「それではお訊きしますが、ご子息を漆原肇子さんと結婚させようとしたのは、どういう目的があったのですか？」

「これは驚いた、そんなことも知っているのですか。しかし、縁談の理由を訊かれても答えようがありませんな。あなたは奥さんはおいでかな？」

「いいえ、まだです」

「独身主義ですか？」

「そういうわけではありません」

「だったら、いずれ結婚なさるおつもりでしょう。適当なお相手を見つけて結婚しようと思い立った時、あなたは、その理由や目的を論理的に明確になさるのかな？」

「そういうことを言っているのでは……」

浅見は（負けた——）と思った。この相手の鉄面皮《てつめんぴ》には純真さや好意など通じないのだと思った。

「木村達男さんが殺された事件ですが」

浅見は声の調子を低く変えて、言った。

「支店長さんは犯人に心当たりがありませんか？」

「ありませんとも。いったい何を言い出されるのです？」

「あの事件の犯人も、それから漆原さん母子を殺した犯人も、さっき言った保全投資協会の首魁であると睨んでいます。警察もそのセンで追っているはずです。この男は凶悪で、自分の目的のためには躊躇なく殺人をやってのける過激な人物です。もっとも、そのことは支店長ご自身がもっともよくご存じのはずですよね。この男がつぎに狙うのは誰か、僕には大いに関心があります。この男のことをもっともよく知っている人が、次の殺人の血《ち》祭《まつり》に上げられることは明らかですけどね」

「………」

矢野はふたたび沈黙した。こんどは最前の時とは違って、かなり深刻そうである。

（ようやく手応えがあったな――）

浅見は支店長がどのような反応を示すか、興味津々、待った。

「もし、かりに……」

長い沈黙のあと、矢野はポツンと落とすように言った。

「いや、これはあくまでも仮定の上のこととしてお訊きするのだが、かりにあなたの言われるような恐喝者がいたとしてですよ、その場合、どういう手段を講じろとおっしゃるのかな？」

「ですから、その人物を告発していただきたいのです。その人物の所在と名前をおっしゃってくだされば、僕が責任をもって事態を収拾するよう、努力します。少なくとも、隠し財産のかなりの部分については、優先的に中部銀行さんの手に回収できるよう、配慮するつもりですよ」

「もしそういうことにでもなれば……、いや、これも仮定の話ですが、銀行としてはありがたいでしょうなあ……。しかし、失礼ながら、あなたにそれだけの力があるとは、にわかには信じられないのだが」

「それは分かります。それは分かりますが、いまはそういうことを言っている段階ではないのです。いずれにしても、まもなく捜査の手が中部銀行内部に及ぶことは明らかです。そうなれば、いやでも保全投資協会との関係が明るみに出るし、恐喝者の所在が追及されることになります。これは僕の推量ですが、たぶん、現在、中部銀行で恐喝者と接触を持つ方は矢野支店長さんお一人だけだと思うのですが、それは見方を変えれば、支店長さんを消してしまえば、恐喝者は安全圏に逃げ込んでしまうことを意味しています。いま、こうしているあいだも、ヤツはどこからか支店長さんを狙っているかもしれません。何しろ、漆原さんの母子や木村さんを殺した残忍な手口からいっても、ヤツは容赦なく邪魔者を消しますからね」

「そういう意味でいえば」

と矢野は陰惨な目付きで言った。

「浅見さん、あなたがいちばん狙《ねら》われそうな存在に思えますが」

「そうかもしれません。しかし、僕はヤツの所在を知りません。僕などを消しても、根本的な状況はまったく変わらないのです。やがて捜査当局が支店長さんに事情聴取を開始するようなことになれば、ヤツの危機的状況はヌキサシならないものになります。それを阻止する方法は、やはり支店長さんを消す以外にはないでしょうね」

「なるほど……」

矢野は憮然とした顔で、右手で首筋の辺りをものうげに撫でた。

応接室からは庭先がよく見える。薄日《うすび》が洩《も》れてきたのか、黄ばんだ芝の葉先がキラキラと光った。

「お話はたいへんよく分かりました。どうぞお引き取りください」

「は？……」

浅見はまじまじと矢野の顔に見入った。

「というと、支店長さんはこのまま放置しておくおつもりですか？」

「ははは、このままとおっしゃる意味が分からないが、もともと何もないのですから」

「そうか……」

浅見は愕然と思い当たった。

「あなたは共犯関係のことを心配していらっしゃるのですね？」

「…………」

「漆原宏さんの事件の時も、木村達男さんの事件の際も、あなたは恐喝者の指示に従って、何か補助的な役割を果たした。その時点では意識していなかったにせよ、結果として、いわば共犯行為を行ったという、そのことを恐れているわけですね」

「………」

「それだったらご心配なさることはありませんよ。いや、もちろん責任がまったくないというわけではないのですから、なにがしかの処罰の対象にはなるかもしれませんが、それだって、融資金の回収とバーターのように、いわば脅しまがいに強要された事情を勘案されますからね。そんなことより、不当融資問題や、それにも増して犯人秘匿の罪のほうがはるかに重大です。ヤツの所在を明らかにして、告発をすれば、その両方の罪がいっぺんに解消するじゃありませんか」

「弱りましたなあ……」

驚いたことに、矢野は苦笑を浮かべているのだ。

「なんと言われようと、私どもの銀行がそういう人物に恐喝を受けているという事実はないのでありましてねえ。浅見さんは何か勘違いしておられる。いや、それともたいへん空想力ゆたかな方なのではありませんか？」

今度こそ、浅見は沈黙しないわけにいかなかった。もはや、この小心にして頑迷な矢野という男を救う方法がないのだろうか。いや、そのことよりも、矢野が消されるようなことにでもなって、邪鬼の首魁を尋ね当てる途《みち》が閉ざされてしまうことのほうが、正直、浅見には恐ろしい。

ドアをノックする音に続いて、若い男が顔を覗かせた。

「悪いけど、おたくの車、邪魔なんですけどねえ。出してくれませんか」

「あ、すみません、いますぐに出します」

それを汐《しお》に、矢野は立ち上がった。

「失礼ですが、ご子息ですか？」

「ええ、そうですよ、出来の悪い息子です」

笑って、「ではこれで失礼」とドアに向けて手を差し延べた。

門内の駐車スペースを塞《ふさ》ぐように、浅見の車が停めてある。矢野の息子は落ち着きのないポーズで、浅見の車を覗いていた。

「ソアラのリミテッドですか、いい車に乗ってますね」

「あなただってＢＭＷじゃありませんか」

「え？　まあね。しかし関税に乗ってるようなもんだから」

「あなたが漆原肇子さんのご縁談のお相手ですね？」

「ん？　あ、彼女、知ってるんですか？」

「ええ、漆原さんのお宅にはいろいろお世話になっています」

「そうですか、で、彼女、どうしてます？　我入道の家にはいないみたいだけど」

「いまは横浜の伯父さんのお宅に寄留していますよ……、というと、あなたは漆原さんのお宅へ行かれたのですか？」

「えっ？　いや、まあ……」

息子は狼狽ぎみに顔を背けた。

「あの近くを通りかかって、どうしているかなって、ふと思ったものだから……」

「そりゃ残念なことをしましたね。肇子さんも喜んだでしょうに」

浅見はちょっぴりお世辞を言った。

「それじゃ、どうも」

息子は軽く右手を上げて、自分の車に潜《もぐ》り込んだ。

浅見は意外だった。肇子の寄留先の住所でも訊かれると思った。あっさりしているのは新人類の証明なのだろうか。

走りだしてまもなく、後ろから接近してきたＢＭＷが、そう広くもない道であるにもかかわらず、一気に追い越して行った。向うから来た自転車の若い男が振り返って、「危ねえな」と怒鳴るのが聞こえた。

3

重苦しい焦燥のうちに日は流れた。いぜんとして「邪鬼たち」の動きはない。××銀行の各支店に待機している捜査員たちの緊張も、ともすれば弛緩《しかん》しがちであった。

浅見が兄の陽一郎に依頼しておいた、「獅子の浜田」とその「息子」の消息について警察の調査は進められたが、結局、昭和二十一年の末に津南町《つなんまち》（当時はまだ町制は布《し》かれていなかったが）を出て以降の足取りがはっきり摑めない。

浜田のほうはおそらく死亡しているだろうけれど、「息子」はまだ健在であっても不思議ではないのだが、もともと、浜田に較べると「息子」の印象は希薄である上に、戦後の混乱期を経ているだけに、消息がいったん途切れると、もはや辿るすべがなくなってしまうという状況だったのかもしれない。

さらに驚いたことには、浜田という人物には津南町時代を通じても、月潟村時代を通じても、戸籍がなかったのである。浜田はいわゆる流れ芸人として扱われ、その土地に長く止まっていながら、戸籍上の住人としては登録されていなかったのだ。

したがって、むろん「息子」もまた浜田とどういう関係にあるのか、正式な戸籍上の呼称も不明だ。それどころか、津南の人々が言っていたように、親子関係があるのかどうかも曖昧だということであった。つまり浜田の「息子」がはたして「浜田」姓を名乗っているとはかぎらないというわけだ。

沼津へ行った三日後に、浅見は横浜にいる肇子を訪ねた。当分のあいだは独りでの外出はしないほうがいいと言ってあるので、肇子は無聊《ぶりょう》をかこっていた。

「いつまでこうしていなければならないのかしら？」

「もうすぐです、いまいろいろ動きはじめていますからね」

駄々っ子をあやすように、浅見は言った。

「ところで、今日お邪魔したのは、あらためてお母さんの事件の時のことを確かめたかったのだけど、肇子さんが東京駅からお宅に電話した時、お客さんが来ていて、たしか、あまり歓迎していない様子だったということでしたね」

「ええそうです。電話で、『お客さん？』て訊いたら、『ちょっとね』って言ったんですけど、ふつうだったら、誰々さんよとか言うはずでしょう。それを名前は言いたくない雰囲気だったし、なんとなくあまり歓迎しているようなニュアンスには聞き取れなかったんですよね。たぶんそのお客が犯人だったのでしょうから、母には電話の時点で、そういういやな予感があったのじゃないかしら」

「その人物が『獅子の浜田の子』だった可能性が強いわけだけれど、それならそれで、なぜお母さんは名前を言わなかったのかなあ？……」

「私が名前を知らない人だったから、言ってもしようがないと思ったのじゃないかしら」

「なるほど、それはあり得ますね」

浅見は頷いた。

「それだから、ダイイングメッセージでも名前を言わずに、『獅子の浜田の子』と具体的に素性を言い残したのかもしれない」

「そういえば、そうですよねえ……」

肇子も頷いたが、浅見はそれを打ち消すように、言った。

「逆なことも考えられますね。たとえば、肇子さんの知っている人物だけれど、あなたの嫌いな人だったとかです。だからあえて名前も言わなかったし、歓迎していない素振りを示したのかもしれない」

「そうですねえ……。でも、そんな人、いるような気がしませんけど」

「漆原君――お兄さんの会社時代の仲間はどうですか？」

「兄の会社仲間なんて、私はぜんぜん会ったこともありません」

漆原家の対外関係は浅見の知るところではない。どういう人物が、肇子の母親に不快感を与えるか――などということは、想像の範囲を超えていた。

「このあいだ、沼津へ行ってきました。中部銀行の矢野支店長のお宅を訪問したのです」

浅見は話題を変えることにした。

「余計なことで、肇子さんには黙っていようと思っていたのだけれど、矢野さんの息子さんに会いました」

「そうですの」

肇子は気のない反応を示した。

「彼は我入道のお宅に、あなたを訪ねたみたいですよ。いまどこにいるのか、さかんに気にしている様子でした」

「どうでもいいことですよ、いまさらそんなこと」

「しかし、そうやって訪ねてくれるというのは、まだあなたへの心残りがあるのではないかなって、僕はそう思いましたよ」

「でも、私、あの人、タイプじゃないですから。それに、親やそのまた上の上司から言われるままに、結婚を考えるような男の人、信用できませんもの」

「おやおや、お気の毒に。愛する女性にそんな風にきついことを言われちゃ、救われませんね。もしかすると、彼はこちらに訪ねて来るかもしれませんよ。その時はもうちょっとお手柔らかにしてやってください」

「えーっ？ ほんとに来るんですか？ やだなあ、浅見さん、あの人に住所、教えちゃったんですかァ？」

「住所は教えませんが、肇子さんが横浜にいることだけは言いました。いや、だいたい、恋する者だったら、どこにいても探し当ててきますよ、きっと」

「困るわ、そんなの……」

肇子は真顔で、身をよじるようにして、恨めしそうに浅見を睨んだ。

「しかし、ああいう不幸な出来事が続いたために、めちゃくちゃになってはいるけど、縁談そのものは正式に破談になったわけではないのでしょう？ あなたのほうから断ったとか、先方から断ってきたとかいうことはあったのですか？」

「それはありませんけど……、でも、あんなことがあっちゃ、何もかもお終いでしょう」

「そうとはかぎりませんよ。彼のあの様子から言うと、先方はまだその気があるのかもしれない。少なくとも僕だったら、どういうことがあったとしても、あなたのことをそう簡単には諦めたり出来ませんね」

「ほんとですか？」

　肇子は目を輝かせた。

「あーあ、これが浅見さんだったらいいんですけどねえ……」

「ははは……」

　浅見は笑いに紛らわせたが、肇子はそういう浅見を、また恨めしそうに見つめた。

　その翌日、浅見が言ったとおり、矢野貴志が現れた。あまりにも唐突だったから、もし浅見の予言を聞いていなければ、肇子はずいぶん取り乱してしまったにちがいない。

「そうですの、こちらさまが肇子のお見合いのお相手ですの。ご立派な方ですこと」

　伯母は喜んで、文字どおり下へもおかぬもてなしぶりだった。ずっと沈みっぱなしの漆原家に、久し振りに明るい陽が射したような気配が漂った。

「この前、あなたのお宅を覗いてみたのだけれど、長くお留守にしているみたいで、心配だったのです。郵便物なんかも、溢《あふ》れそうになっていましたよ」

「あ、そうだわ……」

　肇子は、新聞屋にはストップをかけてきたけれど、郵便局に配達停止の依頼をしていなかったことに気付いた。

「そうですわね、一度様子を見に行かなくちゃいけないんです」

「なんなら、僕がお送りしましょうか、たまには気晴らしに、ドライブがてら行ってみましょう」

横から伯母も「そうよ、そうしなさい」と勧めてくれた。沼津へ往復する時間もまだたっぷりあった。

浅見にはあんな風に言っていたくせに、肇子は矢野の車に乗って東名高速を突っ走るうちに、しだいに浮き立つような気分になっていた。それが若さというものなのかもしれない。

矢野は見合いの時よりははるかに紳士的に振る舞い、肇子をいたわるポーズを見せていた。本来は社交的なたちなのか、なかなかの話上手で、長い道中も退屈することはなかった。

我入道の家は矢野が言ったとおり、門柱に取りつけてある郵便受けから郵便物がはみ出して、一部は雨曝《あまざら》しになって色褪《あ》せていた。

ほんの三週間ばかり留守にしただけだというのに、玄関先は落ち葉が積もって、荒れ放題に荒れている。肇子は悲しくなって、ふいに涙が溢れて困った。

家の中は寒々として、なんだか廃屋《はいおく》の気配が漂っているような気さえする。

「埃《ほこり》っぽいですけど、コーヒーでも入れましょうね」

肇子は淀《よど》んだ水を流しっぱなしにしておいて、コーヒーの豆を挽《ひ》いた。

矢野は珍しそうに家の中を見回している。

「ふーん、割と住みよさそうだなあ……」

なんだか、将来この家に住むことを想定したような言い方をしたので、肇子はドキリとして、顔が熱くなるのを覚えた。

コーヒーを啜《すす》りながらも、矢野は建物への関心を捨てきれないらしい。

「ちょっと家の中を見せてもらってもいいですか？」

「ええ、それは構いませんけど……、でも、散らかってますから」

「なに、家の造りだけ見せてもらえればいいんです」

言うと、肇子の案内を待たずに廊下に出て、奥のほうまで検分して歩いた。さすがに肇子の部屋までとは言わなかったが、柱に触ったり、床板を踏みしめてみたり、まるで不動産の値踏みをするような真似をする。

「お兄さんの部屋はどこなんですか？」

最後に訊いた。浅見が泊まったあと、夜具類を片づけただけで、掃除をしていないから、あまり見せたくなかったけれど、肇子は兄の部屋のドアを開けた。

「へえー、男の部屋の割に、整頓されているんですねえ」

矢野は感心しながら、無遠慮に部屋の中に入って、興味深そうに調度類を細かく眺めている。

「ほう、ずいぶん立派なワープロがありますねえ。ちょっと拝見」

慣れた手つきで電源を入れた。ブラウン管に初期メニューが出て、操作をしようとしたところで気がついた。

「あれ？　このワープロ、辞書フロッピーが抜かれてますね？」

「ああ、そうなんです、このあいだ来た人が持って行ったんです」

「持って行ったって、辞書フロッピーをですか？　それじゃ役に立たないじゃないですか。ひどいことをするなあ、その人。返してもらったほうがいいですよ」

「でもいいんです。どうせ私は使えないんですから」

「そんなことはない、誰だってワープロぐらい使えますよ。ぜひ返してもらいなさい。なんなら僕がかけあってあげましょうか」

「そんな、いいんです……」

押し問答をしながら、肇子は妙な気分になってきた。何かしら落ち着かないような、不安なような——。

（この人、どうしてこんなにフロッピーに固執するのかしら？——）

「そういえばあの人、辞書フロッピーがおかしいとか言ってたんだわ……」

思い出したように呟《つぶや》いてみた。肇子は矢野を試すつもりだ。

「ほう、何がおかしいって言ったんです？」

「なんだかよく分かりませんけど、変な文句が登録されているとか……。それで調べてみたいとか言って、持って行ったんです」

「あ、それ危険だな、フロッピーをおシャカにされちゃいますよ。早いとこ取り戻したほうがいい」

「そうですね、じゃあ、なるべく早く返してもらうようにします」

「そう、それがいいな。返してもらったら、一度、僕がテストして上げますよ」

「ええ、その時はお願いします」

肇子は自分がよくも落ち着いた口調で喋っていられるものだと、われながら驚いていた。内心は、自分の仕掛けた実験に、矢野が想像どおりに乗ってきたことで、心臓が凍るほどに脅えているのだ。

「あの、私、ついでにご近所にご挨拶したりして、帰りは電車で帰りますから、これで失礼します」

やっとの想いで言った。

矢野は、ではフロッピーが戻ったら連絡してください、としつこく念を押して帰って行った。

矢野を見送って、玄関ドアに鍵を掛けたとたん、肇子はドッと冷汗が出て、冷たい床にへたり込むように坐った。それから這うようにして電話ににじり寄り、浅見の家の番号をプッシュした。

例によって、浅見家の電話にはあのいけ好かないお手伝いが出た。「坊ちゃま、坊ちゃま、お電話……」と呼ぶ声が聞こえた。

「はい、浅見ですが」

あたたかみのある浅見の声を聞いて、肇子はいきなりすがりつくように言った。

「分かったみたいなんです、誰が来たのか」

「えっ？　どうしたって？……」

浅見は面食らって、訊き返した。

「あの晩の、母が殺された晩の客ですよ。ほら、歓迎したくない客じゃないかって言ってたでしょう」

「ああ、そのこと。で、分かったたって、どういうことなんです？」

「母は私に不愉快な思いをさせたくなかったから、黙っていたんだと思うんですよね。どうして不愉快かっていうと、縁談を断りに来たからです。あの晩のお客は矢野さんとこの息子じゃないかって思うんです」

「えっ？　えっ？……」

浅見は驚きの声を何度も上げた。

「いま、私は沼津の家に来ているんです。横浜から矢野さんに送ってもらったんですけど、あの人、ものすごく兄のワープロに興味を示して、辞書フロッピーはどこへやったかって、早く返してもらってくれって、すっごくしつこいんですよね。それで、もしかしたらって気がついたんです」

「そうですか、辞書フロッピーに興味を示しましたか……」

浅見は思慮深く考えてから言った。

「しかし、それだとお母さんのダイイングメッセージはどういうことになるんです？　お母さんの言った『獅子の浜田の子』と矢野の息子さんは同一人物ではあり得ないでしょう。『浜田の子』はそんなに若いはずはありませんからね」

「あ、そうか……、そうですよね……」

折角の着想が空振りに終わって、肇子はがっかりしたが、その反面、どこかでほっとする部分があった。多少、調子がよく傲慢《ごうまん》なところがあるとはいえ、かっこいいエリートの青年紳士である矢野貴志に、将来の夢をかけてみたい気持ちが、肇子の心の中にないといえば嘘になる。

「私ってオッチョコチョイで、いやんなっちゃう。ごめんなさい、早トチリしてお騒がせしました」

「いや、そんなことはない。参考になりましたよ。そうだ、あの辞書フロッピーはもう要らなくなったのだし、お返ししといたほうがいいですね。今晩、横浜へお持ちしますよ。矢野さんがそう言うのなら、いちどテストしてもらうといいかもしれません。明日にでも取りに来てもらったらどうです？　なに、遠慮することはない、愛する女性のもとへなら、千里の道も遠しとせずですよ」

笑いながら電話を切った。

4

夜半に帰宅した陽一郎が、浅見の顔を見るなり、「中部銀行が沼津支店長の矢野を告訴するかもしれないよ」と言った。

「えっ？　矢野支店長をですか？」

浅見はおうむ返しに言った。

「うん、すでに緊急取締役会を開いて、矢野の取締役解任、懲戒解雇を決めた。明日にも背任罪で告訴するだろう」

「なるほど、中部銀行としては矢野をスケープゴートに仕立てて、銀行そのものの安泰を図ったというわけですか」

「だろうね、保全投資協会への膨大な融資は、一支店長だけで決定出来るはずがない。おそらく頭取かそれに近い幹部の裁断で行われたはずだ。矢野は因果を含められて全責任を一身に負うつもりだな」

「矢野の法的責任というのは成立するものでしょうか？」

「さあね、難しいだろうね。背任といったって、結果論なのであって、矢野自身もいわば被害者側なのだからね。ただ、銀行に与えた損害の大きさを考えると、道義的責任は免れないことは確かだ。まあ社会的な影響ということを考慮したとしても、悪くても執行猶予つきで六ヵ月かそこらの刑が出るんじゃないかな」

「保全投資協会へ融資した資金はどうなりますか？」

「もちろん、銀行としては回収に全力を上げることになるだろうが、難しそうだね。かりにいくらかでも回収出来たとしても、中部銀行に戻る以前に一般投資家に対する補償に振り向けられるよう、行政としては指導せざるを得ない。そもそも、れっきとした専門家の集合体である金融機関が、保全投資協会なんかにババを摑まされるなどというのは、業界ではもの笑いの種だよ。つまりは、矢野を含めて、中部銀行側の判断が甘かったということになる」

「ほんとうにそうなのですかねえ……」

浅見は首をひねった。

「ん？　どういう意味だい、それは？」

「いや、真相は存外、べつのところにあるのではないかと思うんですよね」

「べつのところ？　とは何だい？」

その質問には答えずに、浅見は訊いた。

「ところで兄さん、警視庁に出頭した内海英光のほうはその後どうなったのです？」

「相変わらずだ。結構、無駄ばなしはするくせに、核心に触れるようなこと——つまり隠匿財産の件については、一切、知らないと頑張っているのだそうだ」

「しかし、現実に××銀行の各支店の貸し金庫には膨大な隠し財産が眠っているわけでしよう。このまま事態が推移して、時効が成立した場合には、その財産の去就はどうなるのですか？」

「それだよ、それが問題なのだ。われわれは××銀行の貸し金庫に隠し財産が眠っていると想定しているが、銀行側の抵抗もあって、現物をこの目で確認したわけではない。かりに確認したとしても、それは漆原宏名義の預かり物であって、何人も手を触れるわけにはいかないのだ。表向きには、貸し金庫というのは、一種の治外法権みたいな、いわば聖域になっているのだからね。やがて事件全体に時効が成立して、漆原宏の代理人が貸し金庫から財産を取り出したとしても、それを阻止することは、法的にいってどうなのか、学者のあいだで議論しても相当に難しい問題なのだそうだ」

「なるほど、弁慶の狙いはそこにあるのですね」

浅見は溜息をついた。

「内海英光にしたって、裁判の結果が最悪のものになったとしても、せいぜい三年かそこらで出てこられる程度の量刑しか与えられないでしょう。それだったら被害者につけ狙われて、生命の心配をするよりは、警察の保護のもとにあったほうがはるかに安全にちがいないですからね。保全投資協会のほかの幹部連中だって、ほとぼりが冷めるまでじっと辛抱していれば、やがてわが世の春がやって来ると信じているわけですか。なにしろ何百億といわれる財産が自由にできる日が来るのだから、たとえ十年かかったとしても、あくせく働いて貯金するよりは、よっぽど効率的です。さらに弁慶にいたっては、その存在すらあるのかないのかはっきりしない。まったく、悪いやつほどよく眠るっていうのは、けだし名言ですねえ」

「おいおい、感心していられちゃ困るな。こうやって捜査の状況をきみに喋っているのは、なんとか打開策を講じてもらいたいがためなのだから、そのつもりで協力してくれよ。ねえ、名探偵どの」

陽一郎にしては珍しいジョーク入りで、弟に懇請した。

「分かってます。しかし、前にも言ったように、僕は中部銀行だろうが保全投資協会だろうが、もっと言わせてもらうなら、莫大な隠し財産がどうなろうが、そんなものは知ったことではないという、ごく無責任な立場の人間です。ただ、弁慶の存在だけは許せない。その必ず弁慶を太陽の下に引っ張り出してやるということだけを思いつめているのです。その結果として、ほかのもろもろが解決すればそれもいいし、もしかして、隠し財産が漆原の妹さんのものになるようなことがあったとしても、それはそれでいいと思うしかありませんから、そのつもりでいてください」

「やれやれ……」

愚弟の勝手気儘《きまま》な言いっぷりに、賢兄は老人のように疲れた顔をした。

翌日から、元中部銀行取締役の矢野隆一郎は、検事の訊問を受けることになった。朝から静岡地検でみっちり絞られ、夕方に帰宅を許されるというのが日課だ。

その三日目、帰宅した矢野隆一郎を捜査本部の畑山警部が待ち受けていた。

矢野は木村達男の事件の際に、畑山の顔を見知っている。

「やあ、あなたはたしか、沼津署の……」

「はあ、捜査本部に詰めている、県警の畑山といいます」

「そうそう、畑山警部さんでしたな」

「このたびは保全投資協会の事件で、たいへんな目に遭《あ》っておられるようですね」

「ははは、どうも面目ない話でしてねえ。自分で蒔《ま》いた種とはいえ、つらいところです。ところで今日は？……」

「はあ、じつは、お疲れのところまことに恐縮ですが、例の殺人事件に関して、有力な容疑者が浮かび上がってきたものですので、いろいろご迷惑をおかけした矢野さんにご報告かたがた、さらに何か参考になることをお聞き出来ればと思いまして」

「ほう、そうですか、犯人が分かりましたか。それは私にとっても願ってもないことですねえ。中には私がその事件に関与しているのではないかなどと、妙な憶測をする人物もおるものでして。で、その容疑者というのは何者です？」

「まだはっきりしないのですがね、昔、四十年以上も昔のことですが、新潟県の月潟村というところに『獅子の浜田』と呼ばれた人物がいまして、あ、なぜ『獅子』というかといいますと、その男は子供の頃、越後獅子を舞っていた、流れ芸人の出身なのですね。その浜田が連れて歩いていた子供が、どうやら今回の事件の犯人らしいのです」

「ほう、そうなのですか」

「その浜田は後に新潟県南部の妻有郷といわれる地方にある、津南という町に行き、終戦直後、そこで炭鉱をめぐる詐欺事件のようなものを起こしたあと、東京へ向かったそうです。もちろんその子供——といっても、その時分にはすでに二十歳ぐらいの若者でしたが——も一緒です。その後、杳《よう》として行方は途絶えたのですが、それが、四十年を経た先頃、漆原家に現れ、漆原睦子さんを殺害したものらしい」

「ほう……」

矢野は火のついていない煙草を玩《もてあそ》びながら話を聞いていたが、思わず目を上げて、畑山を見つめた。

「なぜ睦子さんを殺したか分かりますか？」

畑山はその目に顔を近づけるようにして、言った。

「いいや、分かりませんな」

「じつはこれがなんとも因縁めいた話でしてね、その男が昔住んでいた月潟村というところは、かつて幼い頃の睦子さんが住んだことのある土地だったのです。しかも、睦子さんはその当時、『獅子の子』といわれて、村の悪童たちにからかわれていたその少年に、おさない恋心を抱いていたらしいのですなあ。その男が突然、目の前に現れたのだから、睦子さんとしては驚きでもあり、感慨深いものがあったでしょうねえ」

「なるほど、まるで小説にでもありそうな話ですなあ」

「まったくそうですよねえ。ところが、現実は小説のようにロマンチックというわけにはいかなかったのです。睦子さんのほうは、ただ懐かしがったのに反して、まさか自分の過去を見破られるとは思ってもいなかった男のほうは当惑した。当惑どころか、素性を知られた以上、睦子さんを生かしておくのはきわめて危険だと判断したのでしょう。残酷にも、その場で睦子さんを殺害してしまったのです」

「ひどいですな、それは……」

矢野は眉をひそめた。

「ねえ、ひどい話ですよね、まったく。しかし、その男は生まれながらにか、それとも浜田という育ての親の感化を受けたせいか、冷血動物のように冷酷なことを平気でやってのける、いわば犯罪者型の人間なのでしょうね。自己防衛のためになら、情け容赦なく殺人を犯す。まるで鬼のような男です」

「しかし、どうしてその男だと分かったのですか？」

「その答えは睦子さんが死の直前、ダイイングメッセージとして娘さんに残していました。睦子さんは『獅子の浜田の子に殺された』と言い残したのですよ」

「なるほど、そうだったのですか……。では、漆原さんの母子と木村さんを殺したのは、すべてその男の犯行なのですか？」

「おそらくそうでしょう」

「そんな男にウロつかれては、われわれ市民はオチオチ寝てもいられませんなあ」

「おっしゃるとおりです。しかしご安心ください、すでに素性も知れましたしね、まもなくわれわれが追い詰めて事件を解決してみせます」

「そうですか、それは何よりです。ところで、その男の名前をまだ聞いていないような気がするのですが？」

「ああ、名前はまだ分かっていないのです。新潟では浜田姓を名乗っていた時期もあるようですが、浜田の実子ではなく、ほんとうの苗字はべつだったらしいし、それに東京に出てからは、まったく無関係の戸籍に潜《もぐ》り込んだことだって考えられます。当時は戦後の混乱期で、焼失した戸籍を復活したりするのが、割と簡単だったそうですからね。浜田自身も過去を捨てたい人生だったでしょうから、連れていた子供とともに、新しい戸籍をデッチ上げたのかもしれません。実際、それ以後、浜田の行方も杳として分からなくなっているのです」

「それでは、犯人を追い詰めようにも、手掛りがないのとちがいますか？」

「いや、それがですね、天網恢々疎《てんもうかいかいそ》にして漏らさずとはよく言ったもので、わずかながら手掛りが残っていたのですねえ」

「ほう、それはどういう？……」

「指紋ですよ、指紋、指紋が見つかったのです」

「指紋？　すると、犯人は殺人の現場に指紋を残して行ったのですか？　ははは、それはまるで初歩的なミスじゃありませんか。極悪人にしてはずいぶん間抜けなことをやったものですねえ」

矢野は軽蔑したように笑った。

「いえいえ、そんな間抜けなことをするような男だったら、われわれもこんなに手間取るわけがありませんよ」

畑山はゆっくりと首を横に振った。

「その指紋というのは、そんな生易しいものではないのです。私も警察に身を置く人間ですが、いまさらのように日本警察の完璧さに驚かされました。なんと、その指紋というのは、その男がまだ少年といっていい頃に、新潟県月潟村で採取された指紋なのです。月潟村では窃盗《せっとう》事件がひんぴんとして起こり、そのつど、流れ芸人である『獅子の子』が疑われたのですね。しかし、指紋を照合したところ、実際には獅子の子は犯人ではなかった。その時に採取されて、結果的に少年の潔白を証明することになった指紋が、現在も新潟県警に保管されているのを、このほどようやく発見したのです」

畑山は自分が所属する警察という組織の素晴らしさに酔っているかのように、目を細め、天を仰いだ。

「しかもです、さらに感動的なことは、その指紋を採取した人物というのは、その当時、新潟県月潟村の駐在所に勤務していた曾根という巡査なのですが、なんと、その曾根巡査こそ、ほかならぬ、漆原睦子さんのお父さんにあたる人だったのですよ」

畑山の話が終わっても、しばらくは声が出ないほど、矢野は驚いていた。

「どうです、警察もいろいろ言われていますが、なかなかやるものでしょう?」

その矢野に向けて畑山は胸をそらし、にんまりと笑った。

「いや、驚きましたねえ、ただただ感心するほかはありません。そのぶんなら、おっしゃるとおり、犯人逮捕の日も間近いことでしょうねえ」

「ええ、任せておいてください。わが警察の資料センターには前歴者の指紋リストがコンピューターに打ち込まれてありましてね、最近はじつにスピーディーに調べ出してくれるのです」

「しかし、コンピューターに入っていない人物——つまり前科のない者のほうが多いのでしょう?」

「なに、いまはほとんどの人間がリストアップされているといっても過言ではありませんよ。なぜかと言いますとね、道路交通法違反者のほとんどは指紋を採取しているからです。それにも引っ掛からない連中、たとえば運転免許を持っていない者なら、逆にぐっと絞《しぼ》り易いわけだし、年齢も六十歳前後に絞り込めばいいのですから、きわめて範囲が狭くなります。狭い日本のどこに潜伏していようと、人海《じんかい》戦術をもってすれば、ごく短時日のうちに調べは完了するでしょうね」

畑山はあたかも自分自身が警察の権化《ごんげ》にでもなったように、得意満面で喋りまくり、矢野を辟易《へきえき》させて引き上げて行った。

畑山が矢野の家から徒歩で二百メートルばかり行くと、停まっていた車から声がかかった。

「警部、ここですここです」

長身を横倒しにして、助手席側の窓から顔を覗かせているのは、浅見光彦である。

「どうぞ乗ってください」

「やあ、どうもどうも」

畑山が乗り込むと、浅見はすぐに車を出した。

「どうでした、うまく録《と》れましたか？」

「ええ、たぶんね。浅見さんの言ったとおりのことを喋りましたが、あれでよかったのかどうか。まあ、とにかく聞いてみてくださいや」

畑山はポケットから小型のカセットテープレコーダーを出して巻き戻し、再生ボタンを押した。テープには先程の矢野との会話の一部始終が録音されている。やや聞き取りにくいが、静かなところで聞く分には問題なさそうだ。

「ははは、警部さんもなかなかの役者ですねえ」

浅見はところどころで吹き出した。

「ひょっとすると職業を間違えたんじゃないですかねえ。警察官よりペテン師になったほうが似合いそうですよ」

「冗談言っちゃ困りますよ。それでなくてもこんな口から出まかせ、内心、忸怩《じくじ》たるものがあるのですから」

警部は真顔で抗議した。

「それにしても、話していてつくづく感心したのですが、浅見さんはよくこんなことまで調べ上げたものですねえ。そんな古い指紋が新潟県警に保存されているなんて、正直言って、警察官の私としても、マジで感動しましたよ」

「いや、ほんとに保存されているかどうか、そんなこと僕は知りませんよ」

「えっ？　だって浅見さん、そう言ったじゃないですか」

「あれはほんの思いつきですよ。そうだといいなあと思っただけです。早い話が、出鱈目ですよ」

「えーっ？　ひでえなあそいつは。私はまるっきり信じ込んでいましたよ。だからこんな風に自信たっぷり喋れたんです」

「でしょう？　出鱈目だっていうことを知っていたら、いくら畑山さんにペテン師の素質があったとしても、こうはうまくいかないんじゃないかと思ったんですよね」

「それじゃ、あの話――漆原睦子さんが月潟村とかいうところに住んでいたという話も嘘っぱちですかい？　いや、月潟村なんて変てこりんな名前の村がほんとうにあるのかどうか、怪しくなってきたな……」

「ははは、まさか、そんなことまで嘘だったらめちゃくちゃじゃないですか」

「そうねえ、そうですよねえ……」

最後には畑山も呆れ返って、二人は声を合わせて笑いだした。

5

沼津市街をやや北に外れたこの辺りの高台からは、駿河湾を望むことができる。矢野隆一郎はそこが気にいって、二階に大きなガラスを並べた窓のある部屋を作った。窓に向けてソファーを置き、時には終日、ここで過ごすことがある。

庭に植えた橘《たちばな》の木が、ちょうどこの二階の床の高さほどに葉を広げ、その向うに沼津の市街地、さらに向うに光る海が見える。空は高層に薄い雲が疾《はし》り、紗《しゃ》をかけたような陽光が優しげに万物を照らしている。

隆一郎の話のあと、長い沈黙が漂った。貴志は胸塞《ふさ》がれる想いに耐えながら、しかし泣きはしなかった。この若者は子供の頃から、涙腺がないのではないかと思えるほど、涙を見せたことがない。父親は、そういう息子に自分より優れた資質を認めて、誇らしく思っている。

「このあいだ、漆原の妹からワープロの辞書フロッピーを入手しました」

貴志はそれまでの父の話とは、まったく脈絡のない話題を持ち出した。

「うん」

と、隆一郎もべつに気にもとめない。

「やはり、漆原は辞書フロッピーに秘密を打ち込んでいたのですね。フロッピーを検索してみたら、ちゃんと、やつのメッセージが登録されていましたよ」

「そうか、そんなことが出来るのか」

「ええ、ちょっと厄介でしたけどね。笑っちゃったんですが、呼び出しのキーワードが、一つは『うるしばらひろし』で、もう一つは『ほぜんとうしきょうかい』になっているんですよね。それで、登録されていた内容ですが、一つのほうに例の××銀行の支店のナンバー。もう一つのほうにパパと保全投資協会との関係が打ち込んでありました。漆原は内海会長を義経、パパを弁慶になぞらえて書いてました。つまりパパが保全投資協会を操っている黒幕だと、暴露しているのです」

「ふーん、私は弁慶かね……、まあそう悪い譬喩《ひゆ》ではないな」

父親は含み笑いをした。

「内海が義経だとすると、保全投資協会の幹部連中は、鞍馬《くらま》山の天狗《てんぐ》たちか」

「僕は何ですかね？」

「おまえはそうだな、さしずめ源頼朝というところか。つまり最後に笑う者だ。うんそれがいい。頼朝になりなさい」

「あまり好きなキャラクターじゃないけど、まあそれでもいいですか」

父と子は片頰を歪《ゆが》めるように、そっくりな笑顔を浮かべた。

「まもなく私は立ち往生ということになる」

隆一郎はさすがに寂しげである。

「やっぱり、死ななければならないの？」

息子はようやく、最前の父親の話にリアクションを示した。

「ああ、やむを得んだろうな。指紋を追及されては逃げきれない。これまではきれいなままできたが、今度の一件で告訴された以上、指紋の採取は免れないだろうからね」

親と子は窓の外に視線を向けたまま、ふたたび黙りこくった。初冬の陽射しはいかにも弱々しいが、濃い緑の枝葉をバックにした橘の実は、みごとな黄金色にクッキリと輝いている。

「六十年は長くもなく短くもない、面白おかしい人生だったよ」

隆一郎は息子を慰めるように言った。

「流れに浮かぶ泡沫《うたかた》は、かつ消え、かつ結び……か。どうせ死ぬ命だものな、歌って踊って流れて行ったほうが面白い。おまえといういい跡継ぎもいるし、この命、泡と消えても惜しくはないよ」

「僕は少し残念だけれど、引き止めはしませんよ」

「ああ、それでこそ私の息子だ。ママも覚悟は出来ているだろう。しかしあれは女だからな、優しくしてやってくれ」

「分かってます」

気紛れな雲が通って、陽が翳《かげ》った。海の色が黒くなった。

＊

ＢＭＷが矢野家の門を出た。貴志の運転で、隆一郎は助手席の背凭《せもた》れを少し倒して、ゆったりと坐っている。

沼津市街地を横切って、駿河湾沿いの道を南へ向かう。右手に牛臥山や静浦の旧御用邸、そして獅子浜海岸を通過。三角錐《さんかくすい》のような特徴のある形をした、緑の美しい淡島を眺めながら江《え》の浦《うら》湾を回ると、三津浜ののどかな入江にかかる。左手の山は一面のみかん畑。この辺りが駿河湾沿岸でももっとも気候の優しい土地である。

「沼津はいいところだった。あちこちで暮らしたが、ここがいちばん住みいいところだったような気がする」

左右の風景を交互に眺めながら、矢野隆一郎はしみじみと述懐した。この男にしては珍しく、感傷的な気分になっていた。（やはりおれも死が怖いか――）と、密かに苦笑を浮かべた。

三津の水族館「シーパラダイス」を過ぎ、トンネルを抜けたところで、道路脇にいる警察官が赤い棒を振りながら、停車を求めた。

「どうもお急ぎのところ恐縮です。轢《ひ》き逃げ事件があったもんで、ちょっとお話を聞かせてください」

先に立って、小さな集落の端にある空き地まで誘導し、「すみません、お二人ともこちらへ」と隣の倉庫のような建物に案内する。中にも警察官が二人いて、取り調べ用のテーブルを挟んで、どうぞと椅子を勧めた。

「ちょっとお車を見せてもらいますよ」

前の警察官が貴志の手からキーを借りて行った。父と子は顔を見合わせた。トランクルームを見られると、具合の悪い物が入っている。

「どちらから来ました？」

正面にいる警察官が、免許証を見ながら訊いた。

「沼津市内からです。その住所のところからです」

貴志が言った。

「ルートはどういうルートで来ましたか？」

「静浦の海岸沿いに来ました」

「ほんとうですか？　大仁《おおひと》経由ではありませんか？」

「ほんとうですよ。いったい何があったんですか？」

「轢き逃げです。目撃者の話によると、逃げたのは外車でしてね。それも、どうやらBMWらしいのです」

「BMWぐらい、いまどき珍しくもないんじゃありませんか？」

「まあそうですがね、一応、念のためにチェックさせていただくわけですから、悪く思わないでください」

車を見に行った警察官が戻ってきた。

「異状ありませんね。ただ、トランクの中にあるポリ容器は、あれはガソリンではありませんか？」

「ええ、そうです。バイクのガソリンが切れたもんで、ちょっと運んで行くところです」

「そうですか、あれは危険ですな。なるべく早く始末するようにお願いしますよ」

「分かりました」

「それではどうもご苦労さまでした。これからどちらまで行かれるのです？」

「大瀬崎……まで、行く予定です」

ついほんとうのことを言ってしまって、貴志の言葉が微妙に揺れた。

「なるほど、それでこの道を通っておられるのですな。この先は道路が狭いですからね、気をつけて走ってください」

「はい、そうします」

父と子は車に戻った。心配したほどのことは起こらなかった。

「どうも、お巡りというのは好きになれませんね」

貴志はいまいましそうに言った。

「そう言うな、付き合い方によってはあの連中も役に立つ」

隆一郎は笑って窘《たしな》めた。彼の脳裏には、五十年も昔、月潟村で窃盗の容疑を晴らしてくれた駐在巡査のことが、ふっとよぎった。

そこから先は警察官が言ったとおり、複雑な海岸線を忠実になぞるような道が続く。一つのカーブを曲がるごとに、駿河湾はいろいろな顔を見せる。時にはほぼ正面に富士の姿を眺めるような角度になることもあった。

大瀬は「おせ」と読む。大瀬湾は観光のメッカである伊豆半島の中でも、もっとも風光《ふうこう》明媚《めいび》の地の一つに数えられる。半島の西に嘴《くちばし》のように突き出した岬が、外海の余波を消し、駿河湾奥部の穏やかな水域をつくっている。長い砂嘴《さし》の海岸に立てば、正面にみごとな富士を眺めることになる。その手前は横一線にはるかな松原。そして湖面のように静かな入江がひろがっている。まるで銭湯の看板絵を思わせる絶景である。

父子の乗ったＢＭＷは松林を抜けて海辺の店がかたまっている場所に出た。そこで貴志は車を離れ、父親がハンドルを握った。

「無免許運転で捕まらないようにね」

貴志は冗談を投げて、車に背中を向けた。

隆一郎は無言のまま息子を見送ると、道とはいえないような砂地に、ゆっくりした速度で車を進めた。

大瀬崎は日本でもっとも美しい海水浴場という定説がある。夏はものすごい人出で賑わうのだが、この季節はスキューバダイビングを楽しむ若者のほかには、観光客はチラホラといったところだ。

隆一郎は無人の海岸をさらに外れの方向へ、行き止まりまで進んだ。

急な斜面の下で車を停め、外に出る。ここからは店のある辺りは死角になって、見ることはできない。そのことを確かめて、隆一郎は息子への未練を振り捨てた。

トランクからポリ容器を出し、ふたたび車内に戻る。走るわけでもないのに、シートベルトをしっかりと装着した。それから背凭《せもた》れに身を委《ゆだ》ね、両眼を閉じ、大きく吐息をついた。

「昭和」という年号と共に生きた一人の男の生涯が、還暦を迎えるいま、果てようとしている。隆一郎の脳裏には、逆さに見える妻有郷の風景がありありと甦《よみがえ》った。角兵衛獅子を仕込まれ、村から村、町から町へと、逆立ちとトンボ返りを舞う幼い日々が、思えば自分の原点であったような気がした。きびしい世渡りの中で、瞽女さんや流れ芸人の仲間たちだけに通じ合う優しさが、いつか、幼い隆一郎の血に滲《し》み透《とお》った。反骨と皮相が彼の生涯を貫く、バックボーンになった。内海英光をはじめ、六人の同志は、いずれもそういう流れ芸人の子や孫たちばかりである。そういう者たちを結集した「保全投資協会」は、漂泊を業《なりわい》とする種族の、魂魄《こんぱく》と怨念《おんねん》の存在を信じ、それに衝き動かされた隆一郎の、いわば妄執を傾け尽した「大事業」であったのだ。

瞑想から醒めると、隆一郎はポリ容器の中身を車内に撒《ま》き散らした。予想したほどの臭いはなかった。最後に残った液体を肩から全身に掛けた。肌にしみる強烈な冷たさに身震いが出た。

「早く火をつけないと、風邪をひきそうだな……」

隆一郎は気のきいたジョークを言えたことに、少しだけ満足した。

空になった容器を後部座席の上に放り上げると、ライターを取り出す。躊躇はするまい――と思った。眼をつぶり、点火した。シュッと音がして、指先に熱を感じた。しかし、ガソリンには点火しない。まだ十分に気化していないのかもしれない。そう思って、着ている服にライターの火を近づけた。

(おかしいな――)

隆一郎は眼を開け、苛立《いらだ》って、もういちど点火の作業をした。

ふと、背後から車がやってくるのがバックミラーに映った。車からは男が一人、降り立った。

男は真直ぐにこっちへ向かってくる。にこやかに笑ったその顔に、隆一郎は見憶《みおぼ》えがあった。ルポライターとかいう、あの憎たらしい青年だ。

「やあ、こんにちは」

浅見は窓越しにペコリと挨拶を送って寄越した。その笑顔に反発するように、隆一郎はライターの石を擦った。

「どうしました？　何をしているのです？」

浅見は悪魔的な笑いを浮かべて言った。

「そんなことをして逃げようとしても、僕はあなたを絶対に逃がしません。漆原さん母子と木村さんの恨みが、僕の背後霊になっているのが見えませんか？」

つられるように、隆一郎は焦点の定まらない目を浅見の背後に向けた。浅見のソアラから、人相のよくない、一見して、大嫌いな刑事と分かる男が二人、ノッソリと現れた。

＊

父親の去った方角に背を向けて、矢野貴志はコーヒーを啜っていた。この店の中からでは、たとえその方角に向いていても、その場所は見えるはずがないのだが、それでも貴志は背を向けないではいられなかった。

店に男が二人入ってきた。二人ともあまり趣味のよくない背広姿で、寒そうに背中を丸めている。

「矢野さん、矢野貴志さんですね？」

二人は貴志に近づいて、年輩のほうの男が声をかけた。

「ええ、そうですけど……」

「私は静岡県警の畑山という者です。じつはあなたのお父さんのことですがね」

「えっ？　父がどうかしたのですか？」

貴志は精一杯、不安を露《あらわ》にしながら、訊いた。

「この先の海岸で、ガソリンをかぶって火を点けましてね……」

「えっ？　じゃあ、やっぱり焼身自殺をしたのですか？……」

「お気の毒ですが」

畑山は真面目くさった顔で言った。

「火は点かなかったのです」

「…………」

「つまり自殺は不成功に終わったということですね。お父さんは風邪をひく恐れはありますが、目下のところきわめて健康です。むろん指のほうも指紋ごとしっかり保護させてもらいましたよ」

「火がつかなかった？……嘘だろう？」

貴志は遅れた反応を見せた。

「嘘ではありませんよ。まもなくここへ運ばれてきますから、直接聞いてみればいいのですが、そもそも水をかぶって火を点けても焼け死ぬことは出来ませんからね。ああ、そんなはずはないと言いたいのですな。そう、あなた方がトランクに入れたポリ容器の中身は、全部ガソリンでしたがね、最前の検問の際、われわれの手で、ほとんどが着色した水である容器と取り替えておいたのです。つまり、ごく薄いガソリンの水割ですな。臭いは多少するかもしれないが、あれじゃ火が点くどころか、酔えもしませんよ」

「畜生！……」

貴志は立ち上がった。その時、店に三人の男たちに囲まれるようにして、隆一郎が入ってきた。

父は子に敗残の憂鬱を湛《たた》えた笑顔で、ゆっくりと頷いて見せた。

エピローグ

当初、矢野父子の逮捕と、矢野家に対する家宅捜索は極秘裡《り》に行われた。父親のほうはそれ以前から地検の取り調べを受けていたから、マスコミは、その関係での逮捕が近いと思っていただけに、突然、隆一郎が姿を消したことには、それほど疑問を抱かなかったらしい。

その日から三日間で、警察は五人の保全投資協会幹部の所在を突き止め、十一個所の銀行の貸し金庫に隠匿されていた、巨額の財宝を摘発した。貴金属類が主体だが、中には札束がギッシリ詰まっているもの、有価証券ばかりのものもあった。その額は時価にしておよそ百八十億円といわれる。先に「漆原」を名乗る男が引き出した分を合わせると、優に二百億円を超える。その分——二、三十億円分の貴金属は、一味の生活費——というにはあまりにも巨額だが——として用意されたものだということであった。

この財宝の資金の大半は中部銀行からの投資を踏み倒したものである。中部銀行は矢野の沼津支店を窓口に、保全投資協会への投資に躍起となった。矢野の巧みな口舌《くぜつ》に乗せられたとはいえ、副頭取以下がまるで素人のようなフィーバーぶりであったという。

最終的に回収不能に陥った金額は、公式発表では百億ちょっとということだったが、実際にはそれを二倍以上上回る金額であろうと推定された。

その責任を、矢野隆一郎は自ら背負って退任することを申し出た。

「場合によっては告訴されても、やむを得ません」

殊勝な申し出であるといえた。真相を知らない銀行は、渡りに船とばかりに矢野の書いた筋書どおりにことを運んだ。かくて、あわや巨大な隠匿財産が、そのまま闇に埋もれようとしていたのである。

矢野の誤算は漆原宏の反逆に始まった。矢野隆一郎は漆原がかつての月潟村駐在、曾根巡査の孫であることを知り、内海とほかの五人の腹心とともに、保全投資協会を舞台にした、大詐欺事件の策戦に加えることにした。内海や彼の腹心は、事件が発生すれば、詐欺罪で告訴されることを覚悟しなければならない。銀行の貸金庫を彼等の名義で借りた場合、警察に押さえられる危険性がある。したがって、名義は「善意の第三者」のものを用いる必要があったというわけだ。

それには漆原はうってつけの男であった。矢野は内海を通じて漆原に、自分の父親が、かつて漆原の祖父に殺された事件の作り話をした。それは昭和十九年のことである。月潟村に隣接する白根市の警察署で、矢野の父親は漆原の祖父・曾根巡査ほかの拷問を受けた末、死に至ったというものである。

漆原にとって、そのことは青天の霹靂《へきれき》のようなものであっただろう。はじめは疑ったが、母親にそれとなく当時のことを問い糺《ただ》してみると、矢野の語った状況が決して出鱈目なものでないことが分かった。「拷問事件」のことを言うと、睦子は蒼白《そうはく》になって、「月潟村の話はしないで」と、異常な昂奮《こうふん》を示したらしい。もっとも、それはあくまでも矢野隆一郎の供述によるものであって、事実がどうであったのかは憶測するしかない。そもそも「拷問事件」そのものが、はたして矢野の父親だったのかどうか、いまとなっては確かめようがないのだ。

ともあれ、漆原は内海に服従した。内海の命令どおり、保全投資協会のカラクリが明るみに出る前に身を引き、沼津の実家に戻って、保全投資協会から送られてくる財産の秘匿に専心した。しかし、その際、漆原はその一部――○○銀行の貸金庫に入れた分――については正直に報告したものの、あとのほとんどを××銀行の貸金庫に入れた事実は隠し通したのである。

ある時点で、矢野は漆原の行動に不審を抱いた。漆原が莫大な財産を自分のものにしてしまうのではないかという、疑心が生じた。銀行の印鑑は矢野の手許にあるから、金を引き出される危険はないと思うが矢野一流の勘が漆原を疑ぐった。

そこで息子・貴志と漆原の妹との縁談を進め、政略結婚によって、漆原の反逆を思い留まらせようと目論《もくろ》んだ。

だが、その姑息《こそく》な企てがかえって漆原を硬化させることになった。

漆原は、妹を汚い目的のための道具に使うなら、すべてを明るみに出す——と矢野を脅した。矢野は激怒し、内海らに命じて漆原を夜の駿河湾に誘い出し、海中に転落させて殺した。

その際、ボートのオーナーである木村達男を、矢野は言葉巧みにボートから遠ざける役割を演じている。母親と妹に「釣りに行く」と言って家を出た漆原は、その夜、牛臥のヨットハーバーで内海英光と内海の部下の一人・松木健司と落ち合った。三人は秘密の「会談」をするために、ボートで駿河湾に乗り出した。漆原の油断を衝いて、内海と松木は漆原を駿河湾に突き落とす。その後、もう一台のボートで内海らを迎えに行ったのが矢野の息子・貴志であった。

木村は浅見から話を聞かされた時に、矢野のトリックに思い当たった。ボートを陸に引き上げようとした時の矢野の反対ぶりが異常だったことを思い出したのだ。事件の背景や動機は分からないが、矢野が殺人事件に関わっているという筋書を、木村なりに考えついた。「だめで元々」という気持ちも、ハッタリも多分にあったことだろう。そして翌日、木村は中部銀行沼津支店長の矢野を訪ね、事業資金の融資を申し入れた。矢野が断ると、じつはですね——と恐喝にかかった。

「お宅の息子さんが、あの夜、ボートに乗るのを見た者がおりましてね」

木村の言うような目撃者がほんとうにいたのかどうかは、いまとなっては分からない。しかし、いずれにしても、矢野は即刻、木村を殺害する決意を固めた。

木村は矢野の指示を受けて、中部銀行本店のある名古屋市へ行き、そこで二人の男と落ち合った。いかにも銀行員らしい、パリッとした服装だが、むろん保全投資協会の五人の腹心のうちの二人である。

二人は木村への融資話を進めるような素振りを見せながら、結果的に身柄を拘束した。午後九時頃、毒入りジュースを飲ませて木村を殺し、死体を車ごと朝霧高原に運んで捨てた。

漆原睦子が殺された事件は、浅見が畑山に語り、それをまた、畑山が矢野本人に語って聞かせたのとほぼ一致していた。

ところで、漆原を殺したあとで、あらためて調べてみると、漆原が矢野に言った『隠匿資金』が、じつは全体のほんの一部でしかないことが分かった。矢野は周章《あわ》てた。隠匿場所を示すカギが、まだ漆原家のどこかに秘められているはずだ。だが、警察がそれらしい物を発見したような兆候はまったく報道されない。矢野は自ら漆原家に乗り込んで、カギの在りかを探ることにした。矢野には息子の縁談という、訪問の理由があった。睦子と話をしているうちに、矢野は警察がワープロに関心を示していたことを知る。矢野もまた、ワープロが臭いと睨《にら》んだ。そして打ち込まれてある文書を見ると「妻有郷」をはじめ、新潟の風物をふんだんに描いた文面が現れた。

時間が無くて確認はできないが、この文章が怪しい――と矢野は思い、そこにあった文書フロッピーに内容を転写し、ディスク内の文書を全て消去してしまった。

作業のあいだ、矢野は手袋をはめ、家の中のどこにも指紋を残さないよう、慎重に行動している。むろん出された紅茶にも口をつけなかった。

いざ帰ろうとした時、漆原睦子が突然、矢野の素性を言い当てた。

「あなたは月潟村の『獅子の浜田』さんの子なのでしょう?」

睦子にしてみれば万感を籠《こ》めた言葉だったが、矢野を震え上がらせるには十分だった。

(生かしてはおけない――)

とっさに矢野は腹を決めた。携帯しているナイフで背後から胸部をひと突きするのに、躊躇も何もなかった。睦子は悲鳴も上げずに絶息した――ように見えた。

矢野が外に出た時、タクシーがやってきた。矢野は塀の内側に身を潜めた。こともあろうに、乗客は漆原家の娘であった。矢野は門を飛び越えて、一散に逃げた。少年の日々に鍛え上げた軽業の芸が、矢野の逃走に役立った。

＊

兄と母親の卒塔婆《そとば》がまだ新しい墓の前で、漆原肇子と浅見光彦は長い祈りを捧げた。墓前にはもぎたての大きな橋を二つ、飾った。

師走《しわす》に入った最初の日曜日で、墓参りの人の動きも何やら忙しげであった。

漆原家の菩提寺《ぼだいじ》の名は「本能寺」という、例の織田信長が明智光秀に殺された寺と同じ名である。その名が気にいって、肇子の父親が「死んだらここに葬ってくれ」と笑いながら言ったのが、ついこのあいだのことのような気がする。

それなのに、もう二つの霊が墓に祀《まつ》られることになってしまった。

肇子は手を合わせながら、ポタポタと涙を石畳の上に落とした。

墓は鷲頭山《わしずやま》という姿のいい山の麓《ふもと》にある。墓を背にすると、ここもまた駿河湾を一望する風光絶佳の地であった。

寺を出ると、正面すぐが獅子浜の海岸である。昔は長い砂浜だったのだそうだが、いまは岸壁に船が着くように改修されている。西風があるけれど、ここの海はやはり静かだ。

「矢野が『獅子の浜田の子』だって分かったのはどうしてなんですか？」

肇子は背後の浅見を振り返らずに、訊いた。涙の痕《あと》を見られるのが辛いのだ。

「さあ、どうしてかなあ……」

浅見は首をひねった。

「そういうの、僕の場合、割と理屈じゃないようなところがあるんですよね。それに、かならずしも分かったというわけじゃなく、つきつめていくと、どうしてもそうでなければならないはずだ——という結論しか出てこなかったというべきなんです」

事件の一つ一つの事象を個々に見ているだけでは、複雑怪奇な全体像は永久に見えてこない。無数の「？」を拾い上げ、繋ぎ、組み上げることによって、さまざまな因果関係がまるで時計の歯車のように噛み合い、動きだすのを見ることができる。

その作業に必要なのは、細心の観察力と、ゆたかな想像力と、あとは歯車を回しはじめる、ちょっとしたキッカケさえあればいい。

「お母さんが遺した『シシノハマダノコガ』というダイイングメッセージが、今度の事件を解くカギのすべてだったのですよ。お母さんの必死の想いから、矢野はついに逃げることができなかったということでしょう」

浅見がそう言ったのは、必ずしもてらいや謙遜からではない。半世紀近い時空を越えたところに、事件の萌芽《ほうが》を見出だすことなど、もはや人間のちっぽけな才智では及びもつかない。最期の瞬間に、睦子をして「シシノハマダ……」と言わせたのは、神意としか説明のしようがないのである。

「これから、どうします？」

浅見は、いちばん苦手な質問をした。

「やっぱり、横浜の伯父さんのお宅へ行きますか？」

「いえ」

肇子はとっくに決めていたように、きっぱりと言った。

「私は沼津に住むことにしました。ここに根を下ろして、子孫を増やして……」

冬の陽のせいか、振り向いた肇子の頰は赤く染まっていた。

自作解説

　この本が出るちょうど二ヵ月前、僕の百冊刊行記念パーティというのを、各出版社が音頭を取ってやってくれた。百冊の本を出したからといって、威張ることはもちろん祝うほどのこともないと言われそうだが、まあそれは置いておくとして、その席上、森村誠一氏がスピーチに立って、「内田さんほど文壇で無視されている作家はいない」というような趣旨の話をされた。もちろん、その背景には「本が売れているわりには」という前提があってのことだけれど、核心を衝《つ》いているだけに、文壇の諸氏にも編集者にも、大ウケにウケて、大いに笑った。森村氏が言いたかったのは、それだからこそ、文壇のしがらみに縛られず、読者の側にだけ向いて自由に小説が書けるのであって、それが内田作品の長所になっているということだった。

　素人が作家になるケースはさまざまだが、おそらく九割以上は何かの文学賞を取って文壇デビューをしていると思う。もちろん、小説を書けば誰でもその日から「作家」を標榜することはできるわけだが、この場合はあくまでも小説で飯が食える——という条件を満たしての話である。僕のように文学賞と名のつくものにはまったく無縁のまま、とにもかくにも「ベストセラー作家」と呼ばれるようになった人間は、昔は知らず、最近ではおよそ珍しいのではないだろうか。いや、自慢で言うのではなく、こういうケースもあり得るという格好のモルモットとして、作家志望の方々の参考にはしてもらえると思う。

文壇への登竜門は文学賞を受賞することだが、そうでなく、既成作家について小説作法を勉強し、やがて小説書きになる人もいるかもしれない。あるいは、出版社の編集部や編集者に熱心に原稿を送りつづけ、採用されたのをきっかけに作家に転進した人もいるだろう。そのいずれの場合にも、デビューに当たっては、引き上げてくれた作家や出版社との繋がりができる。言い換えれば「しがらみ」が生じるわけである。そういうしがらみは、本来はいいほうに働くのだが、その反面、作品の傾向を束縛される可能性もあるはずだ。たとえば、受賞作が時代物だったのに、第二作でロマンポルノを書いては、審査員や出版社は面食らうにちがいない。ことによると、これでは困るから書き直しを——などと注文をつけるかもしれない。

そういう制約が僕にはなかった。森村氏が言った「自由」とはそのことである。

たしかに僕はデビュー以来、自分の書きたいように創作をつづけてきた。僕自身が面白く感じ、読者もきっと面白いと思うだろうと信じて、それだけを頼りに作品を発表した。文壇やほかの作家や編集者がどう思うか、あまり気にしなかった——というより、文壇や評論の世界を知らなかったのである。唯我独尊と言いたいが、井の中のカワズだったというほうが当たっている。「本格ミステリー」という言葉は知っていて、自分の作品もけっこう本格派なのだろうと思ってはいたが、その本当の意味はいまだによく知らない。新本格派というジャンルがあるのを知ったのも、ここ数年のことである。聞いてみると、ミステリー（最近は「ミステリ」というらしい）には「ノックスの十戒」だとか「ヴァン・ダインの二十則」だとかいうのに加え、「新本格の七則」などというものまであるらしい。そんなのはぜんぜん知らない。知らないでミステリーを書いてきて、なんだかひどい過《あやま》ちを犯しているような、真面目な人たちに申し訳ないような気がしたことである。

けれど、僕は僕のやり方で小説を書いてきてよかったと思う。もし難しい理論をなまじ知ってしまったら、萎縮しきって何も書けなかったにちがいない。文壇やほかの作家や批評家を気にするあまり、自由な発想も執筆もできなかっただろう。昔、「家の光」という農家向け（？）の雑誌に出ていたマンガで、作物の種蒔きの時期か何かを、農業指導の学者先生がああでもないこうでもないと思案して、無為のうちに日を暮らしているのを尻目に、農民がさっさと種蒔きをし、収穫をする——といった内容のものがあったが、僕はさしずめ文壇の農民といったところか。

前置きが長くなったが、こんな具合に文壇とはおよそ無縁だった僕が、曲がりなりにもはじめて文壇の仲間入りをした——と意識したのが、本書『漂泊の楽人』なのである。その経緯は『浅見光彦のミステリー紀行・第二集（光文社文庫）』で詳しく書いている。

当時、講談社が創立八十周年を迎えるにあたり、「特別推理書下ろし」シリーズを刊行するので、その中に加わって欲しい——と言ってきた。もちろん僕は大喜びで受注した。作家に転業して三年目のことである。作品でいうと『小樽殺人事件』や『高千穂伝説殺人事件』を書いていた頃ではないかと思う。講談社から「ついては執筆をお願いする諸先生にお集まりいただき、ご歓談を……」と招待状が届いた。「ご歓談」の場所は有名な東京四谷の料亭、福田家であった。「お集まり」の面々は、赤川次郎氏、北方謙三氏、栗本薫氏……といったいまをときめく作家が二十名ほど。僕は末席に連なって、なんだかひどく偉くなったような気がしたものである。

といったようなこともあって、僕としては比較的力を入れて書いたのが『漂泊の楽人』だ。それまでに講談社から出してもらった作品は、『シーラカンス殺人事件』『パソコン探偵の名推理』『「横山大観」殺人事件』の三作と、接触が遅かったわりには、そこそこ書いているのだが、なにしろ大会社だけに、無冠の素人作家に対しては、他社に較べるとやや冷淡なところがあった。それを象徴するエピソードがある。

『漂泊の楽人』を担当した編集者が、かなり執筆が進み、ゲラが出た段階で、思いあぐねたように訊いてきた。

「あのォ、作品の主人公である浅見光彦っていう人物は、ほかの作品にも登場しているのでしょうか?」

他社からとはいえ、すでに十作品の「浅見物」が上梓されていた時期のことだから、僕は驚き、相手の不勉強に呆れるというより、無名作家の悲哀をつくづく感じて情けなかった。それと同時に、多少、本が売れるようになったからといって、決して増長してはいけないということを肝に銘じたのである。

そういう「悲しい」思い出のある『漂泊の楽人』だが、作品としては僕の好きなベストテンに入る。この作品が産まれたきっかけについても、やはり『浅見光彦のミステリー紀行』に書いている。『漂泊の楽人』のモチーフになった越後の妻有郷や角兵衛獅子のことを書いた『月潟村柳書』(清水邦夫著)という本を「何かの参考に」とくれたのは、実業之日本社の吉戒喜義氏で、たまたま「福田家の宴」があった直後だった。ざっと目を通したとたん、僕の頭には大まかなストーリーが思い浮かんだ。第四作の『「萩原朔太郎」の亡霊』のときほどではないが、直観的にこれはいける――と思った。

プロローグにワープロのことが出てくる。いまでこそ、かなり優秀な機種でもせいぜい二十万円台で買えるが、当時の高級機は二百万円ほどもした。漆原が妹に「このワープロを浅見に」と言って、妹の肇子が驚くのは、だから当然のことであったのだ。ちなみに、そのワープロは現在、浅見光彦倶楽部のクラブハウスに展示してあるが、戦艦大和のごとくばかでかい。

そのワープロに秘められたメッセージと、「シシ　ハマダ　コガ」というダイイングメッセージなど、この作品にはいくつもの謎が錯綜して出てくる。静岡県の海岸と新潟県の山の中とどう繋がるのか――という因縁の糸をたぐる旅も興味深い。事件の背景に、半世紀以上も昔に消えてしまった越後獅子の哀話が見え隠れするのが、作品の情感に奥行きを与えている。人間の愛憎と索漠とした世相とが対照の妙を見せている――と、自分の作品であることも忘れ、褒《ほ》めてしまいたくなる。原作を映像化すると、たいていは改悪につながるのだが、『漂泊の楽人』のテレビドラマはなかなか泣かせるものがあった。水谷豊主演のビデオは前記浅見光彦倶楽部で売っている（三、九八〇円）ので、ぜひご覧いただきたい。

『漂泊の楽人』には「保全投資協会」なる金のペーパー商法の会社が出てくる。モデルはもちろん、当時世間を騒がせた「豊田商事」だが、「中部銀行」が保全投資協会に操られて巨額の出資を行い、回収不能の不良債権を抱えることになるのは、現在の「住専」問題とそっくり。僕の予見能力は評価されていいかもしれない。ただし金額は二百億で、およそ十分の一の規模というのが、十年間の歳月を物語っている。

ところで、この保全投資協会の残党が、三年後に書いた『城崎殺人事件』（徳間書店）で、時空を超え、ついでに出版社の垣根を超えて再登場している。その間、三年を経過しているはずなのだが、浅見光彦は三十三歳のままという摩訶不思議だ。これとよく似た例は『白鳥殺人事件』（光文社）と『浅見光彦殺人事件』（角川書店）の関係にもある。どこでどう関係するのかは、やはりお読みいただくほかはない。

一九九六年四月

内田康夫

※『漂泊の楽人』一九九六年六月　徳間文庫版に収録

〈参考文献〉
清水邦夫『月潟村柳書』白水社
南雲道雄『私の越後妻有郷地図』たいまつ社
笹原俊雄『沼津我入道の小史と民俗』
津南町町役場『津南町史』

この作品は一九八六年十二月小社より推理特別書下ろしとして刊行され、一九八九年七月講談社ノベルス、一九九六年六月徳間文庫、二〇〇五年八月中公文庫に収録されました。

この作品はフィクションです。
実在する人物、団体とはいっさい関係ありません。
ワープロの機能については、昭和六十一年当時の機種に拠っています。

|著者| 内田康夫　1934年東京都生まれ。ＣＭ製作会社の経営をへて、『死者の木霊《こだま》』でデビュー。名探偵・浅見光彦、信濃のコロンボ・竹村岩男ら大人気キャラクターを生み、ベストセラー作家に。作詞・水彩画・書など多才ぶりを発揮。2008年第11回日本ミステリー文学大賞受賞。2016年４月、軽井沢に「浅見光彦記念館」がオープン。病気療養のため、未完のまま刊行された『孤道』は、完結編を一般公募して話題となる。最優秀作は、'19年、『孤道　完結編　金色の眠り』と題し、『孤道』と合わせ文庫化された。
ホームページ　http://www.asami-mitsuhiko.or.jp

新装版《しんそうばん》　漂泊《ひょうはく》の楽人《がくじん》
内田康夫《うちだやすお》

2016年11月15日第１刷発行
2023年１月６日第３刷発行

発行者――鈴木章一
発行所――株式会社　講談社
東京都文京区音羽2-12-21　〒112-8001
電話　出版（03）5395-3510
　　　販売（03）5395-5817
　　　業務（03）5395-3615
Printed in Japan

講談社文庫
定価はカバーに
表示してあります

KODANSHA

デザイン―菊地信義
本文データ制作―講談社デジタル製作
印刷―――株式会社ＫＰＳプロダクツ
製本―――株式会社ＫＰＳプロダクツ

ISBN978-4-06-293530-2

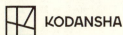

講談社文庫刊行の辞

二十一世紀の到来を目睫に望みながら、われわれはいま、人類史上かつて例を見ない巨大な転換期をむかえようとしている。

世界も、日本も、激動の予兆に対する期待とおののきを内に蔵して、未知の時代に歩み入ろうとしている。このときにあたり、創業の人野間清治の「ナショナル・エデュケイター」への志を現代に甦らせようと意図して、われわれはここに古今の文芸作品はいうまでもなく、ひろく人文・社会・自然の諸科学から東西の名著を網羅する、新しい綜合文庫の発刊を決意した。

激動の転換期はまた断絶の時代である。われわれは戦後二十五年間の出版文化のありかたへの深い反省をこめて、この断絶の時代にあえて人間的な持続を求めようとする。いたずらに浮薄な商業主義のあだ花を追い求めることなく、長期にわたって良書に生命をあたえようとつとめるところにしか、今後の出版文化の真の繁栄はあり得ないと信じるからである。

同時にわれわれはこの綜合文庫の刊行を通じて、人文・社会・自然の諸科学が、結局人間の学にほかならないことを立証しようと願っている。かつて知識とは、「汝自身を知る」ことにつきていた。現代社会の瑣末な情報の氾濫のなかから、力強い知識の源泉を掘り起し、技術文明のただなかに、生きた人間の姿を復活させること。それこそわれわれの切なる希求である。

われわれは権威に盲従せず、俗流に媚びることなく、渾然一体となって日本の「草の根」をかたちづくる若く新しい世代の人々に、心をこめてこの新しい綜合文庫をおくり届けたい。それは知識の泉であるとともに感受性のふるさとであり、もっとも有機的に組織され、社会に開かれた万人のための大学をめざしている。大方の支援と協力を衷心より切望してやまない。

一九七一年七月

野間省一

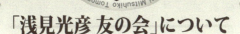

講談社文庫 目録

内田康夫 琵琶湖周航殺人歌
内田康夫 夏泊殺人岬
内田康夫 「信濃の国」殺人事件
内田康夫 風葬の城
内田康夫 透明な遺書
内田康夫 鞆《とも》の浦《うら》殺人事件
内田康夫 終幕《フィナーレ》のない殺人
内田康夫 御堂筋殺人事件
内田康夫 記憶の中の殺人
内田康夫 北国街道殺人事件
内田康夫 「紅藍《くれない》の女《ひと》」殺人事件
内田康夫 「紫《むらさき》の女《ひと》」殺人事件
内田康夫 藍色回廊殺人事件
内田康夫 明日香の皇子
内田康夫 華の下にて
内田康夫 黄金の石橋
内田康夫 靖国への帰還
内田康夫 不等辺三角形
内田康夫 ぼくが探偵だった夏

内田康夫 逃げろ光彦 〈内田康夫と5人の女たち〉
内田康夫 悪魔の種子
内田康夫 戸隠伝説殺人事件
内田康夫 新装版 死者の木霊
内田康夫 新装版 漂泊の楽人
内田康夫 新装版 平城山《ならやま》を越えた女
内田康夫 秋田殺人事件
内田康夫 孤道
和久井清水 孤道 完結編
内田康夫 イーハトーブの幽霊 〈金色の眠り〉
歌野晶午 死体を買う男
歌野晶午 安達ヶ原の鬼密室
歌野晶午 新装版 長い家の殺人
歌野晶午 新装版 白い家の殺人
歌野晶午 新装版 動く家の殺人
歌野晶午 密室殺人ゲーム王手飛車取り
歌野晶午 新装版 ROMMY 越境者の夢
歌野晶午 増補版 放浪探偵と七つの殺人
歌野晶午 新装版 正月十一日、鏡殺し

歌野晶午 密室殺人ゲーム2.0
歌野晶午 密室殺人ゲーム・マニアックス
歌野晶午 魔王城殺人事件
内館牧子 終わった人
内館牧子 別れてよかった〈新装版〉
内館牧子 すぐ死ぬんだから
内田洋子 皿の中に、イタリア
宇江佐真理 泣きの銀次
宇江佐真理 晩鐘 〈続・泣きの銀次〉
宇江佐真理 虚ろ舟 〈泣きの銀次参之章〉
宇江佐真理 室の梅 〈おろく医者覚え帖〉
宇江佐真理 涙堂 〈琴女《ことじょ》癸酉《きゆう》日記《にっき》〉
宇江佐真理 あやめ横丁の人々
宇江佐真理 卵のふわふわ 八丁堀喰い物草紙・江戸前でもなし
宇江佐真理 日本橋本石町やさぐれ長屋
浦賀和宏 眠りの牢獄
上野哲也 五五五文字の巡礼
魚住昭 渡邉恒雄 メディアと権力 〈魏志倭人伝トーク 地理篇〉
魚住昭 野中広務 差別と権力

2022年9月15日現在